U0500370

多心正不远

——沈家本诗歌研讨会论文集

刘洋 主编

知识产权出版社

全国百佳图书出版单位

—北京—

图书在版编目（CIP）数据

乡心正不远：沈家本诗歌研讨会论文集／刘洋主编 . —北京：知识产权出版社，2023.12
ISBN 978 - 7 - 5130 - 8950 - 0

Ⅰ.①乡…　Ⅱ.①刘…　Ⅲ.①沈家本（1840 - 1913）—诗歌研究—文集　Ⅳ.①I207. 227. 52 - 53

中国国家版本馆 CIP 数据核字（2023）第 197454 号

责任编辑：刘　雪　　　　　　　　责任校对：潘凤越
封面设计：杰意飞扬·张悦　　　　　责任印制：孙婷婷

乡心正不远
——沈家本诗歌研讨会论文集
刘　洋　主编

出版发行：知识产权出版社 有限责任公司	网　　址：http://www. ipph. cn
社　　址：北京市海淀区气象路50号院	邮　　编：100081
责编电话：010 - 82000860 转 8112	责编邮箱：jsql2009@163. com
发行电话：010 - 82000860 转 8101/8102	发行传真：010 - 82000893/82005070/ 82000270
印　　刷：北京建宏印刷有限公司	经　　销：新华书店、各大网上书店及 相关专业书店
开　　本：880mm×1230mm　1/32	印　　张：14. 375
版　　次：2023 年 12 月第 1 版	印　　次：2023 年 12 月第 1 次印刷
字　　数：212 千字	定　　价：78. 00 元
ISBN 978 - 7 - 5130 - 8950 - 0	

编委会名单

（按笔画数排序）

主　任

沈厚铎

副主任

孙斌义　刘　洋　吴仁斌

沈月娣　林金鹏

委　员

刘　洋　刘正武　吴坚敏

沈　聪　郝　韧　侯金满

谢　舟

序

2022 年 8 月 19 日，值沈家本诞辰 182 周年，蒙中国政法大学沈厚铎教授召集，在湖州市社会科学界联合会、湖州市吴兴区司法局的大力支持下，湖州市吴兴区妙西镇沈家本历史文化园举办了"乡心正不远——沈家本诗歌研讨会"。在研讨会上，来自北京、江苏、福建等地的学者与湖州本地的学者相聚一堂，对沈家本的诗歌展开了座谈，获得了丰硕的成果。

本次会议上学者们提交的论文大致可分为四个主题。其一是对沈家本诗歌的整体性研究：沈厚铎先生的《可怜破碎旧山河，对此茫茫百感多——从沈家本诗歌看他的思想发展》对沈家本诗歌展开了全面梳理，探讨沈家本在晚清民国变局中的人生经历与思想变化，展现其政治抱负与爱国情怀。尧育飞的《沈家本诗作系年略稿》参考《沈家本日记》等多种史料，对沈家本的数百首诗歌进行初步系年。此两篇文章以历史为经，以沈家本之创作为纬，文史互证，为后人进一步研究沈诗提供重要参考。其二是对沈家本诗学源流的考辨：关鹏飞的《古典诗学与中国近代化的起步——以沈家本的杜诗接受与创新为例》，王纱纱、孙广华的《"高吟坡句首频搔"——论沈家本诗歌对苏轼的接受》，侯金满的《"诗是吾家事"——沈丙莹、沈家本父子的诗学渊源与新变》，分别从学杜、学苏及沈氏家学出发，探讨沈家本的诗学传承与新变，展现了沈家本的诗学史意义。其三是对沈家本诗歌题材的研究：刘正武、沈月娣的《沈家本咏史怀古诗述论》，吴坚敏的《从沈家本诗作探究沈家本法律思想的形成和发展》，杨霖的《人格·风景·时事：论沈家本的诗歌创作》，李泊汀的《思乡之外——论沈家本诗歌中的京城书写与家国情怀》，刘洋的《沈家本的四种乡愁》，对沈家本诗歌集中书写的若干题材展开研究，深入讨论沈家本在创作中所展现的典范人格和思想情感。其四是对沈家本具体诗作的赏析：郭薇的《帝国的寒冬与诗人的忧患——试论沈家本的三首禁体雪诗》，吉莉的《沈家本〈杂诗十首〉末诗管窥》，宋威山的《沈家本庚子国变中的诗歌创作》，聚焦于沈家本在庚子事变前后的具体诗作，分析其中的创作技巧，展现沈家本在诗歌中寄予的家国情怀。

除以上诸篇论文外，苏雅、董芝秀的《沈家本诗歌中的故土文化意象》，叶紫的《沈家本诗歌中花的"情感美学"》，谢诗绮的《沈家本山水诗歌研究》，三篇文章是在湖州学院人文学院刘正武老师的指导下完成的。四位作者都是湖州学院的本科学生，她们文笔优美、才思飞扬，相信假以时日，她们将为沈家本研究做出更大的贡献，成为弘扬湖州优秀地方文化的有生力量。

沈家本是中国近现代法学的奠基人，学界以往对沈家本的研究多集中于法学领域，而对其文学、经学、史学的成就则关注有所不足。本次研讨会虽是学界第一次就沈家本诗学而召开的专题会议，但研究内容已涉及沈诗的诸多关键问题，大大拓宽了沈诗研究乃至沈家本研究的边界。本人有幸受沈厚铎先生委托，在编委会各位同人的鼎力相助下，将会议论文编为此集，以作为沈诗研究的先声。对沈家本诗歌的阅读与研究仍将继续，今人必将从沈诗当中进一步挖掘中华优秀传统文化，传承一代爱国知识分子宝贵的精神财富。

刘　洋

2022 年 12 月于北京

目 录

CONTENTS

可怜破碎旧山河，对此茫茫百感多

——从沈家本诗歌看他的思想发展[*]

沈厚铎[**]

可怜破碎旧山河，对此茫茫百感多。

漫说沐猴为项羽，竞夸功狗是萧何。

相如白璧完能否，范蠡黄金铸几何。

处仲壮心还未已，铁如意击唾壶歌。

这是沈家本先生在民国二年（1913）春创作的七

---

　* 本文 2004 年 2 月写于皇城根下，2022 年 10 月于明光村修订。

** 沈厚铎，中国政法大学法律古籍整理研究所研究员。

言律诗《梦中作》①，是他人生中所作的倒数第二首诗。这时虽已是民国时期，但国家政局仍然混乱。沈家本先生多次推辞，卸掉了司法总长的职务。这位远离政坛的老人，对动荡的局势和国家的未来充满了忧患，发出了无限感慨。这纷乱的政局，支离破碎的国家，何时才能安定？"对此茫茫百感多"是无奈的感慨，也是一种内心的忧虑。他讽刺那些篡夺政权的铁腕们，不过是"沐猴而冠"②，他们为了实现个人野心，把那些只能"追杀兽兔"的"功狗"推上"发踪指示兽处"的"萧何"那样的重要位置。晋代王敦，晚年饮酒时常以铁如意击打唾壶为节，吟诵曹操《步出夏门行》"老骥伏枥，志在千里，烈士暮年，壮心不已"的诗句，抒发自己壮志未酬的遗憾，久而

---

① （清）沈家本：《玉骨冰心冷不摧——沈家本诗集》，沈厚铎等编，浙江文艺出版社2020年版，第304页。为俭省篇幅，在书中，引用基本文献时，除第一次引用标注著者、详细出版信息外，其余均用简称《玉骨冰心冷不摧》，仅标注页码，特此说明。

② 《汉书·陈胜项籍传》记载："韩生说羽曰：'关中阻山带河，四塞之地，肥饶，可都以伯。'羽见秦宫室皆已烧残，又怀思东归，曰：'富贵不归故乡，如衣锦夜行。'韩生曰：'人谓楚人沐猴而冠，果然。'羽闻之，斩韩生。"班固《汉书》卷三十一，中华书局1962年版，第1808页。

久之，将一个好好的唾壶打得残缺不全。沈家本以这个典故，表达了自己对国家命运无限关切的心境。①就在1913年端午节的这一天，这位忧国一生的老人与世长辞，他带着茫茫百感离去，他没有看到国家的光明。

沈家本先生作为在近代为法律改革作出巨大贡献的法学家，一生创作了六百多首诗歌。这些诗歌伴随了沈家本先生的一生，也反映了他一生的思想感情。在他的诗歌中，充满了对国家和民族的忧患意识。从他的诗歌中，可以直接读出他思想的发展和变化。沈家本先生的诗歌，收集在《沈寄簃先生遗书·枕碧楼偶存稿》的卷七至卷十二之中。其排列以年代为序，卷七起自咸丰九年（1859），卷十二终于民国二年（1913），即沈家本先生逝世之年。《沈寄簃先生遗书·枕碧楼偶存稿》（以下简称《枕碧楼偶存稿》）的卷七至卷十二于2020年在吴兴诸君支持下，编成

---

① 王敦字处仲，东晋人。"每酒后，辄咏魏武帝乐府歌曰：'老骥伏枥，志在千里。烈士暮年，壮心不已。'以如意打唾壶为节，壶边尽缺。"房玄龄等撰：《晋书》卷九十八《王敦列传》，中华书局1974年版，第2557页。

简体字本《玉骨冰心冷不摧——沈家本诗集》，由浙江文艺出版社出版发行。①

一、早期诗歌中的报国壮志

沈家本最早的诗是收于《枕碧楼偶存稿》卷七的《咏史小乐府三十首》②。这一年他19岁，正是勤奋读书求取功名的时候，《咏史小乐府三十首》或许正是他读史的心得。我们从这些小乐府诗对历史人物的赞美或唾弃中，可以看出当年这位意气风发的青年有着报国的雄心和成就一番事业的壮志。他赞赏陈涉高举大旗逐鹿中原的勇气与壮举，认为虽然最后是汉高祖刘邦取得了政权，但不能忘记首先起事的"夥颐王"陈涉。他这样写道：

> 守冢高皇置，云沉大泽乡。
> 中原争逐鹿，首事夥颐王。（其一）

---

① （清）沈家本：《玉骨冰心冷不摧——沈家本诗集》，沈厚铎等编，浙江文艺出版社2020年版。为俭省篇幅，全书以下均以《玉骨冰心冷不摧》简称此书。

② 《玉骨冰心冷不摧》，第3页。

他也赞赏大义灭亲、恢复汉室的周勃、陈平：

> 大义亲忱灭，休腾卖友讥。
>
> 公言杀诸吕，血溅汉臣衣。（其十八）

对于以才略与武功为国家驱逐异族侵略者的卫青、霍去病，沈家本以诗颂之曰：

> 志雪高皇耻，河南郡县开。
>
> 单于庭北徙，卫霍信雄才。（其十九）

他欣赏、羡慕古人建功立业，名传千古：

> 勋业争方召，深思出汉朝。
>
> 中兴苏祭酒，图画姓名标。①（其二十八）

---

① 苏武（前140—前60），字子卿，杜陵（今陕西西安）人，代郡太守苏建之子，西汉大臣。武帝时奉命以中郎将持节出使匈奴，被扣留，留居匈奴十九年持节不屈。昭帝始元六年（前81），获释回汉。昭帝元平元年（前74），宣帝即位。因苏武是德高望重的老臣，宣帝只令他每月的初一和十五入朝，尊为"祭酒"。苏武去世后，汉宣帝将其列为麒麟阁十一功臣之一，彰显其节操。麒麟阁，现在西安市汉未央宫之中，因汉武帝元狩年间打猎获得麒麟而得名。用于典藏历代记载资料和秘密历史文件。汉宣帝令人画十一名功臣图像于麒麟阁以示纪念和表扬。

由于苏武忠贞，汉宣帝给苏武赐爵并将其画像悬挂在麒麟阁，苏武之名流传千古，这正是青年沈家本所仰慕的。而对于执法不避权贵、终被腰斩的赵广汉，以及刚正直谏、终遭诬告而死的韩延寿，沈家本先生也表达了极大的同情：

> 一代称贤傅，伤哉饮鸩时。
> 赵韩两京兆，死后系人思。① （其二十九）

他在诗《走笔》②中，更鲜明地表达了自己的报国之志。当时太平军烽火四起，官军节节败退，他写道：

> 身世蓬飘梗，光阴斧烂柯。
> 百年忙里促，万感泪中多。

---

① 赵韩，即赵广汉、韩延寿。赵广汉，西汉人，事见《汉书》卷四十六，任京兆尹期间，为官廉洁清明，威制豪强，深得百姓赞颂。后因惩腐治恶而被人所怨恨，遭恶意弹劾，终被腰斩。韩延寿，西汉人，事见《汉书》卷七十六，为著名的地方守令，他做官崇尚礼义，意在以教化感人向善，以礼让纷纷息讼。因为在淮阳太守任上政绩显著，朝廷调他到极难治理的颍川任太守，韩延寿通过提倡礼义、表彰孝行，引导人民和睦亲爱，消除怨忿。昭帝时为谏大夫，后任洛阳、东郡太守，甚有治绩。宣帝时，遭萧望之诬告而被杀。

② 《玉骨冰心冷不摧》，第 11 页。

> 酒好不能饮，诗成空自歌。
>
> 囊余一长剑，倚柱几摩挲。

面对大厦将倾的王朝，他感到十分焦虑。手抚身边的长剑，胸怀从军报国之志。而自己从未习武，也没有交战的能力，只能是"诗成空自歌"，但这并不能掩盖青年沈家本的豪气。第二次鸦片战争烽火骤起，这时，沈家本先生的父亲已经远离北京到贵州赴任。他成为家庭的支柱，为避战火，他举家出京，听到签订和约的消息，又返回京城。这时是咸丰十年（1860）八月初五①，他有诗《八月初五日入都》② 记载：

> 闻道王柟使，金人已许成。
>
> 鲸被当暂息，鹤唳不须惊。
>
> 且喜帆无恙，还疑鼓乍鸣。
>
> 梦魂今夜定，安稳板舆迎。

他借用宋人王柟出使金国订立和议的历史事件，

---

① 本书中为保留原稿可考性，多采用农历纪年，特殊注明的除外，不再一一说明。

② 《玉骨冰心冷不摧》，第 22 页。

比喻当朝与英法联军议和，乐观地写道"鲸鲵当暂息，鹤唳不须惊"。但战火不如他所希望的那样很快平息，由于英国使臣觐见咸丰皇帝时只欲行鞠躬礼，而非跪拜礼，惹恼了咸丰皇帝，咸丰下令拘禁英国代表巴夏礼，对英宣战。但清军的大刀长矛不敌英法联军的洋枪洋炮，咸丰皇帝远遁热河，沈家本先生不得不又举家出去避难。

但沈家本对清王朝并没有失去信心。他在《初九日复出都感赋三章》① 中写道：

> 刁斗严军令，勤王尚有兵。
>
> 前茅孙叔将，细柳亚夫营。
>
> 感慨谁投笔，阽危欲请缨。
>
> 桃源何处是，山墅计行程。（其三）

他深信"勤王尚有兵"，而且心怀投笔从戎、阽危请缨的心愿，足见青年沈家本的报国之心。

二、青年时代纪行诗中表达的忧国情、报国志

沈家本青年时代的诗作中，纪行诗占据了相当大

---

① 《玉骨冰心冷不摧》，第23页。

的比重。沈家本先生的父亲沈丙莹先生外放贵州。咸
丰十一年（1861），沈家本奉父命举家赴贵州与父亲
会合。这是沈家本第一次长途跋涉，旅途中沈家本创
作了大量诗歌，这些诗作中流露出年轻的沈家本忧国
忧民的情怀。三月二十六，全家从京都出发南行，出
行的当天经过卢沟桥①，想起不久前先后两渡此桥的
情景，沈家本深为感叹。根据沈先生的日记，他在这
一天作了《过卢沟桥有感》诗，后来收入《枕碧楼
偶存稿》时，诗题改为《三月二十六日出都，大风，
重度芦沟桥》②，文字也有改动润色。其诗曰：

> 漫云男子志桑蓬，又理晨装驿路中。
> 风色不分天上下，河声难辨浦西东。
> 摧蹄石卵雷鸣转，扑面沙痕雨点同。
> 回首去年鸿爪印，桥头太息恨无穷。

　　这最后两句，明显地表达了无奈的叹息，"恨无

---

①　沈家本先生的诗中"卢沟桥"多写作"芦沟桥"，《沈家本
日记》和《枕碧楼偶存稿》所载诗文有差异，此后不再赘述。——编
者注

②　《玉骨冰心冷不摧》，第30页。

穷"之"恨"是一种十分复杂的心理。既是对朝廷的无能之恨，也是对洋人侵掠之恨，还包含了自己报国无门之恨。

南行一路上，沿途所见的民风民俗、社会现状，触动了沈家本的思想；祖国的大好河山、悠久的历史名胜，又开拓了他的胸怀。三月二十九，沈家本先生途经方顺桥，只见满目萧条，流民在街头沿途乞讨，这幅悲凉景象使他联想到宋人郑侠绘制《流民图》上书请求赈济灾民的历史事件，[①] 对当地地方官"不思经营"表示了极大的不满。在《方顺桥》[②]中他如是写道：

> 啼饥瘦妇还余泪，索食痴儿惯乞恩。
> 绘出流民图一幅，当年赖有郑监门。（其二）

北宋年间，"赖有郑监门"将《流民图》上呈皇帝，而今呢？后来，沈家本经过濡水畔，看到一群群

---

① 郑侠（1041—1119），字介夫，福州福清（今属福建）人，宋英宗治平四年（1067）进士，一生为民请命。熙宁七年（1074）三月，郑侠画成《流民图》，呈给神宗皇帝，呈报百姓疾苦，被神宗接纳。

② 《玉骨冰心冷不摧》，第31页。

乞儿，听到凄哀的求乞声，他在《乞儿词》① 中记下
了这一情景：

> 饥驱出门意颠倒，短车乍来濡水畔。
>
> 夹辀乌乌音可哀，乞人贸贸村中来。
>
> 草童雏女走相逐，叟妪匍匐趋尘埃。
>
> 前者方散后者聚，倾囊顿尽钱千枚。（节选）

因为同情乞儿，沈家本不惜散尽囊中"钱千枚"。
然而，沈先生这次却上了当。原来这几个村子，是有
名的"职业乞讨村"，一位老翁为他解释了这一切，
这些乞丐的家境并不差，只是：

> 男女四五岁，父母争相教。
>
> 教之呼爷爷，乞相尤难描。
>
> 但遇客车到，满村互招要。
>
> 一钱乍入手，便向同村骄。②（节选）

令人难以理解的是：

---

① 《玉骨冰心冷不摧》，第 34 页。
② 《玉骨冰心冷不摧》，第 34 页。

老悖习未忘，难将生涯抛。

生涯岂乐此，聊学哀鸿嗷。①（节选）

他为这种恶劣的民风叹息，也为如此民情而忧虑：

客闻此言长太息，礼教既衰俗难易。②

在《乞儿词》的最后，沈家本先生提出，人人都应有那种"蒙袂辑屦信奇士，不食嗟来甘饿死"的不屈精神。

但是，民风恶习远不止此。沈家本在《歌女词》③中描绘了另一种令人痛心的情景：

林表隐隐夕阳敛，指点前村问茅店。

客子入门乍税驾，歌女沿门各逞艳。

客笑问主人：此辈来何频？

主人笑语客，土风为君白。

女儿初堕地，耶娘遽咨嗟。

---

① 《玉骨冰心冷不摧》，第34页。
② 《玉骨冰心冷不摧》，第34页。
③ 《玉骨冰心冷不摧》，第33页。

> 长成八九岁，妄念偏又奢。
>
> 刀尺不令学，但令学筝琶。
>
> 筝琶未精熟，鞭笞随之加。
>
> 车声邻邻客子到，乱搽脂粉竞喧噪。
>
> 弦声嘈杂歌声欢，下里巴人不成调。
>
> 悭囊破费几文钱，便道能投客子好。
>
> 耶娘妄念正未已，安得千金客买笑。

他借用店主之口，抨击了当地市井为了"千金客买笑"，让自己的女儿学作歌女，争相向过路客人卖唱逞艳的陋习。这首诗的创作，反映了他对当地恶劣民风的忧虑。

这天，在从沙河至邯郸的路上，沈家本看到官道上的杨树，都是有干无枝，向当地百姓询问，知道是被砍去当作柴薪，他十分痛心，写了一首诗《由沙河至邯郸，官道多杨树，有干无枝，居人薪之也，枚肄渐生，幸矣》① 直抒胸臆。诗曰：

> 碧云夹道都成杌，寻斧何情日夜忙。
>
> 赖有绿荑经雨长，几希生意悟枯杨。

---

① 《玉骨冰心冷不摧》，第38页。

他是多么希望人们让那些枯杨得以生长啊！这样的心情是青年志士的一缕忧患之情。一路走来，沈家本先生所过之处多名胜古迹，他在诗中凭吊古人，抒发情思，时时流露出家国情怀，如《小商桥》① 言：

> 直捣乌珠垒，风云惨不骄。
> 背嵬三百骑，血染小商桥。

宋代大将杨再兴，抵御金兵入侵，与金兵大战于河南临颍，终因寡不敌众，战死于小商桥。后人为纪念这位民族英雄，于小商桥东建"杨统制庙"。沈家本先生走过小商桥，怀念这位英勇奋战壮烈牺牲的古人。

又如《汝坟桥》② 诗：

> 当日昆阳战，风雷屋瓦飞。
> 至今漤水上，犹有夜磷归。

当年刘秀以三千兵马战胜王莽数十万大军，昆阳

---

① 《玉骨冰心冷不摧》，第44页。
② 《玉骨冰心冷不摧》，第45页。宋代张耒《和陈器之诗四首·吊连昌》有"春耕迤逦上空山，夜磷青荧照秋草"句。

之役奠定了刘秀后来复建汉王朝的基础。那是一场以少胜多的典型战役，也是一场惨烈的战争。当时士卒争赴，溺水而死者无数，滍川为之不流。沈家本先生凭吊这一古战场，深感当年英勇壮烈的场面豪气逼人，以致滍川之上，历经近二千年"犹有夜磷归"。

沈家本先生景仰诸葛亮忠贞不渝，也欣赏诸葛亮足智多谋，但诸葛亮最终没有完成统一大业，郁郁离开人世，令沈家本先生感到惋惜。他走过卧龙岗，凭吊古迹，写下了五言绝句《卧龙冈》①：

> 萧萧五丈营，郁郁定军树。
> 惟有卧龙冈，白云自来去。

经过沙市，沈家本瞻仰司马梦求墓。司马梦求，宋代咸淳末任沙市监。德祐元年（1275），元军攻至沙市，乘南风纵火攻击宋军，都统程文亮逆战兵败，降元，司马梦求着朝服自尽殉职。沈家本先生赞许他

---

① 《玉骨冰心冷不摧》，第46页。卧龙岗（冈）位于中国历史文化名城河南省南阳市卧龙区卧龙岗上。卧龙岗南濒白水，北障紫峰，遥连嵩岳，山水相依。

坚贞不屈的精神，作诗《沙市吊司马梦求》① 悼之：

> 湖渚通荆江，港汊多岐出。
> 孤城据其中，戎马制奔轶。
> 江陵号雄藩，赖此犄角设。
> 一旦春水枯，天心秘清谧。
> 胡骑蹈瑕隙，千军奏箪箪。
> 南风更作恶，郁攸势难遏。
> 此城痛摧残，本州亦随没。
> 将军拥貔貅，平时盛咄吒。
> 兵败乃生降，草间忍偷活。
> 微官虽禄薄，此膝乌可屈。
> 浩气归太虚，朝服拜北阙。
> 临危颇从容，愧彼膺节钺。
> 残兵半新鬼，沙头哭月明。
> 忠魂夜归来，英风还烈烈。

　　沈家本先生赞扬马司梦求浩气凛然、从容就义的精神，批判了程都统兵败投降的可耻行径。

---

　　① 《玉骨冰心冷不摧》，第51页。

　　旅途之中，许多地方风景秀丽，也有些地方道路险阻，沈家本先生有不少诗描写了途中情景，又常于诗中表达自己的心愿和人生态度。

　　例如，《上滩行》① 描写了山路陡峭、滩涂险阻之后，依景生情，写道："顾我上滩舟，难于鱼缘木。人心每生妒，我额未尝蹙。"表明自己要在人生道路上勇往直前。诗中描写了汉代王尊的故事，沈家本视王尊为榜样。王尊，汉涿郡人。据《汉书·王尊列传》记载，王尊曾任安定太守，为官清正，捕诛豪强张辅，威震郡中，得罪朝廷重臣，被诬免。后经三老上书得复，迁益州刺史。赴任途中，王尊经过邛崃九折阪，看到流水湍急，悬崖峭壁，十分惊险。他知道，前任刺史王阳走到这里时曾畏惧其险，说："奉先人遗体，奈何数乘此险。"而后返车而归。王尊说："王阳为孝子，王尊为忠臣。"遂下令驱车而行。后来王尊任东郡太守，东郡黄河水泛滥，冲毁瓠子金堤，众人奔逃。

────────────

　　① 《玉骨冰心冷不摧》，第53页。瓠子，古地名，亦称瓠子口，在今河南濮阳县西南，汉武帝元光三年（前132），黄河瓠子口决堤，东南一带连年受灾。治理20多年未见成效。至元封二年（前109），汉武帝发卒数万，负薪填决口，筑成瓠子堰。九折阪，在四川荥经县西邛崃山。因山路曲折险阻，九折乃得上而得名。

王尊立于堤上不动，人们见太守如此，又返回救堤，于是转危为安。① 对于这样一位忠于职守，又勇于承担责任的古人，沈家本先生是倾心敬重的，他在《上滩行》诗的最后以"千古仰壮怀，王尊信吾属"表达了自己对王尊的敬重，把自己与王尊划归为同属。

经过三个月的跋涉，沈家本先生全家于六月初八日抵达铜仁。在铜仁的半年，沈家本先生一边续书一边协助父亲工作。但是由于父亲官场不顺，前途未卜，家小在贵州居住很不安定，父亲沈丙莹先生决定由儿子沈家本护送夫人及子女暂到长沙居住，等待时局变化以后再做决断。十二月初八，沈家本先生侍奉母亲，带着弟妹，离开铜仁向长沙进发。《十二月初八日由铜仁赴长沙道中作》② 诗云：

> 又别卢阳去，匆匆逼岁华。
> 宦途成苦海，流寓当还家。
> 尘世风波恶，江湖日月赊。
> 桃源经两度，洞口锁烟霞。

---

① 事见《汉书》卷七十六，第 3226—3238 页。
② 《玉骨冰心冷不摧》，第 66 页。

在铜仁助父工作的过程中，沈家本先生慢慢地感受到了宦海的险恶、生活的艰难。离开铜仁，在船中无事，他想起半年来经历的一切：父亲努力工作却遭到同僚的暗算，因为不肯逢迎贿赂又被上司排挤。这一切使他万分感慨，所以诗中用"宦途成苦海""尘世风险恶"这样的诗句来总结这半年的生活，或许这就是他初触宦海的体会吧。

经过浦江，沈家本看到官兵团练烧杀劫掠更甚于匪，十分愤怒。在咸丰十一年（1861）十二月十三的日记中，他这样记述："普市长发①去后，为江练所毁，十焚其五。"② 十四又记曰："浦市系江练所毁，此地兵练，民亦苦之，不亚于长发也。"十二月十五的日记中写下了《道经浦市纪事》，此诗后来收入《枕碧楼偶存稿》时改为《过浦市纪事三章》③：

---

① 当时太平天国义军不剃头，留长发，所以官府和未参加太平军的百姓称其为"长毛"或"长发"。

② 文中所引沈家本日记，均出自沈厚铎家藏的《沈家本日记》手稿，下略。

③ 《玉骨冰心冷不摧》，第66页。

沅之浒，贼如鼠。

沅之府，兵如虎。

连云列战格，飞鸟不敢舞。

明旦扬旌微，中宵震金鼓。

问君胡不挥天斧，贼馆昨夜已无虏。

贼聚如兔窟，我垒无一卒。

贼奔如豕突，我津予之筏。

偃旗间道走，疾于穿云鹘。

雷鸣巨炮轰江东，满山楼阁烟尘中。

男啼女哭走何从。

噫！豺狼在邑，狐狸人立，巢堂燕雀，城隅鸣鴞！

击鼓其镗，寇饱远扬。

前门拒虎，后门进狼。

可怜千万户，一炬成焦土。

自来苦贼尤苦兵，夺吾衣食猪吾宇。

君不闻，贼如梳，野有庐；兵如篦，村为墟。

诗中他把"贼"与兵一个比作狼，一个比作虎，而且一开头就明确指出了"兵如虎"，可见他对兵练的痛恨。尤其是最后二句，以贼、兵对照。贼走了以后村野还留下了茅屋，而兵过去以后，全村成了废墟。对官兵残害百姓的这种痛恨，或许是他后来强化法治的潜在原因。

这一时期沈家本先生的诗歌所流露的忧患之情，还是一种有志青年的情感的自然流露。

三、中年时代学识的积淀与思想的凝练

同治三年（1864），沈丙莹去职归里，25岁的沈家本独自抵京，援例入刑部就职，成为一名既无功名、又无资历的小司员。做好本职、求取功名成了他的生活重心。为了很好地完成本职，读律就是第一要务；为了求取功名，经史子集就是主要功课。同治四年（1865），沈家本返浙参加乡试，得中举人。同治九年（1870），父沈丙莹殁，沈家本回湖州守制。光绪九年（1883）会试，沈家本得中进士，升任刑部奉天司主稿兼秋审处坐办。光绪十九年（1893），沈家本经十次京察，终获一等，当年八月简放天津。

至此，沈家本已逾知天命之年，也在刑部从一个毛头小伙，熬成了律学造诣深厚、理案技巧娴熟的干练部员。在过去漫长的岁月里，沈家本为获得进士头

衔，经历了十余年炼狱般的科场煎熬，也经过了十次京察磨砺。在这煎熬和磨砺中，沈家本专注于经史与律学的研究，遍读典籍，博闻强记，有了丰厚的积淀，且充分掌握了朴学的研究方法。随着学识与能力的增长，沈家本的思想也发生了变化，这在他同时期的诗歌创作中体现得非常明显。

同治四年（1865）是沈家本先生得意的一年，这年他回乡应试，拿到了举人的功名。次年，他从烟台娶得美人归。在回京途中，他来到了通州，参观了通州试院。通州试院是京师地区童子试的考场，沈家本因为是湖州人，所以无权参加京师地区童子试，无法取得秀才资格，只能通过父亲按"纳粟入监"的规定，花银子捐了一个监生的头衔，取得乡试入场资格。没有参加过正式考试，这在当时是很丢人的事。直到他乡试得中，才算有了正式资历，洗去自己"捐生"的头衔。这次参观通州试院，对沈家本来说，自然别有一番滋味。诗《通州试院戏作四绝句》[1] 云：

———————

① 《玉骨冰心冷不摧》，第114页。

平生足未蹑虞庠，此日风檐费校量。

走马看花才一霎，漫将命运论文章。

虫书鸟篆太支离，大诰盘庚佶屈奇。

濡墨吮毫粗点定，一行官烛四更时。

张冠李戴洵奇事，西抹东涂有秘传。

篇幅未终真绝倒，奚奴背笑阿侬颠。

过眼战场迷五色，未闻方叔怨东坡。

但教不把初心负，沧海遗珠莫遽诃。

诗的首句，就直叙自己从来没有踏足过官学和童子试的考场，真不知道这种应试的感觉是什么样的。参观的一刹那，突然感到"走马看花才一霎，漫将命运论文章"。提出，为什么一定要把命运与科举连在一起呢？然而第四首绝句的尾联还是表达了他矢志不移的理念："但教不把初心负，沧海遗珠莫遽诃。"初心不可负，要加倍努力，不要瞻前顾后，即使最后落得一颗"沧海遗珠"，也是不足畏的。可见，这时沈家本的思想已经趋于成熟稳定，当然这与他已经有了自己的小家庭不无关系。

沈家本携妻到京之初，仍然住在会馆。到了秋天，沈家本终于从会馆迁到自己租住的院舍，建起自己的小家。《秋仲移居大安南营》① 一诗描绘了他此时的心境：

> 巢痕新卜日南坊②，容膝能安陋不妨。
> 室有遗书刚插架，门多老树不成行。
> 默观大化悲秋士，闲访遗村近海王③。
> 曲巷自来车辙寡，懒随征逐少年场。

可以看出，已经步入中年的沈家本，性子更加沉稳，能够"容膝能安陋不妨"，脱离了年轻人"大化悲秋"的无病呻吟，也不再"征逐少年场"，反而因为"近海王"，方便读书、淘书感到欣慰。

从此，沈家本沉浸在经史子集与律学研究当中，两年间，竟没有一首诗歌创作。两年后，沈家本得以参加同治七年（1868）的戊辰会试。但这一次，他运气不佳，最终落榜。落榜后，沈家本提笔写下了一首

---

① 《玉骨冰心冷不摧》，第115页。
② 清代北京城内设10坊：中东坊、中西坊、正东坊、东南坊、朝阳坊、崇南坊、宣南坊、关外坊、灵中坊、日南坊。大安南营是日南坊中的一条胡同，即今大安澜营，地处宣武门东南。
③ 海王，即海王村，清代书肆集中的地方，现中国书店总部所在地。

抒发自己情绪的诗《漫赋》①。诗中吐露了其落榜后"白眼揄揶壮不如"的感觉，也表达了"欲向崆峒倚长剑，半生豪气未消除"的信心。然而毕竟是失败，打击还是巨大的，即使还得"白云南望愿难赊，索米长安感岁华。彩笔何曾干气象，破书依旧寄生涯"，心中却不免产生了思乡之情，"身非骐骥才甘让，心在鲈鱼梦转差。塔古亭高归去好，碧湖烟水共浮家"。同年，沈家本还有一首《乞巧词》②，以七夕之日青年妇女向天上的"七姐"乞求"技巧"自比，写道："人心幻出无穷巧，犹向璇宫乞未休。"表达了其欲继续博取功名的心境。

同治九年（1870），沈家本父母相继过世，他回乡操办丧事。此后他守孝三年，至同治十一年（1872）释服，回到北京重新开始了阅卷、批卷、读书的生活。在丁忧的三年中，沈家本并未忘记自己的理想。回京前，沈家本路过杭州，作了《湖上杂诗》③共10首。他在咏颂西湖景色时，依景释情，表

---

① 《玉骨冰心冷不摧》，第115—116页。

② 《玉骨冰心冷不摧》，第116页。传说中，七姐是天上的织布能手，旧时妇女向七姐"乞巧"，乞求她传授心灵手巧的技艺。

③ 《玉骨冰心冷不摧》，第130—132页。

达了自己的心志。在岳坟铁像前，他写道："吾推忠武心，岂屑罗阶侧。"歌颂岳飞的忠武之心，哪里顾得上被罗织罪名系于阶下。在这组诗中，沈家本见景生情，表达自己的理想与志愿。如参观放鹤亭时他写出了"既具凌霄姿，终须离尘海"，表达自己志趣的高远。在登孤山时他以"特立想高踪，生平无附丽"的诗句，表示了自己绝不依附权贵的心志。在冷泉品茗时，则以"一掬石根泉，新焙瀹龙井。不改在山清，何嫌透心冷"表达自己不论遇上何等的困难都"不改在山清"的心境，坚持"透心冷"的精神。

从咸丰十一年（1861）十月二十六两宫太后和幼帝载淳回京，到光绪九年（1883），清王朝度过了一段较为安定的时期，沈家本也在这一时期专注律学、经史研究，成为"以律名于时的"的专家型刑部官员。光绪九年（1883），沈家本终于取得了进士的头衔，升任直隶司、秋审处两个部门的负责人。这段时间里他先后完成了《刺字集》《律例杂说》《奏谳汇存》《驳稿汇存》《雪堂公牍》《文字狱》《压线编》《旧抄内定律例稿本》《秋谳须知》《刑案删存》等十部著作，而对他所喜爱的经史之作，则只在《日南读书记》《学断录》《史记琐言》《说文引经异同》《侯国郡县表》中有所讨论。这十余年，应该说是沈家本律学创作的一个高峰期。

这时期他的诗歌多为同人唱和及一些记游、记事的诗，从诗歌的表达中，可以看出沈家本经过时代的历练，已经不像年轻时那样冲动，他的思想也更加成熟。

光绪五年（1879），沈家本年届不惑，作了《四十初度率赋五章》① 以抒情怀，从中可以看出沈家本的思想修养，也的确到了"不惑"的境界：

> 雪泥鸿爪讯从头，弹指光阴去不留。
>
> 硕望未能追马郑，高踪安得附羊求。
>
> 知还倦鸟归深树，学钓灵鳌信直钩。
>
> 卅载蹉跎终莫补，劳劳尘世等浮沤。
>
> 朱门冠盖集严终，蹑迹香尘逐软红。
>
> 痴梦争寻蕉下鹿，豪情笑叱柳前骢。
>
> 强弹冯铗声难就，妄学齐竽曲岂工。
>
> 勋业行藏何限事，倚楼看镜寂寥中。

---

① 《玉骨冰心冷不摧》，第137—138 页。

踽凉情状最堪嗤，燕市骑驴彳亍时。
敢诩芝兰参臭味，岂防瓜李避嫌疑。
诗书结契真偏淡，酒肉论交久易离。
针曲枉教磁石引，朱弦三叹证心期。
梦里家山也当归，客中情事是耶非。
偶沽浊酒供清酌，为买新书典旧衣。
儿耐斋盐方索笑，妻甘荆布亦知几。
碧湖风物难忘却，鲈脍初登蟹渐肥。
云司匏系岁华迁，早悟朱丝暗里牵。
小草知难供世用，散材幸得遂天年。
疲骖偃蹇驱常后，老鹤氋氃舞不前。
漫道尘机无日息，此生终结看山缘。

　　沈家本在这组诗中，回顾了自己的过往，梳理了自己的思想感情。诗中以"硕望未能追马郑，高踪安得附羊求"概括了自己的追求，虽然他赶不上马融、郑玄，但也不会像羊仲、求仲那样愤世嫉俗、脱离尘世。显然他已经能够坦然地对待自己并不认同的人和事，能够"敢诩芝兰参臭味，岂防瓜李避嫌疑"，直接表明自己不避瓜田李下之嫌，赞赏芝兰之香，也不怕批评腐臭，以坦荡胸怀面对现实。他相信虽然"针曲柱教磁石引"，但也必然会"朱弦三叹证心期"。
总之，自己的心智已经不会再受到外界的蛊惑。

光绪十六年（1890），沈家本 50 岁，作《题杨韵楼〈清流作鉴图〉》①。观赏着图中"烟波旧与白鸥盟，沙石粼粼彻底清"的画面，沈家本发出了"观我观人原一样，此中妍丑最分明"的感慨。他在诗中写道"闲支竹杖看清流，云影天光一鉴收"，若像观图一样观看尔虞我诈的世界，就能如"云影天光一鉴收"般一目了然。所以还是要"养得此心常活泼，那分万派与源头"，应当坚持自我，坚持不与权贵同流合污。

在《王虎文、冯悦轩招游北河泡观荷，雨甚，不果往。午饮于天宁寺塔射山房，方坤吾首唱，索和，即步其韵》② 诗中，沈家本更是明确地说"身外同浮云，会得酒中意""登此清静境，洗我千结肠"，已经看透一切身外物，放眼大千世界，把名誉、地位都置之度外了，但这并不代表他不求上进。

光绪十九年（1893），沈家本得知将要出守天津，

---

① 《玉骨冰心冷不摧》，第 158 页

② 《玉骨冰心冷不摧》，第 161—162 页。

作《问楼以新春遣怀二律见示，即步其韵》① 诗，诗中以"屈平尚欲随驽马，甄宇由来取瘦羊"表明自己希望像屈原一样为社稷作出自己的贡献，② 但在"分羊"时也会如甄宇一样只取"瘦羊"的心意。③ 这一年，沈家本得中进士已经十年，也经过了十次京察，已经年届"知天命"，尚没有得到上等的评价，更没有获得升迁、外放的机会，他真实地体会到了屈原被冷落的心境。所以诗中他写道："薄宦久经谙世味，高歌翻羡作诗狂。柳芽将茁花将发，好把香醪荐木皇。"④ 这里的"木皇"代表着社稷或者国家，到了

---

① 《玉骨冰心冷不摧》，第 167 页。

② 屈原《卜居》有："宁与骐骥亢轭乎，将随驽马之迹乎？宁与黄鹄比翼乎，将与鸡鹜争食乎。"参见屈原：《屈原集校注》，金开诚、董洪利、高路明校注，中华书局 1996 年版，第 744 页。

③ 《东观汉记》记，甄宇"征拜博士。每腊，诏书赐博士羊，人一头，羊有大小肥瘦。时博士祭酒议欲杀羊，称分其肉。宇曰：'不可。'又欲投钩，复耻之。宇因先自取其最瘦者，由是不复有争讼"。参见刘珍等撰：《东观汉记校注》卷十八，吴树平校注，中华书局 2008 年版，第 839 页。

④ 木皇，即伏羲氏。《史记·封禅书》："自古以雍州积高，神明之隩，故立畤郊上帝，诸神祠皆聚云。盖黄帝时尝用事，虽晚周亦郊焉。"自秦汉至明清，伏羲作为三皇之首，民间祭祀不断，相沿成习。如今，每年 6 月 22 日，仍于甘肃天水市举行伏羲大典，对其进行祭拜。

"柳芽将茁花将发"的时候了，正好把一樽酿好的醇酒，献给自己向往的"木皇"吧！一种渴望为国家、为社稷贡献力量的心情，跃然纸上。

"薄宦久经谙世味"，终于，沈家本熬到了头。这一年八月十九，沈家本在日记中记道："晨起套车正欲进署，杨苏拉来送信，言奉旨简放天津府知府，妇稚皆不信。十下钟李玉坡同年着人送旨谕来。午刻往访玉坡，知津守邹岱东因病出缺，遂有是命。"沈家本意外地被派任天津知府，从此他开始了与之前完全不同的二十年的生活。

赴任之前，沈家本与同人话别，用《出守津郡留别同人》① 记录了当时的情景：

> 云亭抱牍点朝班，荏苒韶华已卅年。
> 交淡偏多同志乐，援疏幸遇长官贤。
> 谬登上考虚声负，滥叙劳资异数迁。
> 此日一麾津海去，何时重与话尊前。

外放天津，自然是好事，然而与朝夕相处几十年

---

① 《玉骨冰心冷不摧》，第168页。

的同人告别，沈家本仍满怀惜别之情。

四、庚子、辛丑诗的情感升华

经过甲午战争、保定教案以及庚子事变，沈家本的精神与思想得到升华，救国治国成为其强烈愿望。

在沈家本任职保定的第二年（1898），保定北关法国教堂被毁，发生了保定教案。作为知府，沈家本先生参与了这起教案处理的全过程。在他的主持下，这一教案原本已经有了一个比较妥当的处理方案，但由于当时朝廷军机大臣荣禄派来协调的姚观察的无能与媚外，加上荣禄的直接干预，使这起教案最终以既失土地又赔五万金而告终。沈家本先生对此十分气愤，他在这一年五月初二的日记中叹道："政令如此，可发一叹！"后来，因为新建教堂后面的一块坟庙地，清河道署和教会发生了激烈的争执，沈家本先生以地界碑文为证，驳斥了教堂与法国教士杜保路欲霸占这块土地的要求，就此与法国教士杜保路结怨。

同一年，京城发生戊戌变法，变法失败对保定影响不大，但六君子被害，引起了沈家本的极大悲痛与愤慨，他作《书事》① 以泄其悲：

> 之奇尽室行，伯玉近关出。
>
> 君子见几作，必不俟终食。
>
> 哀哉襜襦子，营营竞触热。
>
> 浮名婴网罗，羁绊曷遗脱。
>
> 白首竟同归，青山惨埋骨。
>
> 千秋万岁后，畴秉董孤笔。

这些被杀害的人，本可以竭尽全力，如陈子昂一般出关卫国。但这些君子，为了国家大义，抓紧时间努力改革，敢于冒犯炙手可热的权贵，却困于缧绁，结果"白首竟同归，青山惨埋骨"。他悲愤地唱到："千秋万岁后，畴秉董孤笔。"相信未来的史家一定会像董狐一样，给这些牺牲的人们作出公正判断。这种对改革者的同情，对他们的牺牲的悲愤，表达了沈家本内心深沉的家国之情。

光绪二十六年（1900），沈家本调任通永道，还没赴任，又调任山西按察使。但是由于沈家本在直隶

---

① 《玉骨冰心冷不摧》，第189页。

按察使的任上还有未审结的案子，不能立即赴任，于是他让家人先到开封等候，想等结案后自己再动身。然而这次滞留，却给沈家本先生带来了终生难忘的经历。

八国联军攻入保定时，沈家本与当时直隶省的主要官员一起被拘捕。从九月初至十二月下旬，沈家本被关押、软禁了三个月。在被关押期间和被释后，沈家本写下了40余首诗，完整记录了他当时的心境。

九月初一，沈家本先生被拘的第一天，在闲坐与焦虑之中他口占一诗，后来记录下来，题为《九月初一口占》[①]：

> 楚囚相对集新亭，行酒三觞涕泪零。
> 满目山河今更异，不堪说予晋人听。

作为一个省主管司法的官员（虽然只是署理），竟然被外国人关押在自己管辖的土地上，他与同押在一起的直隶和保定的官员相对而泣。国土被外国人践踏对于一名主权国家的官员，可以说是奇耻大辱，简

---

① 《玉骨冰心冷不摧》，第210页。

直无法说与自己的乡邻。九月初九，沈家本先生在囚禁中又作《重九浸题四绝句》①：

算到篱东菊正芳，白衣送酒为谁忙？
爱吟陶令闲居句，尘爵虚累耻未忘。（其二）

估计自家的秋菊正是芳香的时候，这样的秋景在拘室中是不可能见到的。想来此时此刻，差役们又在为谁忙忙碌碌呢？沈家本先生此时想到了陶渊明《归园田居》"久在樊笼里，复得返自然"的诗句，以及陶渊明《九日闲居·序》中的"余闲居，爱重九之名"。他感到这些句子正符合自己现实的处境。《九日闲居》中又有"尘爵耻虚罍，寒华徒自荣"的诗句，沈家本以"耻未忘"三字宣示自己虽沦落"尘爵虚累"的囚室之中，也永远不忘这奇耻大辱。

在庚子事变中，与沈家本同时被拘的布政使廷雍等人被杀时，沈家本也曾被绑赴刑场，幸运的是，他躲过了死亡。据笔者的祖母，沈家本先生之四儿媳赵六如女士回忆，当年沈家本先生曾讲过，他之所以能

① 《玉骨冰心冷不摧》，第210页。

全身而退，其中一个原因是他在被审讯时，对在保定教案中结怨的教士对他的诬指予以有力的批驳；另一原因就是沈家本先生是署理官员而非正式的直隶按察使，不算是直隶省官员，所以被法国侵略者免处死刑。

九月十九，沈家本被押回自己的衙门，但仍然有洋兵把守，监视其居住。虽然仍不得自由，不过毕竟是回到了自己家中，可以见到衙署的官吏，差役可以侍奉起居，沈家本的心情当然轻松了许多。在他的《移居二首》中有这样的诗句：

> 穷猿乍得投林喜，疲马还思税鞅安。
> 算是今宵魂梦稳，何须苦语劝加餐。[1]

抒发了此时他内心的苦涩，和渴望彻底自由而不得的无奈。

然而，八国联军仍然迟迟不肯解除对他的监视。十月十四彻夜大雪，沈家本先生也彻夜不眠。他在《十月十四日夜雪，感赋二律，用东坡雪后北台壁韵》

---

[1] 《玉骨冰心冷不摧》，第213页。

中写道：

> 中宵舞势常穿户，破晓晴光乍到檐。
> 试踏营门寻故垒，墙头半露铁矛尖。① （节选）

望着皑皑白雪，沈家本先生不能入睡，在破晓时走出房门，试探着要出院门走走，但墙头露出了看守的铁矛尖，自由离自己还很远很远啊。一年即将结束，仍得不到自由，不能履行职务，他的心情十分压抑。十一月十一，这天正好是1901年的元旦，他作《十一日戏题二绝句》写：

> 休言颁朔出天方，不奉三正继百王。
> 破晓营中齐奏乐，短衣按剑起行觞。② （其二）

按照中国传统，每年要由朝廷颁布日历，称为"颁朔"，而这天却是西国的元旦，随着天光破晓，联军的兵营中传出了庆祝元旦的乐声，被囚在家中的沈家本，按捺不住情绪，在屋中边舞短剑，边举杯独饮，以解胸中之闷，他已经出离愤怒。

---

① 《玉骨冰心冷不摧》，第216页。
② 《玉骨冰心冷不摧》，第218页。

十二日夜，又下了大雪，沈家本先生仍然夜不成寐，于是写下了《十二日夜大雪，率成长篇，效欧阳永叔聚星堂禁体，即用其韵》①，诗中描写了夜间城中的情景。昨天联军官兵闹腾了一夜，现在已经睡去，"此时城中息嚣氛"。沈家本指骂八国联军是"古今同聚一丘貉"，而现在是"虎迹满地难扫除"，侵略者留下的足迹难以消除。他希望"东来海鸟匿光采，西去沙虫返荒漠"，侵略者尽快退出中国。

监视居住使得沈家本先生真正闲居下来，闲居之中有书可读也算是好事。《杂诗十首》② 记录的就是他这时读书的心得。在诗中，沈家本表达了"敢言争国是"的胆识，也强调了"淡泊心乃空，清凉国可正"的清正廉洁思想。他指出为官若是"如何转念差"，必然会"贪荣忘国耻"。这时的沈家本先生，已经不再如当年少壮气盛，有雄图大志了。他想得更加具体和现实，他想到若要匡扶国家，必须用人得当，权臣应该清廉，他考虑的是要"微之批龙鳞，敢言正国是"，他要"经世具体用，大儒展襟抱"。

---

① 《玉骨冰心冷不摧》，第 219 页。
② 《玉骨冰心冷不摧》，第 222—226 页。

十二月二十六，沈家本先生终于获得了自由。他立即收拾行装，从保定出发，准备到西安觐见偏安的慈禧和光绪。他先到开封会齐家人，然后向西安进发。次年（1901）二月下旬，沈家本抵达西安。这次旅途历时两个月，在途中，沈家本先生留下了35首诗。

这时的沈家本先生已年届耳顺，又经历了在保定被侵略者拘捕的惊险与屈辱，他的心态发生了巨大的变化，他对国家的前途与命运万分焦虑，对王公大臣们的腐败与无能深恶痛绝，他的忧国之情升华到了一个新的高度。

从保定出发当天，沈家本先生心情急切，他急于看到家人，也希望尽快得到任用以施展自己的抱负。他相信外国军队撤离后，国家还能建设得更好。《二十六日保定晓发》① 两首绝句就表达了他这种急切、渴望的心情：

> 危城厌听戍楼刁，画旆悠悠晓色招。
> 指点抱阳山远近，重教苍翠看今朝。

---

① 《玉骨冰心冷不摧》，第232页。

春归十日寒犹重，一路垂杨未挂丝。
检点画梅交七九，河边渐已见流澌。

过去几个月来，沈家本先生每天听着外国军队的军号声，心生厌恶。这一天拂晓，他终于要离开保定了，他怀着"重教卷翠看今朝"的雄心，相信未来。

走过定州时，沈家本先生写下了《定州四首》①：

太行千里翠云翻，送我西来上古原。
了了炊烟飞不断，东风吹入劫余村。

土门关势接层城，相像当年细柳营。
战垒飞驰何国骑，平沙浩浩阵云横。

画石争传雪浪奇，高斋芜没系人思。
坡公昔作边城帅，十万旌旗变色时。

岧峣塔影插天青，铃语铴当不忍听。
战马悲鸣乌鸟绝，夕阳残戍几人经。

眼前劫后的颓垣断壁，是由哪场战争造成的，我

---

① 《玉骨冰心冷不摧》，第233页。

们不得而知，但这组诗中的第二首，描绘了沈家本先生遐思构想的一幅画面：一座土门关与定州的城楼相接，就好像当年周亚夫领兵备战时驻扎在细柳的军营，战场上奔跑的不知是哪国的骑兵，正在激烈的拼杀。这幅图画，显然是沈家本先生想象的战争场面，但他希望能有"坡公昔作边城帅，十万旌旗变色时"的战争经历，有苏东坡"边城帅"的威风，有抵御侵略者的能力。但事实上，他们见到的还是"战马悲鸣乌鸟绝，夕阳残戍几人经"的萧条冷落。

沈家本先生在《祁州与潘文涛大令夜话》[①] 中，继续表达了他的心志：

> 停车三叹息，重见汉官仪。
> 吏卒喧排仗，民兵笑拥旗。
> 方筹清伏莽，何术起疮痍。
> 痛定应思痛，须寻国手医。（其二）

沈家本经过停东县想到唐代诗人姚合《敬宗皇帝挽词三首》，感慨唐敬宗皇帝三过停东排列汉代仪仗，

---

① 《玉骨冰心冷不摧》，第234页。

而自己多日被禁，不能见到自己国家的仪仗。到了祁州，投宿到县衙，沈家本先生这时的身份是署理直隶按察使，实授的山西按察使。县令潘文涛排出仪仗，对沈家本先生以礼相迎。二人夜谈之中，沈家本先生深深地感到，国家经历了如此巨大的伤痛，应该痛定思痛，寻出良策医治国家的创伤，更应有"国手"来医治国的弊病。这位"国手"是谁呢？自己有这个机会吗？

沈家本先生继续迫切地寻求治国之道，这种忧国之情、报国之愿在他经过汤阴瞻仰岳飞墓时，所作的长诗《过汤阴县怀岳忠武》①中表现得淋漓尽致：

> 嗟昔宋中叶，厉阶生童蔡。
>
> 祸始贪燕云，孰遏女真骑。
>
> 康王渡江来，崎岖践天位。
>
> 初乃任汪黄，继更倚贼桧。
>
> 徒令诸将佐，披坚忘敌忾。
>
> 桓桓岳少保，后起监众帅。
>
> 鄢城一战胜，乌珠欲引避。

---

① 《玉骨冰心冷不摧》，第239—241页。

太息金牌召，十年功竟弃。

痛饮黄龙府，此志伤不遂。

异哉琼山老，持论何愦愦。

谓桧实存宋，谓飞功难冀。

曷勿度其时，南北利与害。

湘湖诸盗平，内患已尽去。

诸将百战余，颇各擅才智。

韩刘杨沂中，淮海号鹰挚。

兴元久开府，璘时继兄玠。

背嵬临中原，响应河内外。

太行结民社，慷慨多忠义。

金主方偷安，不复图辟地。

国内诸宗王，乖离心携贰。

海上诸旧将，先后皆弃世。

所存独乌珠，西挫东亦惫。

列城半焚荡，曹司昧政治。

金军更驿骚，闾阎久怨怼。

所以豪杰士，争欲及锋试。

倪用忠武谋，规略布远势。

大军取两京，壶浆父老至。

乌珠虽枭雄，久持必内溃。

一军出秦凤，关陕士凌厉。

一军出淮右，齐鲁争来会。

诸将苟一心，恢复反手易。

何为失事机，竟用画淮计。

永绝中原心，一发安可系。

吾知桧再相，曲伺帝私意。

造膝进蜚言，独力主和议。

飞死构称臣，桧亦不可制。

从此成偏安，祖业恸沦替。

瞀儒不晓事，口舌毋轻肆。

故里修明禋，祠树郁幽荟。

精忠抱遗恨，濡笔还挥涕。

　　他在岳王坟前，思潮澎湃，歌颂了岳飞的忠勇与谋略，谴责主和派的投降行为，更痛斥赵构的屈辱求全和秦桧的通敌卖国。他认为，如果不失时机地用岳飞的谋略，又有将士们的团结一致，恢复大宋版图是易如反掌的事情。在诗中，他尤其批驳了认为秦桧保护大宋、即使岳飞在世也不能建立奇功的荒谬论调。"精忠抱遗恨，濡笔还挥涕"，全诗终结的这两句，表达了沈家本对岳飞"精忠报国"精神的崇敬。全诗慷慨激昂，他的歌颂，他的谴责，饱含了他对国家、对民族的深情，寄托了他寻求救国之路的抱负。

经过郑州，沈家本先生拜谒子产祠，赋《子产祠》① 以言志：

> 公孙遗爱圣门推，论学原须并论才。
> 国小邻强交有道，此人端为救时来。

郑子产是我国历史上最早的改革家，"子产铸刑鼎"的事件引起了贵族的争论，而子产以法治国的改革，在郑国发挥了巨大的作用，使"国小邻强"的郑国，能够屹立于强国之间。这时的沈家本不可能想到自己将会担当清末修律的重任，但他对子产的精神大加赞美，而且以"此人端为救时来"的诗句予以论定，说明沈家本先生虽是花甲之年的老人，仍然有着一腔救国的热血和一颗报国的赤子之心。"此人端为救时来"，正是倾吐了沈家本先生以法"救时"的愿望。

---

① 《玉骨冰心冷不摧》，第243页。

路过潼关，穿过华阴道就要到达西安了，沈家本燃起了工作热情，升起实现自己的抱负的希望。

潼关[①]

身行万里半天下，苏子牢愁总寄诗。

今我入秦方发轫，故园息影在何时。

华阴道中[②]

新阴夹道绿成行，宿麦含风浪影凉。

一路沙衢平似砥，引人山色总青苍。

从保定到西安，潼关是必经之路，经过潼关，再过了临潼就到西安了，两千里路真有"身行万里半天下"的感觉。这时的沈家本先生想起了苏东坡四过临潼而无诗留世，所以说他是"牢愁总寄诗"。此时，目的地西安已近，沈家本精神振作，他一边觉得此时像是"方发轫"，可能是一个新的起点，但一边又在犹疑，或许是该"息影"回归故园的时候了。虽然满腔报国情怀，一心"端为救时来"，但这时的沈家本，

---

① 《玉骨冰心冷不摧》，第 250 页。
② 《玉骨冰心冷不摧》，第 251 页。

其实心中对前途没有底数。他也想到了自己年届花甲，很可能会得到一纸上谕，就此休致回家了。虽然"一路沙衢平似砥"，但"引人山色"总是"青苍"的，自己毕竟是老了。

到了西安，事情并不如预想的那样糟。光绪二十七年三月丙子，即1901年4月28日，沈家本得到谕旨："命山西按察使沈家本开缺，以三四品京堂候补。"① 这是一瓢温水，不冷不热。既没有令他休致回家，也没有立即任用，"以三四品京堂候补"，有合适的差事，给你一个；没有就等着吧，给你一点希望。于是沈家本在西安赋闲了，这种赋闲、等待是令人焦虑不安的。时至农历三月初三上巳节。按照传统风俗，这一天要在水边洗濯身体的污垢，又要祭祀祖先，叫作祓禊、修禊。沈家本虽不会到水边涤污，但也有祭祖的习惯。这天沈家本作诗《偶集东坡句》②疏解自己的心情：

① 《德宗景皇帝实录》卷四百八十一，载《清实录》，中华书局1987年影印本，第五十八册，第349页。

② 《玉骨冰心冷不摧》，第254页。

千戈万槊拥笓篱，弱羽巢林在一枝。

白发苍颜谁肯记，行歌野哭两堪悲。

流觞曲水无多日，笔画溪山指后期。

倒着接䍦搔白首，那堪重作看花诗。

这首诗的八句，分别集自苏东坡《次韵张十七九日赠子由》、《和孔周翰二绝观净观堂效韦苏州诗》《元日过丹阳明日立春寄鲁元翰》、《除夜野宿常州城外二首》（其一）、《和王胜之三首》（其二）、《次韵蒋颖叔》、《铁沟行赠乔太博》、《刘贡父见余歌词数首以诗见戏聊次其韵》八首诗。集句诗，是最看诗人功夫的创作。只有熟读经典、博闻强记，才能集他人诗句自成新诗。集句诗要对原诗句融会贯通，新诗才能既浑然一体无斧凿之痕，又能表达自身新意。

这首诗的首联借苏诗①诗意描绘了满朝文武寓居西安的焦灼，颔联则代入了自己"白发苍颜谁肯记"的焦虑与"行歌野哭两堪悲"的两难境地——西安本就是临时驻地，"候补"让他去又去不得，留又不知等到何时。颈联两句，则借苏诗描写苏轼在长兴县笔

---

① 即苏轼的诗词，全书同，不再另作说明。

画溪畔宴饮时，与友人约定"后期"的诗意，委婉地表达了对朝廷"以三四品京堂候补"许诺的期望。尾联两句，进一步表达了自己已经是"倒着接䍦搔白首"的年龄了，已经等不及再"重作看花诗"了，等待被重新启用的迫切心情，在这两句中表现得淋漓尽致。

等待之中，沈家本不能忘记二月刚刚被赐死的旧日上司兼同僚好友赵舒翘，他来到西安近郊的长安县（现为长安区）大元村赵舒翘家中吊唁。赵是军机大臣、刑部尚书，《辛丑条约》签订时，八国联军要求惩办所谓战犯，慈禧迫于八国联军的压力，抛出了赵舒翘，先是革职，之后赐死。赵舒翘不过是个替罪羔羊，如此冤死实在是令人心中不平。沈家本的长诗《大元村哭天水尚书》①描绘了与赵舒翘的深厚情谊，痛斥了权贵们的无耻。"始祸众亲贵，误国魄应褫。君乃罹此难，系铃铃谁解。"本来是众亲贵们惹的祸，然而赵舒翘却因之而死。解铃本应是系铃人，而今这

---

① 《玉骨冰心冷不摧》，第255—256页。按，"天水尚书"似应为"甜水尚书"，赵舒翘住宅在长安县（现为长安区）甜水井街，故称。沈家本先生是否因方言之故称"天水"，也未可知。

个铃，又由谁解呢？这是天大的冤案，但这场冤案又由谁来平反呢？这场悲剧让沈家本先生痛恨不已。"万恨何时平，千龄终已矣。拭泪强回辙，就车还嘘唏。言之愧不文，奋笔畴为诔。"这是悼念，是抗争，更是谴责。沈家本的一腔悲愤，用一篇三百二十字的诗作了充分的倾诉。

京城的谈判以清王朝的妥协而告终，两宫回銮已在计划之中，但负责礼宾的光禄寺卿郭曾忻已调任通政使。于是五月十四，沈家本先生被任命为光禄寺卿。他上任的第一件大事，就是侍奉慈禧、光绪回北京。经奏准，沈家本于五月十八先行出发，为两宫回銮准备一路上的食宿。这个差事并不是沈家本擅长之事，更不是他所愿。但毕竟他重新有了差事，而且又可以回到他阔别已久的京城，或许还会有新的机遇，所以此时他的心情还是不错的。

五月二十八日西安晨发①

终南山翠上征鞍，雨后烟光画里看。

刘项兴亡都不管，西风送我出长安。

---

① 《玉骨冰心冷不摧》，第257页。

告别终南山，启程了，"雨后烟光"或许说的是京城战后的情景，但还只能是"画里看"。国家兴衰的大事，暂且置之不顾，先离开西安办现实的差事吧。"西风送我出长安"明显写出了一种轻松的情绪。

然而，途中的情景却使沈家本先生轻松不起来，他看到沿途的荒凉，百姓的疾苦，心情又沉重起来。"无情柳亦悲零落，非复当年绿万条。"（《度灞桥》①）但是，他明知百姓的疾苦，还要督促民工们为两宫銮驾修桥补路，不得不尽忠职守，完成自己的任务。看着那些因朝廷的失误、官吏的腐败造成的衰败景象，他十分压抑，一曲《筑道行》② 就充分说明了他当时的心情：

> 省符昨下郡，克日起周道。
> 列郡檄州县，州县责乡保。
> 挨户齐民夫，兴筑趁晴杲。
> 上户多家佣，弱户寡壮佼。

---

① 《玉骨冰心冷不摧》，第 257 页。
② 《玉骨冰心冷不摧》，第 260—261 页。

　　奋畚走童稚，橐楎累翁媪。

　　赴功不言疲，忍饥岂得饱。

　　九重方盱食，何况在臣皂。

　　科敛苟可免，遑敢惜力小。

　　所幸风日和，秋深霜露少。

　　千里成夷涂，经营莫草草。

　　天子奉慈舆，西巡归路好。

　　圣仁重节俭，供亿戒苛娆。

　　常念民力艰，恫瘝总在抱。

　　纶绋颁四方，穷檐尽喻晓。

　　惟兹土功繁，差雇议纷扰。

　　举事策群力，鸠工赖亿兆。

　　岂欲烦吾民，吾民已枯槁。

　　万宝方告成，涤场农事了。

　　我听舆人诵，正言喻耆老。

　　努力勿懈怠，皇恩正浩浩。

　　他知道民工们"忍饥岂得饱"。一方面，"常念民力艰""岂欲烦吾民，吾民已枯槁"，另一方面，他还是不得不劝百姓"努力勿懈怠"。这首诗中凸显了他那种明知百姓苦，又不得不苦民的矛盾心情。

归京途中，沈家本先生路过了清风店，这是他先前经过的地方，但当时所见之景，与现在已大不相同了。

清风店①

昔年歌馆按红牙，今日萧条白板斜。

雏女也知家国恨，闭门不复弄琵琶。

这是他青年时期所作的《歌女词》描写过的地方，国家已经破败到何种地步了！他心中闷郁，想起"商女不知亡国恨"的名句，诵出了"雏女也知家国恨，闭门不复弄琵琶"的诗句。其忧国忧民的心情可想而知。

此次归京，行进是缓慢的，因为他必须为两宫安排好沿途各站的食宿。十月初，他才行到河北方顺桥。初四，他突然接到了一份谕旨，升任其为刑部右侍郎，原因之一是，他的老师，同时又是老上司的刑部尚书薛允升在辅驾回銮的途中去世。而这时沈家本并不知道薛允升已经去世，他只知道自己又能回到刑

---

① 《玉骨冰心冷不摧》，第261页。

部，而且是以侍郎的身份回到他曾经供职三十年的地方，因此他是高兴的，他感到有了施展抱负的机会。由此，沈家本在我国司法改革的历史上为法制现代化作出了巨大贡献，这是后话，但至少当时可以说，这次升迁对沈家本而言是一个契机。

从庚子、辛丑诗中，我们可以看到，沈家本先生经过数十年的生活历练，已经不像青年时期那样冲动，他看到国家兴衰的历史，因而忧国之思更加深沉；他看到了朝廷的现状，因而报国之志更加清晰。他希望寻求一条富国强民之路，这便是他人生最后十年为国家、为民族奋斗，努力改革法制的动力。

五、沈家本先生晚年诗歌中的情怀

人生最后的十年，或许是沈家本先生最忙碌的十年，也是他最辉煌的十年。从光绪二十九年（1903），到民国二年（1913）沈家本先生逝世之时，这期间他所作的诗都被收录在《枕碧楼偶存稿》的第十二卷，也就是《玉骨冰心冷不摧——沈家本诗集》的《诗六》中。

　　这一时期的沈家本先生，全身心地投入刑部工作
和后来的修律事业当中。虽然他遇到了许多困难，有
过被弹劾的经历，甚至还有要冒生命危险的时候，但
他凭着自己的政治经验和工作能力，最终平安度过。
在这一时期的诗中，唱和之作较多，因为在这十年
中，沈家本先生考虑的尽是刑法业务与修律的大事，
如何肯让诗歌创作占据自己更多的时间呢？

　　沈家本先生此时的官做得不算小，从沈家本先生
上数五代、下数五代为官至今，也是登峰造极的职位
了。但沈家本先生并不逐名，于利更是两袖清风。

　　光绪三十一年（1905），《秋芙蓉四首》① 这样
写道：

　　　　千林残叶下纵横，晚绿成阴别样清。
　　　　君子由来知俟命，幽人毕竟不争名。
　　　　菘肥畦北为邻里，菊瘦篱东作弟兄。
　　　　竞说仙真同管领，丁家山馆石家城。（其三）

　　这"君子由来知俟命，幽人毕竟不争名"正是他

――――――――

　　① 《玉骨冰心冷不摧》，第 269―270 页。

此时心态的写照。虽不争名利，但于新事追求却十分认真。《王幼三同年（锡命）司铎十年解官归里，道经辇下，出万全留别诗相示，大有张翰莼鲈之感，枨触余怀，率成八绝句以赠行，且以志归田之愿不易遂也》[①] 这样写道：

吾学于今世界新，普通卒业始为人。
小同喜有传经子，裁制还须老斫轮。（其五）

此诗写于光绪三十二年（1906），正是他翻译外国法律和修订本国新法的时期。沈家本从所翻译的外国法学著作中，学到了许多新的东西。他已经是66岁的老人，还有这般的学习精神，无怪乎他能有那样的勇气和精神为修律奋斗。当然，他并不怀疑自己的知识与经验，所以是“裁制还须老斫轮”。在他主持翻译西法的过程中，正是有那些年轻人的努力，加上他自己的审定，才形成权威的翻译成品，他也从中获得了新知识。诗中他赞赏王幼三“一片冰心不受埃”“安步当车杖不扶”“高风落落古为徒”，这同时也是

---

① 《玉骨冰心冷不摧》，第271—272页。

他的自我表白，亦是对当时某些对他的弹劾的委婉回应。

虽然沈家本先生官高禄厚，工作忙得不可开交，但他的忧国之情，仍然十分强烈。此时，英法等国占着我国许多租借地，还掌握治外法权。面对外国人的欺凌，他的心情十分沉重。一天他在把玩自己用了二十多年的高丽扇时，写下了《书高丽破扇》① 诗，宣泄自己的心绪：

> 招凉赖尔廿余年，纸断丝残忍弃捐。
> 破碎山河都不管，茫茫对此感无边。

他一心修律，就是因为他认为建立完善的、符合世界潮流的法制，是治国之道。面对着眼前的破碎山河，他怎能不百感交集呢。

辛亥革命以后，沈家本先生退出了政坛，但他仍关心国家大事，关心富国强民。他的《小园诗二十四首》② 是民国元年（1912）的作品，这时他已经不问政事，这组诗歌都以园中花木为题，抒发着清新淡泊

---

① 《玉骨冰心冷不摧》，第 273 页。
② 《玉骨冰心冷不摧》，第 298—302 页。

的情趣，其中第二十三首直抒胸臆，表达了他退出政坛的决心。

名都赫赫走英豪，病骨支离不耐劳。
独许闭门观物变，高吟坡句首频搔。①（《竹》其三）

这一年，国民政府人事不断变化，唐绍仪与陆徵祥先后出任国务总理，都请他担任司法总长。而沈家本自知老矣，身体不能胜任，他的坚辞出于真实的心理。

虽然退出政坛，沈家本先生的一腔家国之情却丝毫不减，本文开篇的那首《梦中作》，正体现了他对家国危难忧心忡忡的情思。一位令人敬佩的老人，给我们留下了一颗炽热的心。

离开政坛后，他并没有放下手中的笔，沈家本先生的最后一首诗《自题癸丑日记》②正是他对自己当时的生活的描绘：

颓龄住人海，闭户谢胶扰。

---

① 《玉骨冰心冷不摧》，第 302 页。
② 《玉骨冰心冷不摧》，第 304 页。

蜗居斗室中，见闻遂简少。

典籍聊自娱，神荼畏勤讨。

春归渐和煦，晴窗理旧稿。

故闻启新得，意解贵明了。

说之不厌详，疑义乃通晓。

世事偶然书，亦足备参考。

倦来便静坐，冥心澹物表。

在他人生最后半年的生活中，他完成了《枕碧楼丛书》的整理编订，并亲自监督付梓。他孜孜不倦，笔耕不辍，一生"冥心澹物表"，真是一位可敬的老人。

从沈家本先生写的诗歌中，不难读出他一生的心志，不难了解他一生的追求。他忧国忧民，希望以自己的才智挽救颓败的国家命运。然而，他虽然尽了一生的努力，却并没能救治那个时代的国家，他所希望看到的那个法治文明的盛世，在他逝世百年后，才得以实现。

我们纪念他，怀念他，是因为他为中国的法律文化研究留下了一笔巨大的财富。若人们都来读一读他

的诗作，会发现在法律文化的百花园里，还有沈诗①
这一丛花朵的芳香。

　　谨以此文纪念先曾祖沈家本先生并就教于大方。

　　2020 年 8 月，在湖州首开沈家本诗歌研讨会，收
此旧文修改之，以充文字。

---

　　①　即沈家本诗歌，全书同，不再另作说明。

沈家本诗作系年略稿

尧育飞 *

沈家本（1840—1913），字子惇，别号寄簃，光绪九年（1883）进士，历官天津知府、保定知府、刑部右侍郎等。沈家本著述甚富，民国间所刊《沈寄簃先生遗书》及近年印行之《沈家本全集》① 大体反映了其著述概貌。

关于沈家本在法学方面的造诣，学界业已有诸多丰硕的研究成果。至于法学之外，沈家本在经学、史学、文献学、诗歌、随笔等方面均有相当成绩，② 近

* 尧育飞，华中科技大学人文学院讲师，南京大学人文社会科学高级研究院 2023 年度访问学者。

① 徐世红主编：《沈家本全集》（全八册），中国政法大学出版社 2010 年版。为俭省篇幅，全书以下均以《沈家本全集》简称此书。

② 沈厚铎：《"沈学"的构建与沈家本先生非法学著作浅谈》，载《重庆大学法律评论》2008 年第 1 期。

· 61 ·

年也引起乐学界较多的关注。随着《沈家本全集》及《玉骨冰心冷不摧——沈家本诗集》等基础文献的出版，关于沈家本诗歌方面的研究，有沈厚铎《沈诗简论》①等文章予以揭示。这为从文学方面丰富沈家本研究，奠定了良好的基础。然从古典诗文的传统研究途径来说，推进沈家本诗歌研究，应当注意对其诗作进行编年。

考沈家本的诗歌创作，大体分为两部分：一部分为准备及参加科举考试所作的大量试帖诗，今多不存稿；另一部分则是吟咏个人性情之作，今多存《枕碧楼偶存稿》（卷七至卷十二，共六卷）。据沈厚铎先生统计，《枕碧楼偶存稿》载诗287题、600余首，②大致反映沈家本存世诗歌的基本状况，也当是沈家本生平诗作的大致规模。在《〈寄簃文存〉小引》中，沈家本自述生平著述云：

> 余性钝拙，少攻举子业，进步极迟。乙
> 丑举于乡，复困于礼部试。癸未始脱举籍。

---

① 《玉骨冰心冷不摧》，第311—356页。
② 《玉骨冰心冷不摧》，第311页。

此数十年中，为八比所苦，不遑他学。间或
从事经史考证之书，若古文词未之学也。癸
未后复困于簿书，所讲求者案牍之文，多作
狱讼驳诘之语，昕夕从公羊，幸无陨越而已。①

由上可知，沈家本数十年困于场屋，主要用力于
八股文。观《沈家本日记》，可知在光绪九年中进士
之前，沈家本确乎投入相当多精力于八股文和试帖
诗，还参加数个文会，借以磨砺应试诗文。外加沈家
本任刑部郎中，公务繁忙，因此实际作诗甚少。从作
诗的时段来看，大体而言，沈家本在科考压力较小
时，作诗较多，即同治四年（1865）浙江乡试中举之
前及光绪九年（1883）举进士后所作颇多，在中举及
中进士之间近二十年，则作诗甚少。从作诗的空间而
言，沈家本的诗作主要创作于旅途中，其中同治年间
在贵州、湖南等旅途中作诗较多，此外则是光绪十八
年（1892）外放任知府以后，诗思较盛。由此看来，
沈家本的诗歌创作恐多得益于江山之助。

---

① 转引自李贵连：《〈寄簃文存〉版本漫谈》，载北京大学法
律学系编：《改革与法制建设：北京大学九十周年校庆法学论文集》，
光明日报出版社1989年版，第266页。

由于《枕碧楼偶存稿》所收诗作多有系年，这为沈家本诗作编年奠定了坚实基础。考《枕碧楼偶存稿》最早收录于《沈寄簃先生遗书》中，而《沈寄簃先生遗书》约刊于1928—1929年间，[①] 此时沈家本已逝世多年，故《枕碧楼偶存稿》的编排顺序最终当为后人定稿。不过，由于沈家本晚年致力于整理己著，《枕碧楼偶存稿》当也在自编范围内，观集中所收诗作，大体均按创作时间先后予以编排，故其编年大体可从。

此外，近年整理的《沈家本日记》为诗作编年提供了更为详细的时地定位。从存世的日记来看，沈家本有相当部分的诗作均存稿于日记中。如此一来，这部分诗作甚至可直接确定具体日期。此外，对日记不存稿的诗作，通过日记所载行止，也仍然可以准确确定创作日期。沈家本之所以偶尔在日记中存稿，偶尔又不存稿，大致有两方面原因：一是沈家本部分日记为抄本，在抄录过程中编者可能有意删除了这部分信息；二是沈家本在日记之外，另有杂记册记载旅途中

---

① 佚名：《沈寄簃先生遗书》，载《法学家》1986年第C1期。

所思所感。其日记多次提及誊录诗稿，如咸丰十一年
（1861）八月二十二、八月二十四，两次提及誊诗，①
考其文意，当是沈家本将旅途日记中所载诗作别誊一
本。然不管沈家本如何处理所作诗歌，其日常诗歌活
动终在日记中留下诸多痕迹。因此，对沈家本诗歌系
年，主要利用《沈家本日记》这一珍贵的资料，并旁
参诗意及其他手札文献。

具体来说，本系年稿的体例如下：

1. 系年所涉诗歌为《枕碧楼偶存稿》所载，《沈
家本日记》提及所作诸多试帖诗，因系应试，且有题
无诗，故均不著录。

2. 以诗题系于年月之下，不能确定所作月份的诗
作仍按《枕碧楼偶存稿》顺序排列。

3. 诗题以下，如《沈家本日记》等文献有详细
记载，有助于断定具体日期者，加以注释。

4. 系年主要参考《沈家本日记》② 及李贵连所撰
《沈家本年谱长编》③，以下分别简称《日记》和《年

---

① 《沈家本全集》第七卷，第398页。
② 《沈家本全集》第七卷收录。
③ 李贵连：《沈家本年谱长编》，山东人民出版社2010年版。

谱长编》。为免烦琐，系年正文征引《日记》一般不
注页码。

5. 此次系年尚有近三成诗作未能精准确定日期，
俟将来再行订补。文稿疏漏处，敬请方家教正。

咸丰九年（1859）

《咏史小乐府三十首》（《枕碧楼偶存稿》卷七）

《稻粉为饵、杂味作馅。湖俗以形似呼为圆子。
方言饵，或谓之饨，王氏〈广雅疏证〉云："饨之言
圜也，今人通呼饵之圜者为饨，其说是也。"俗亦呼
团子。〈开元天宝遗事〉："宫中每到端阳节，造粉团
角黍贮于金盘中，以小角造弓子，纤妙可爱，架箭射
盘中粉团，中者得食。"其字正作团，白香山有〈寒
食过枣糊店〉诗，其字则作糊。都下家人偶试为之，
风味不减故乡也》（《枕碧楼偶存稿》卷七）

咸丰十年（1860）

二月

《整装南归，袁江沦陷，道阻不果行》《走笔》
《悲武林》（《枕碧楼偶存稿》卷七）

三月

《朱藤花三十首》（《枕碧楼偶存稿》卷七）

《采莲曲》（《枕碧楼偶存稿》卷七）

七月

《七月二十七日出都，道中口占》（《枕碧楼偶存稿》卷七）

八月

《八月初五日入都》《初九日复出都，感赋三章》《度芦沟桥》《将入西山》《周氏山庄》《偶占》《中秋风雨》《夜晴月出》《闻雁》《西山杂诗》（《枕碧楼偶存稿》卷七）

九月

《九月二十日复入都》（《枕碧楼偶存稿》卷七）

十二月

《除夕》（《枕碧楼偶存稿》卷七）

咸丰十一年（1861）

二月

《病中见桃花》（《枕碧楼偶存稿》卷七）

三月

《三月二十六日出都，大风，重度芦沟桥》（《枕碧楼偶存稿》卷七）。

《日记》诗题作《过卢沟桥有感》，字句间有异文①，尾联"回首去年鸿爪印，桥头太息恨无穷"注云："去年避难西山，曾渡卢沟桥，有诗志事。"

《夜雨宿保定遇辛楣话旧》（《枕碧楼偶存稿》卷七）

《日记》诗题作《保阳旅次》（应是整理者误录诗题为《保阳旋次》）。据《日记》记载，此诗作于三月二十八日。

《雨后早行》（《枕碧楼偶存稿》卷七）

据《日记》记载，此诗作于三月二十九日。

《方顺桥（属满城县）》（《枕碧楼偶存稿》卷七）

《日记》诗题作《方顺桥》。据《日记》记载，此诗作于三月二十九日。

《望都县》（《枕碧楼偶存稿》卷七）

《日记》未载此诗。

---

① 《沈家本日记》所载诗歌与《枕碧楼偶存稿》所载诗歌文本均有差异，此后不赘述。

《歌女词》(《枕碧楼偶存稿》卷七)

《日记》未载此诗。

《乞儿词》(《枕碧楼偶存稿》卷七)

《日记》未载此诗。

《定州早行（新晴)》(《枕碧楼偶存稿》卷七)

《日记》载此诗，诗题作《新晴定州早行》。据《日记》记载，此诗作于三月三十。

四月

《阴雨度滹沱河》(《枕碧楼偶存稿》卷七)

据《日记》记载，此诗作于四月初一。《日记》载此诗。

《新晴栾城县晓发》(《枕碧楼偶存稿》卷七)

据《日记》记载，此诗作于四月初二。《日记》整理者误录诗题为《新晴栾城县晚发》。

《柏乡县》(《枕碧楼偶存稿》卷七)

据《日记》记载，此诗作于四月初三。《日记》载此诗。

《临洺关有感》(《枕碧楼偶存稿》卷七)

《由沙河至邯郸，官道多杨树，有干无枝，居人薪之也，枚枿渐生，幸矣》(《枕碧楼偶存稿》卷七)

《日记》载此诗，诗题作《由沙河至邯郸，夹道多杨树，枝干殆尽，盖薪之也，枚肆萌生，幸矣》。据《日记》记载，此诗作于四月初四。

《卢生祠》（《枕碧楼偶存稿》卷七）

《日记》未载此诗。《年谱长编》载：沈家本父沈丙莹咸丰九年（1859）途经此处，有《过卢生祠题壁》诗云："浪著朝衫十五春，饱尝冷暖软红尘。一麾遥指南天去，辛苦黄粱梦里身。"（《春星草堂集·诗三》）①

《旅次邯郸》②

《枕碧楼偶存稿》不载此诗，兹据《日记》录原作："曾将事业付秋风，廿二年光一瞬中。太息浮生原一梦，何须仙枕借仙翁。□然梦与白云亲，仙境迷离记不真。却笑主人粱已熟，我来翻作醒中人。"此诗作于四月初四。

《磁州》（《枕碧楼偶存稿》卷七）

---

① 李贵连：《沈家本年谱长编》，山东人民出版社 2010 年版，第 9 页。

② 《日记》误录为《旋次邯郸》，又诗中"却笑主人粱已熟"，"粱"误录为"溕"，今径改。见《沈家本日记》，第 379—380 页。

《日记》载此诗，诗题作《过磁州》。据《日记》记载，此诗作于四月初五。

《二把手》（《枕碧楼偶存稿》卷七）

《日记》载此诗，《日记》诗题下注："小车一人推，因以名之。"据《日记》记载，此诗作于四月初七。

《度漳水》（《枕碧楼偶存稿》卷七）

《日记》未载此诗。

《康叔祠》（《枕碧楼偶存稿》卷七）

《日记》载此诗，诗题作《过康叔祠》。据《日记》记载，此诗作于四月初七。

《新寨口度黄河书事》（《枕碧楼偶存稿》卷七）

《日记》载此诗。据《日记》记载，此诗作于四月初十。

《沿河村落，多苦楝树，花正开放，车行万树中，风尘仙境也》（《枕碧楼偶存稿》卷七）

《日记》未载此诗。

《车中见野花口占》（《枕碧楼偶存稿》卷七）

《日记》载此诗，诗题作《车中偶占》。据《日记》记载，此诗作于四月十三。

《颍桥（镇属襄城县）》（《枕碧楼偶存稿》卷七）

《日记》未载此诗。然《日记》四月十二载："又五十里至颍桥（属襄城县）住宿。"

《小商桥（在临颍县南二十五里）》（《枕碧楼偶存稿》卷七）

《日记》未载此诗。

《汝坟桥（在叶县北滍水上）》（《枕碧楼偶存稿》卷七）

《日记》未载此诗。然《日记》四月十三载："廿五里汝坟桥，渡汝水。"

《笃树（在裕州北四十里）》（《枕碧楼偶存稿》卷七）

《日记》未载此诗。然《日记》四月十四载："二十里独树，尖。此地街甚长，而房屋半被焚，饭铺无一存者。土人于河滩新葺茅屋数椽，过客藉起中火，不至露天而已。"揆之诗作"乱后遗黎仅有存，编茅临水聚前村"，盖纪实之作也。

《卧龙冈》（《枕碧楼偶存稿》卷七）

《日记》未载此诗。然《日记》四月十五载："卧龙冈距此四五里，未及往游。"

《白水村（在新野县北）》（《枕碧楼偶存稿》卷七）

《日记》未载此诗。然《日记》四月十六载："新［野］县北有白水村，有白水书院，已废。沿河有蔗田、姜田。"揆之诗作"村外姜田接蔗田"，盖纪实也。

《樊城（属襄阳县，对岸即襄阳）》（《枕碧楼偶存稿》卷七）

《日记》未载此诗。然《日记》四月十七载："又四十里抵樊城，对渡即襄阳府。"

五月

《风雨泊白家行（水程距樊城七十里）》（《枕碧楼偶存稿》卷七）

据《日记》记载，此诗作于五月初五。

《沙洋便河杂咏六首》（《枕碧楼偶存稿》卷七）

《日记》载此诗，诗题作《沙洋河杂咏》，然《枕碧楼偶存稿》诗题下有一段长长的小序，《日记》不载。据《日记》记载，此诗作于五月初五。

《沙市吊司马梦求》（《枕碧楼偶存稿》卷七）

《日记》未载此诗。然考诸《日记》，知沈家本五月初二抵沙市，五月初六离开，此时当作于此数日内。

《交溪阻风（属安乡县）》（《枕碧楼偶存稿》卷七）

《日记》附此诗于五月十三。又五月初九，沈家本抵交溪，因风浪甚大，泊船。五月初十、五月十一的日记均云"南风大作"，泊船交溪。至五月十二，始离交溪。

《五月望日武陵县舟次食鲥鱼》（《枕碧楼偶存稿》卷七）

《日记》未载此诗。然《日记》五月十五载："上水无风，新水流甚，舟行较迟。……酉刻抵常德府南门外马头，泊。"

《上滩行》（《枕碧楼偶存稿》卷七）

《日记》诗题作《滩行》，附此诗于五月二十八。

《瓮子洞》（《枕碧楼偶存稿》卷七）

《日记》附此诗于五月二十八。然《枕碧楼偶存稿》为五言长诗，而《日记》所载为七言律诗，内容全不相同。兹录《日记》所载："峰回面面拥青螺，缭绕云根卷白波。水立劲驱危石聚，涛奔急汇众流多。人援铁索攀缘上，舟转山岩曲折过。新涨惊添三四尺，刺篙半没旧时窠。"《日记》五月二十三载："十五里瓮子洞，三大滩之一也。"五月二十四载："四里出瓮子洞。"

《清浪滩》（《枕碧楼偶存稿》卷七）

《日记》附此诗于五月二十八。然《枕碧楼偶存稿》为五言长诗，而《日记》所载为七言律诗，内容全不相同。兹录《日记》所载："舟回路转白云隈，万里乘风破浪来。舟入浪心颠欲簸，浪生舟背怒于雷。千寻雪练深潭涌，卅里霜锋矗石堆。尽向伏波乞灵爽，古宫幽处翳莓苔。"又《日记》五月二十四载："十九里青浪滩，相传为神滩，过者必虔祀伏波将军，盖伏波尝征五溪蛮，故自桃源以西，所在有伏波宫也。滩计四十里，河中悉大盘石，舟行湍湍，而水流甚，砰訇如雷霆之疾走。"

《鸬鹚滩即目口占》（《枕碧楼偶存稿》卷七）

此诗题《日记》不载，然揆之诗歌文本，正五月二十八日记所载《青浪滩》诗。

七月

《七夕词》（《枕碧楼偶存稿》卷七）

《日记》未载此诗。

八月

《铜仁东山》（《枕碧楼偶存稿》卷七）

《日记》未载此诗。

《枕碧楼偶存稿》将此诗置于《七夕词》前，误。此诗当作于八月十六以后。考《日记》七月十九载："督诸弟课于'江声云彩之斋'。"后自注云："此椿闱①命名，以两山枕江东山，旧有'江声云彩'四大字刊于绝壁石上，今已模糊。"又八月十六的日记云："午后偕郭春三、谢寿山暨诸弟步游。东山寺踞东山之巅，寺门外有石刻诗二……转而左为昭文塔，亦毁于兵火。塔基占绝壁上，'云彩江声'四字即在绝壁上，近已模糊不可辨。……大、小两江均在目中，铜崖□其前跨鳌亭，藏深树中。"此为沈家本初次游东山，故诗作当系于此日之后。

----

① 据辛丑年七月十九的日记，载《沈家本全集》第七卷，第395页。清代人喜欢用"椿闱"来表示"父母"的意思，不是要表示"春天的科举考试"。如《随园诗集》"吾弟尚节哀，聊以慰椿闱"，以及曾国藩"椿闱健在，正宜及时力学"等。沈家本在这里说"此椿闱命名"，指的是他督促族弟们在"江声云彩之斋"学习，而"江声云彩之斋"是"父母所命名的书斋"。

《铜崖》（《枕碧楼偶存稿》卷七）

《日记》未载此诗。《枕碧楼偶存稿》将此诗置于《七夕词》前，误。此诗当作于八月十六以后。见上引八月十六的日记。

《铜仁郡斋赏桂有怀旧游》（《枕碧楼偶存稿》卷七）

《日记》未载此诗。《日记》八月十四载："花厅桂花已开，书房花蕊尚稀，惟学宫金桂一株，着花甚密。"据此，此诗当作于八月十四以后，《枕碧楼偶存稿》系于《七夕词》后，今姑系于此。

九月

《九月侍家大人登东山，同游为曾枢元观察（璧光）、冯仲慈年丈（拱辰）、郭春三记室（子元），即目纪事，成长律二十韵》（《枕碧楼偶存稿》卷七）

《日记》未载此诗。《日记》九月初九载："申刻随椿闹暨曾枢元观察、冯仲慈年丈、郭春三记室再登东山。秋深矣，木落峰高，又是一番景色。"

《东关即事》（《枕碧楼偶存稿》卷七）

《日记》未载此诗。《日记》九月十一载："申刻移在东关读书。"

《铜江秋泛》（《枕碧楼偶存稿》卷七）

《日记》未载此诗。《日记》九月二十一载："作江市之行，巳刻登舟泝流，晚泊瀑王，计行四十里。"

十月

《江楼夜雨》（《枕碧楼偶存稿》卷七）

《日记》未载此诗。《日记》十月初六载："入夜雨。"十月十七载："晴，夜雨。"考沈家本在铜仁期间日记，仅此两日夜雨，诗或因此而作。

《休洗红》（《枕碧楼偶存稿》卷七）

《日记》未载此诗。

十二月

《十二月初八日由铜仁赴长沙道中作》（《枕碧楼偶存稿》卷七）

《日记》未载此诗。《日记》十二月初八载："收拾行装，午后下船，酉初解维，移泊东关。"

《过浦市纪事三章》（《枕碧楼偶存稿》卷七）

《日记》附此诗于十二月十六的日记。此前十二月十三日的记云："二十里普市。长发去后，为江练所毁，十焚其五。"按"普市"即"浦市"。

《二十五日达长沙》（《枕碧楼偶存稿》卷七）

《日记》十二月二十五载："二十里大望城坡,尖。十里渡两江,至长沙大西门,进城住药王街松阳公馆,暂歇。"

同治元年（1862）

《蜡梅》（《枕碧楼偶存稿》卷八）

《客梦》（《枕碧楼偶存稿》卷八）

《寓怀四首》（《枕碧楼偶存稿》卷八）

《题赵泉生（景庽）剑马障子》（《枕碧楼偶存稿》卷八）

闰八月

《题某女史蛱蝶卷子》（《枕碧楼偶存稿》卷八）

《日记》未载此诗。《日记》闰八月初四载："泉生携杨心□女史（可仙）《蛱蝶图》来看,晚代泉生作《蛱蝶图诗》。"闰八月初五载："晨至泉生处代题。"

《闰中秋夜阴雨》（《枕碧楼偶存稿》卷八）

《日记》未载此诗。《日记》闰八月十五载："阴风,雨竟日。课如常。"

《秋雨》（《枕碧楼偶存稿》卷八）

《客有自贼中归而就婚者却寄三十韵》（《枕碧楼偶存稿》卷八）

《题彭生举杯邀明月图》（《枕碧楼偶存稿》卷八）

同治二年（1863）

《残花》（《枕碧楼偶存稿》卷八）

四月

《四月二十六日自湘首涂入黔泊乔口镇》（《枕碧楼偶存稿》卷八）

《日记》未载此诗。《日记》四月二十六载："辰初下船……午正解维，风平浪静，下水顺利。五十里新江，十里靖江，三十里桥口，宿。本日计行九十里。"

《二十七日纪行》（《枕碧楼偶存稿》卷八）

此诗作于四月二十七，《日记》未载此诗。《日记》四月二十七载："南风扬帆六十里颜官涝，六十里沅江县，时正午正，已行一百二十里矣。又二十里入黄泥湖，舟转而南逆风行……舟行极艰……本日共行一百五十里。"与诗作所云"南风晨挂帆，行百四十里……舟转南入湖，风逆艰尺咫"等可相证。

五月

《蓝溪夜行》(《枕碧楼偶存稿》卷八)

《日记》未载此诗。《日记》五月初九载:"二十里兰溪,月上天光,一碧波平若镜。因乘月行十里,泊白沙滩。"

《度黔江》(《枕碧楼偶存稿》卷八)

《日记》未载此诗。然《日记》五月二十六载:"六十五里暗溪,登陆。此河之船,船头右高于左,船尾高于右,其形为别河所无。"而《度黔江》诗小序云:"此江之船,头右高于左,尾左高于右,颇似螺形。"正可印证。

六月

《纪行四首》(《枕碧楼偶存稿》卷八)

此诗当作于六月二十一以后。考《日记》六月二十一载:"十六里省城。"知沈家本此行于是日抵达贵阳,故途中纪行诗当为此后追忆所得。

十月

《送朱益甫希凤入楚》(《枕碧楼偶存稿》卷八)

《日记》九月二十七载:"朱益甫来,拟作湘游。"十月初一载:"朱益甫来辞行。"十月初二载:

"午刻至狮子送行。"

《对菊感旧》（《枕碧楼偶存稿》卷八）

《贵阳有感十首》（《枕碧楼偶存稿》卷八）

《感赋三首》（《枕碧楼偶存稿》卷八）

十二月

《十二月二十七日立春，上元甲子第一日也，率成一律》（《枕碧楼偶存稿》卷八）

同治三年（1864）

一月

《清镇县哀何孝廉》（《枕碧楼偶存稿》卷八）

《日记》未载此诗。《日记》正月十六载："卅五里清镇县，一路踏凌而行，滑甚。至清镇已一鼓后矣。"

《镇西卫》（《枕碧楼偶存稿》卷八）

《日记》未载此诗。《日记》正月十七载："卅里镇西，入城已定更后，借药铺屋宿。……今日因□桥至街上均于上月□日未闻州贼焚毁，片瓦无存，败壁焦椽，苍凉满目。"与此诗所云"茅店荒村劫火余"正合。

《大定雪行》（《枕碧楼偶存稿》卷八）

《日记》未载此诗。《日记》正月二十二载："将至大定，大轿舆夫滑足，轿为之敧，杠即裂……大定踞天下极高处，故最冷。"

《渡赤虺河》（《枕碧楼偶存稿》卷八）

《日记》未载此诗。《日记》正月二十六载："渡赤河。……赤水河，本名赤虺，后讹河水声之转也。"

《二十七日磨盘山道中，乌踆东上出行来第一遭也，慨赋长句》（《枕碧楼偶存稿》卷八）

《日记》未载此诗。《日记》正月二十七载："是日天晴，乌轮东上，日光映雪，亦作客第一天也。"

《雪山关》（《枕碧楼偶存稿》卷八）

《日记》未载此诗。《日记》正月二十七载："上坡二十里至雪山关顶。"

《叙永厅》（《枕碧楼偶存稿》卷八）

《日记》未载此诗。《日记》正月二十八载："五里叙永厅城，宿源通栈房。"

二月

《泸州吊许参谋彪孙》（《枕碧楼偶存稿》卷八）

《日记》未载此诗。《日记》载沈家本二月初四至泸州纳溪县，二月初九出白沙场抵江津县，故诗当作于此数日间。

《重庆府》（《枕碧楼偶存稿》卷八）

《日记》未载此诗。《日记》二月十一载："卅里午刻重庆府，泊太平门三码头。"二月十四载："天明自唐家坨开行，一百二十里长寿县。"则此诗当作于此四日间。

《酆都县》（《枕碧楼偶存稿》卷八）

《日记》未载此诗。《日记》二月十五载："百廿里丰都县，属忠州。"

《夔州府》（《枕碧楼偶存稿》卷八）

《日记》未载此诗。《日记》二月十八载："百廿五里夔州府城。……夔州府城，唐贤载咏。而城中商贾，局面极小，不及重庆十之一。"

《空舲峡》（《枕碧楼偶存稿》卷八）

《日记》未载此诗。据《日记》，此诗作于二月二十至二十一间。

三月

《到长沙后将入都》（《枕碧楼偶存稿》卷八）

《日记》未载此诗。《日记》三月初九载："十五里□河小西门。"据此，沈家本是日抵达长沙城。

《登岳阳楼》（《枕碧楼偶存稿》卷八）

《过金陵》（《枕碧楼偶存稿》卷八）

《上海县》（《枕碧楼偶存稿》卷八）

《烟台访心岸居士留别三章》（《枕碧楼偶存稿》卷八）

同治四年（1865）

闰五月

《闰端午》（《枕碧楼偶存稿》卷八）

六月

《六月十九日出都宿通州》（《枕碧楼偶存稿》卷八）

《日记》未载此诗。《日记》六月十九载："十五里通州，进西门，宿北门永茂店。"

《出大沽口遇风雨》（《枕碧楼偶存稿》卷八）

《日记》未载此诗。《日记》六月二十九载："九点钟至大沽口，候潮。一点钟开入洋面。飓风作，船行颠簸，满船客人呕吐者大半。肠翻胃倒，万分难受。"

七月

《重度清水洋》（《枕碧楼偶存稿》卷八）

《日记》未载此诗。《日记》七月初二载："渡黑水洋。"清水洋即黑水洋。

八月

《扶病入场》（《枕碧楼偶存稿》卷八）

《日记》未载此诗。据《日记》记载，沈家本七月廿九发病，八月初八入场参加浙江乡试，依然"精神不支"，八月十五考毕出场。

《湖上感赋》（《枕碧楼偶存稿》卷八）

《日记》未载此诗。据《日记》记载，沈家本八月二十二游西湖。

《夹山漾秋泛》（《枕碧楼偶存稿》卷八）

《哭吉甫五首》（《枕碧楼偶存稿》卷八）

同治五年（1866）

二月

《晓过青浦县城》（《枕碧楼偶存稿》卷八）

《日记》未载此诗。《日记》二月十一载："天明放行，十二里青浦县。穿城（顺风绕城走）行百里金太庙。"

《松江府》（《枕碧楼偶存稿》卷八）

《日记》未载此诗。《日记》二月十九载："午刻抵松江府，泊府前桥下。"

《华亭谷》（《枕碧楼偶存稿》卷八）

《日记》未载此诗。《日记》二月二十载："上岸拜华亭县厉（名学潮，浙江人）。"二月二十二载："晨上岸，至府县辞行。巳正开船。"据此，此诗当作于此三日间。

三月

《登烟台山》（《枕碧楼偶存稿》卷八）

《日记》未载此诗。《日记》三月十五载："梅卿招游烟台山。……至烟台山。……至山麓观石船、石架……游毕至新关观海楼上。"

《烟台杂咏五首》（《枕碧楼偶存稿》卷八）

《日记》未载此诗。诗当作于三月十五后，与《登烟台山》同。《烟台杂咏诗》第二首"何必此石船，冥顽不能驶"，可证。

《紫竹林》（《枕碧楼偶存稿》卷八）

《日记》未载此诗。《日记》三月二十四载："十一点抵紫竹林。"

《通州杂咏四首》（《枕碧楼偶存稿》卷八）

《通州试院戏作四绝句》（《枕碧楼偶存稿》卷八）

八月

《秋仲移居大安南营》（《枕碧楼偶存稿》卷八）

同治七年（1868）

七月

《漫赋（戊辰）》（《枕碧楼偶存稿》卷八）

诗云"西来秋色最萧疏"，当作于本年秋季，又因列于《乞巧词》前，姑系于七月上旬。

《乞巧词》（《枕碧楼偶存稿》卷八）

此诗作于七月初七。

同治八年（1869）

《随园图（己巳）》（《枕碧楼偶存稿》卷八）

诗云"物换星移六十春，主人老去莺花新"，考袁枚于嘉庆二年（1797），可证。

同治十年（1871）

《拟左太冲〈咏史诗〉八首》（《枕碧楼偶存稿》卷九）

《鱼罾》（《枕碧楼偶存稿》卷九）

《蟹断》（《枕碧楼偶存稿》卷九）

五月

《采芝图（代)》（《枕碧楼偶存稿》卷九）

《日记》未载此诗。《日记》五月二十三载："代作《采芝图诗》五［律］一首。"

十月

《拟山谷〈演雅〉》（《枕碧楼偶存稿》卷九）

《日记》未载此诗。《日记》十月二十六载："拟山谷《演雅》诗。"此诗《枕碧楼偶存稿》将其置于《鱼罾》诗前，误。

同治十一年（1872）

二月

《湖上杂诗（壬申)》（《枕碧楼偶存稿》卷九）

《日记》未载此诗。《日记》载沈家本本年二月初一抵杭州，时游西湖，至三月初五离杭。据此，这首组诗当作于本年三月间。

《访取斯堂故址（堂为外王父俞文节公故宅，在杭州上兴忠巷)》（《枕碧楼偶存稿》卷九）

此诗当作于本年二月间。

三月

《俞文节公墓》（《枕碧楼偶存稿》卷九）

《日记》未载此诗。《日记》三月初二载："偕仲丈至东岳扫墓，乃文节公之封翁及兄墓。"三月初四载："晨至二龙山文节公墓次展拜。"

同治十三年（1874）

九月

《重九有怀两弟，时久不得家书（甲戌）》（《枕碧楼偶存稿》卷九）

《日记》未载此诗。《日记》九月初九载："晴。灯下看《说文》。"

光绪二年（1876）

《有怀寄示两弟（丙子）》（《枕碧楼偶存稿》卷九）

《答子文》（《枕碧楼偶存稿》卷九）

诗云"秋风碧浪破帆迟"，知此诗作于秋间。

光绪三年（1877）

《题画扇（丁丑）》（《枕碧楼偶存稿》卷九）

光绪五年（1879）

七月

《四十初度率赋五章（己卯）》（《枕碧楼偶存稿》卷九）

此诗当作于七月。考沈家本生日为七月二十二。

光绪十年（1884）

六月

《六月二十四日，同人招游十刹海，午饮庆和堂，即席口占二律（甲申）》（《枕碧楼偶存稿》卷九）

《拟老杜〈诸将〉五首（用原韵）》（《枕碧楼偶存稿》卷九）

光绪十一年（1885）

八月

《李慕皋招饮于净业湖，香远益清。小榭即席书怀，兼呈徐乃秋、何松僧（乙酉八月初九日）》（《枕碧楼偶存稿》卷九）

《松僧以〈二闸观荷诗〉出示，忆丁卯九夏与客

放舟闸下，不觉二十年矣。流光已去，归梦难成，慨赋长句即用原韵》（《枕碧楼偶存稿》卷九）

光绪十二年（1886）

九月

《九日同人集饮江亭，乃秋赋诗纪游，谨依原唱，倒用前韵（丙戌）》（《枕碧楼偶存稿》卷九）

诗云"令节又逢开口笑，近郊难得赏心游"，知此日为重阳节。

《香冢在江亭东北隅，有碑。碑阴题碧血词，词极哀。无姓氏年月，其侧有婴武冢，小碣为记。读碣上文，言婴武粤产也，九日与松僧访得之。松僧各系以诗，依用其韵》（《枕碧楼偶存稿》卷九）

光绪十三年（1887）

《咏史（丁亥）》（《枕碧楼偶存稿》卷九）

六月

《六月九日，同鲍敦夫、陈书玉二太史邀李越缦农部游南河泡，宿雨不果，移席江亭》（《枕碧楼偶存稿》卷九）

七月

《十七日南河泡观荷》（《枕碧楼偶存稿》卷九）

九月

《九日阎梦九招饮江亭》（《枕碧楼偶存稿》卷九）

诗云"从来逢令节，难得是清娱"，知此日为重阳节。

《去秋游江亭，怂僧赋〈香冢〉〈婴武冢〉二诗，余步其韵，后遇李越缦，言尝问之守冢老妪，香冢乃张笙陔侍御盛藻之妾、婴武同时所瘗也。今秋复游江亭，瞽目老僧言，二冢实侍御所作，香冢埋残花，婴武冢则侍御〈南台疏稿〉。花神庙，亦侍御所建，隶江亭，故言之能详，复赋二绝句》（《枕碧楼偶存稿》卷九）

十二月

《腊八日京察过堂，计自甲子到部，八过堂矣，口占二律，呈乃秋曹长》

《叠前韵答乃秋少鼎》（《枕碧楼偶存稿》卷九）

《将赴叙雪堂，在奉天司与乃秋话司中事，率成二绝句》（《枕碧楼偶存稿》卷九）

光绪十五年（1889）

《郭存甫改官畿辅，赋诗留别，依韵奉和（己丑)》（《枕碧楼偶存稿》卷九）

闰二月

《薛云阶少司寇随扈东陵，派充随员，闰二月十四日出都，二十三日还都，途中口占十绝句（己丑)》（《枕碧楼偶存稿》卷九）

光绪十六年（1890）

十月

《题杨韵楼〈清流作鉴图〉》（《枕碧楼偶存稿》卷九）

《日记》载此诗，诗题同。《日记》十月三十载："题杨韵楼《清流作鉴图》七言绝句五首……"据此可知此诗当系于本年。此诗《枕碧楼偶存稿》未系年。

光绪十八年（1892）

闰六月

《重游南河泡（壬辰闰六月，张勤岩、鹿遂侪招

饮)》（《枕碧楼偶存稿》卷九）

七月

《王虎文、冯悦轩招游北河泡观荷，雨甚，不果往。午饮于天宁寺塔射山房（七月七日），方坤吾首唱，索和，即步其韵》（《枕碧楼偶存稿》卷九）

《墨龙歌》（《枕碧楼偶存稿》卷九）

《潘问楼出诗相示，大有牢落之感，即步其韵以答之》（《枕碧楼偶存稿》卷九）

《前诗既答重有所感，复叠前韵二首，以质问楼》（《枕碧楼偶存稿》卷九）

光绪十九年（1893）

一月

《问楼以〈新春遣怀〉二律见示，即步其韵（癸巳）》（《枕碧楼偶存稿》卷九）

《日记》载此诗，诗题同。《日记》正月二十载："问楼以《新春遣怀》二律见示，即步其韵……"

十月

《出守津郡留别同人》（《枕碧楼偶存稿》卷九）

此诗当作于本年十月，《日记》未载。本年八月，沈家本获任天津知府。至十月十八，离京赴任。两月之中，酬应甚多。《日记》十月十六载："因闻署津守李公病甚，津令为李㪽霄同年，催令早到省也。……兹定于十八日动身，不能再迟矣。"

《窦店口占》（《枕碧楼偶存稿》卷九）

此诗当作于本年十月，《日记》载此诗，诗题亦同。《日记》十月十九载："又二十里窦店尖，时十钟二刻。……"

《松林店早行》（《枕碧楼偶存稿》卷九）

此诗当作于本年十月，《日记》载此诗，诗题作《松林店早行口占》。《日记》十月十九载："十五里松林店宿，时六钟十分。"《日记》十月二十附载此诗。

《初到保定戏题》（《枕碧楼偶存稿》卷九）

光绪二十年（1894）

一月

《心岸居士七十九寿言二十四首（甲午）》（《枕碧楼偶存稿》卷十）

诗云"降寅逢庆月，算亥过华年"，知潘霨（号心岸居士）生日在正月，知此诗作于正月。

《有感六首》（《枕碧楼偶存稿》卷十）

光绪二十三年（1897）

九月

《九月保定郡试，率成长篇示龚达夫太守（寿昌）及襄校诸公（丁酉）》（《枕碧楼偶存稿》卷十）

《合覆郡士，以"不知谁是谪仙才"命题，得知字，达夫首唱排律相示，依韵奉酬》（《枕碧楼偶存稿》卷十）

《夜宿信安镇赠逆旅主人》（《枕碧楼偶存稿》卷十）

《题安麓村旧拓孙过庭〈书谱〉后》（《枕碧楼偶存稿》卷十）

光绪二十四年（1898）

六月

《清河道旧署建于康熙四十一年，有韩文懿公（菼）碑文纪事》（《枕碧楼偶存稿》卷十）

《日记》载此诗，诗题同。《日记》六月初六载："酉刻至藩、道署。"六月初七载："又至旧道署勘立界石。"六月初八附载《清河道署（建于康熙四十一年，有韩文懿公墓碑文纪事）》一诗。

《六月初九日书事》（《枕碧楼偶存稿》卷十）

《日记》载此诗，诗题同。《日记》六月初九载："教案之起，凡二十二日而事结。《六月初九日书事》……"

七月

《牵牛花》（《枕碧楼偶存稿》卷十）

《日记》载此诗，诗题同。《日记》七月十六附载此诗。

八月

《书事》（《枕碧楼偶存稿》卷十）

《日记》载此诗，诗题同。《日记》八月十五载"戊戌六君子"罹难事，后附载此诗。

十一月

《题杨忠愍家书墨迹手卷（存容城祠堂）》（《枕碧楼偶存稿》卷十）

《日记》载此诗，无诗题。《日记》十一月初六载："廷召民方伯送杨忠愍公家书来，为题七律一首……此卷在容城祠庙内。廷召翁索观，章祀生、杨（铭）者亲送来。"

《十一月十六日月蚀，周子迪廉访作诗示僚属，敬步其韵》（《枕碧楼偶存稿》卷十）

《日记》载此诗，诗题作《十一月十六日月蚀，周廉访有月蚀诗以示僚属，今步其韵》。《日记》十一月初六载："月食（十四分一秒）。卯刻二刻五分二十五秒初亏，辰初三刻三秒食甚……"载月食全过程后，附载此诗。

《送觉罗劭民大京兆入都，时将之官沈阳》（《枕碧楼偶存稿》卷十）

《日记》载此诗，诗题作《送觉罗台民大京兆入都，时将之官沈阳》。《日记》十一月二十附载此诗。

光绪二十五年（1899）

三月

《丁香花四绝句（己亥）》（《枕碧楼偶存稿》卷十）

诗云"槐未含青柳乍黄"，则此诗当作于三月。

《笼中鸟》（《枕碧楼偶存稿》卷十）

十月

《重到京师》（《枕碧楼偶存稿》卷十）

此诗作于本年十月。据《年谱长编》记载，沈家本本年十月赴京觐见，作此诗。①

《病中戏题》（《枕碧楼偶存稿》卷十）

《病中乡思颇切，率成七言十绝句，寄示云抱》（《枕碧楼偶存稿》卷十）

《咏物八首》（《枕碧楼偶存稿》卷十）

《邵子湘〈种橘图序〉："东坡云：'吾性好种植，能手自接果，尤好栽橘。阳羡在洞庭上，柑橘至易得，欲买一小园，种三百本，屈原作橘颂，吾园若成，当作亭以楚颂名之。'然东坡园与亭竟未就也，龚子节孙移居阳羡，仿此绘图，乞名诗词盈帙（龚名胜玉，宜兴人），余感其事，成二绝句。"》（《枕碧楼偶存稿》卷十）

《偶然作十首》（《枕碧楼偶存稿》卷十）

《汤贞愍公〈日下连枝图〉》（《枕碧楼偶存稿》卷十）

《太平阮缉轩明经（敬熙），同年馥云农部之封翁也，徇粤寇之难，附祀忠义祠，馥云来征诗，敬题

---

① 李贵连：《沈家本年谱长编》，山东人民出版社 2010 年版，第 75 页。

六韵》（《枕碧楼偶存稿》卷十）

光绪二十六年（1900）

二月

《花朝度芦沟桥（庚子）》（《枕碧楼偶存稿》卷十）

据诗题，诗作于本年二月。

七月

《咏史三首（庚子七月）》（《枕碧楼偶存稿》卷十一）

九月

《九月初一日口占》（《枕碧楼偶存稿》卷十一）

《重九漫题四绝句》（《枕碧楼偶存稿》卷十一）

《漫题三首》（《枕碧楼偶存稿》卷十一）

《平陵东（十五日）》（《枕碧楼偶存稿》卷十一）

《移居二首（十九日）》（《枕碧楼偶存稿》卷十一）

《闲居五首》（《枕碧楼偶存稿》卷十一）

十月

《十月十四日夜雪，感赋二律，用东坡〈雪后北台壁〉韵》（《枕碧楼偶存稿》卷十一）

十一月

《冬至三绝句（十一月初一日）》（《枕碧楼偶存稿》卷十一）

《十一日戏题二绝句（是日为西国元旦）》（《枕碧楼偶存稿》卷十一）

据诗题小注"是日为西国元旦"，知此诗作于十一月十一。

《十二日夜大雪，率成长篇，效欧阳永叔〈聚星堂〉禁体，即用其韵》（《枕碧楼偶存稿》卷十一）

《十三日暮复雪，仍效前体，用东坡韵》（《枕碧楼偶存稿》卷十一）

《十四日晴率成一绝》（《枕碧楼偶存稿》卷十一）

《有自都下来说近事者，率赋一绝》（《枕碧楼偶存稿》卷十一）

《杂诗十首》（《枕碧楼偶存稿》卷十一）

《书东坡〈朱亥墓〉诗后，即用其韵》（《枕碧楼偶存稿》卷十一）

《谶语有"江山问老叟"之句，传之数年矣，戏题六言三首》（《枕碧楼偶存稿》卷十一）

《山阴酒二瓮，藏弆七年矣，今夏以一瓮饷客，

其一瓮竟为海外兜鍪所窃，戏题二绝》（《枕碧楼偶存稿》卷十一）

十二月

《十二月一日夜雪，用东坡〈江上值雪，效欧阳体〉韵》（《枕碧楼偶存稿》卷十一）

《十六日立春》（《枕碧楼偶存稿》卷十一）

《二十六日保定晓发》（《枕碧楼偶存稿》卷十一）

《过望都县忆东坡〈咏刘丑厮事〉，口占一绝》（《枕碧楼偶存稿》卷十一）

《定州四首》（《枕碧楼偶存稿》卷十一）

《祁州与潘文涛大令江夜话》（《枕碧楼偶存稿》卷十一）

《深泽县重度滹沱河》（《枕碧楼偶存稿》卷十一）

《除夕宿内邱县》（《枕碧楼偶存稿》卷十一）

《豫让桥》（《枕碧楼偶存稿》卷十一）

光绪二十七年（1901）

一月

《元旦过顺德府，王次康大令锡光留宿于此（辛丑）》（《枕碧楼偶存稿》卷十一）

《晚宿邯郸县重题卢生祠》（《枕碧楼偶存稿》卷十一）

《度漳河宿丰乐镇》（《枕碧楼偶存稿》卷十一）

《魏家营旅壁有疑冢长歌，意是而词未雅，约之为二小诗》（《枕碧楼偶存稿》卷十一）

《乡村新年词》（《枕碧楼偶存稿》卷十一）

《过汤阴县怀岳忠武》（《枕碧楼偶存稿》卷十一）

二月

《到大梁》（《枕碧楼偶存稿》卷十一）

《二月初五日发大梁祥符道中口占》（《枕碧楼偶存稿》卷十一）

《中牟县》（《枕碧楼偶存稿》卷十一）

《中牟晓发》（《枕碧楼偶存稿》卷十一）

《将至郑州》（《枕碧楼偶存稿》卷十一）

《子产祠》（《枕碧楼偶存稿》卷十一）

《豫境州县道旁多德政碑，连日行舁中，此碑尤多，为赋一绝》（《枕碧楼偶存稿》卷十一）

《荥阳县赠同乡赵伟卿大令景彬》（《枕碧楼偶存稿》卷十一）

《道旁碑有懿行教思诸名，盖为乡人立者》（《枕

碧楼偶存稿》卷十一）

《山行口占》（《枕碧楼偶存稿》卷十一）

《老犍坡》（《枕碧楼偶存稿》卷十一）

《武虚谷墓》（《枕碧楼偶存稿》卷十一）

《偃师县道中》（《枕碧楼偶存稿》卷十一）

《曲沃镇道中用熙韵》（《枕碧楼偶存稿》卷十一）

《老子传经处用熙韵》（《枕碧楼偶存稿》卷十一）

《阌乡道中风沙大作用熙韵（是日十四日，后闻开封一带又风霾一次)》（《枕碧楼偶存稿》卷十一）

《潼关》（《枕碧楼偶存稿》卷十一）

《华阴道中》（《枕碧楼偶存稿》卷十一）

《西安八仙庵牡丹最盛，二月三十日雪堂同人召饮，感赋长句呈何松僧郎中》（《枕碧楼偶存稿》卷十一）

《八仙庵群卉甚繁，不独牡丹也，为赋五短句》（《枕碧楼偶存稿》卷十一）

三月

《偶集东坡句（时将上巳)》（《枕碧楼偶存稿》卷十一）

《大元村哭天水尚书》（《枕碧楼偶存稿》卷十一）

五月

《五月二十八日西安晨发》（《枕碧楼偶存稿》卷十一）

《度灞桥》（《枕碧楼偶存稿》卷十一）

《灵宝道中》（《枕碧楼偶存稿》卷十一）

《龙亭》（《枕碧楼偶存稿》卷十一）

九月

《九月二十日发大梁至柳园，无船不得渡河，宿河上官店，二十三日始渡河》（《枕碧楼偶存稿》卷十一）

《道旁野花紫艳，雪后弥茂，俗呼野菊花》（《枕碧楼偶存稿》卷十一）

《筑道行》（《枕碧楼偶存稿》卷十一）

《正定府旧有行宫，为乾隆前西巡五台驻跸之所，新城紫泉书院亦其一也》（《枕碧楼偶存稿》卷十一）

《清风店》（《枕碧楼偶存稿》卷十一）

《方顺桥阻雪遇张春圃副戎（泰）话旧》（《枕碧楼偶存稿》卷十一）

十月

《十月初十日到京杂诗》（《枕碧楼偶存稿》卷

十一)

《入直口占》（《枕碧楼偶存稿》卷十一）

光绪二十九年（1903）

《〈药奁秋影图〉为严迪庄题（癸卯）》（《枕碧楼偶存稿》卷十二）

光绪三十年（1904）

《晓过柳浪庄（甲辰）》（《枕碧楼偶存稿》卷十二）

光绪三十一年（1905）

《重游天宁寺（乙巳重九）》（《枕碧楼偶存稿》卷十二）

《秋芙蓉四首》（《枕碧楼偶存稿》卷十二）

光绪三十二年（1906）

《王幼三同年（锡命）司铎十年解官归里，道经辇下，出〈万全留别诗〉相示，大有张翰莼鲈之感，枨触余怀，率成八绝句以赠行，且以志归田之愿不易

遂也（丙午）》（《枕碧楼偶存稿》卷十二）

光绪三十三年（1907）

《送伯刚赴日本（丁未）》（《枕碧楼偶存稿》卷十二）

《书高丽破扇》（《枕碧楼偶存稿》卷十二）

《冯公度（恕）母七十寿词集〈易林〉》（《枕碧楼偶存稿》卷十二）

《严氏家庙松歌》（《枕碧楼偶存稿》卷十二）

光绪三十四年（1908）

五月

《日本二村啸庵前年冬书来索诗，未寄，两次书来相促，依元韵答之（戊申）》（《枕碧楼偶存稿》卷十二）

此诗当作于本年五月。五月十三沈家本致二村啸庵手札云："山海修阻，暌隔音尘，叠奉鱼缄，恍挹清德，祇以官私事冗，裁答稽延，滋以为愧。兹奉和原韵两章，聊博方家一粲，惟指教之。天各一方，觌面无从，炎暑方来，语维珍摄。此上。啸庵老吟翁砚者。沈家本顿首。光绪三十四年五月十三日。"①

九月

《九月游农事试验场绝句二十首》（《枕碧楼偶存稿》卷十二）

《复题四绝句》（《枕碧楼偶存稿》卷十二）

宣统元年（1909）

《朱桂卿七十寿言（己酉）》（《枕碧楼偶存稿》卷十二）

九月

《九月十三日，日本伊藤博文被刺于哈尔滨，感赋四绝句》（《枕碧楼偶存稿》卷十二）

宣统二年（1910）

三月

《三月二十九日崇教寺看牡丹四绝句（庚戌）》（《枕碧楼偶存稿》卷十二）

《又题》（《枕碧楼偶存稿》卷十二）

---

① 沈家本：《致二村啸庵手札》，载《书法丛刊》2011 年第 6 期，第 64—67 页。

《俞廙轩出〈卧游图〉属题，怅触予怀，率成八绝句》（《枕碧楼偶存稿》卷十二）

《题赵伟卿纨扇》（《枕碧楼偶存稿》卷十二）

《闻瞽者唱征人曲，率用其意，成短句四首》（《枕碧楼偶存稿》卷十二）

《族人秉谦母柯恭人寿词》（《枕碧楼偶存稿》卷十二）

七月

《七月初三日重游南河泡八绝句》（《枕碧楼偶存稿》卷十二）

《赵伟卿六十寿言》（《枕碧楼偶存稿》卷十二）

《王劭农七十寿言集〈易林〉》（《枕碧楼偶存稿》卷十二）

宣统三年（1911）

六月

《六月二十八日南河泡小饮（辛亥)》（《枕碧楼偶存稿》卷十二）

民国元年（1912）

《小园诗二十四首》（《枕碧楼偶存稿》卷十二）

十二月

《雪后初晴》（《枕碧楼偶存稿》卷十二）

此诗作于十二月十九，《日记》载此诗，诗题同。《日记》十二月十九载："偶得句云……题目《雪后初晴》。"

民国二年（1913）

《陆春泉七十寿诗（癸丑）》（《枕碧楼偶存稿》卷十二）

《梦中作》（《枕碧楼偶存稿》卷十二）

《自题〈癸丑日记〉》（《枕碧楼偶存稿》卷十二）

诗当作于六月以前。考王式通撰《吴兴沈公子惇墓志铭》载沈家本"以民国二年六月九日薨于京师"①。

---

① 王式通：《吴兴沈公子惇墓志铭》，载《沈家本全集》第八卷，第979页。

古典诗学与中国近代化的起步

——以沈家本的杜诗接受与创新为例

关鹏飞 *

内容摘要：受清末内忧外患的影响，杜诗学得到新的发展，与中国近代化走向发生微妙的联系。其中著名法学家沈家本对杜诗的接受与创新较有代表性。沈家本具有深厚的朴学积累和诗学素养，通过模拟和化用，在杜诗研究、创作实践和诗史精神的发展等方面皆有建树。沈家本对杜诗的批评与接受，总是带着强烈的创新意识，除了受清末西学东渐的影响，杜诗的现实关怀和诗史精神也给了沈家本巨大的革新力量，使其诗歌创作与中国近代化的起步同步推进，不

---

* 关鹏飞，南京晓庄学院文学院副教授。

仅反映了中国近代化的复杂面貌，也记录了沈家本自身对旧制度的批判和推动中国近代化的努力，从而为古典诗学注入新的生命。

关键词： 杜甫　沈家本　诗学　中国近代化

沈家本作为清末著名法学家，有我国法律现代化之父的美誉，其诗歌批评与创作亦取得丰富的成就。李贵连曾就此提出一个问题："浪漫气质的诗人，为何会与冰冷冷的法律结缘？"① 实际上，诗人沈家本并非只有浪漫气质，他深受现实主义传统诗学的哺育，对杜诗的评价与接受尤其醒目，尚未得到学界较多关注。沈家本对杜诗的重视，除受清代杜诗学的影响之外，更直接承袭自其父祖。李贵连指出："父子相传，后来的沈家本深受他的影响。"② 这种说法所云甚是，尤其是沈家本后来创作《拟老杜诸将五首》更是直接受其父影响。相对而言，沈家本生活的清末危机更重，对杜诗的接受与学习也就更深、更全面，并在时

---

① 李贵连：《沈家本传》（修订本），广西师范大学出版社2017年版，第45页。为俭省篇幅，全书以下均以《沈家本传》（修订本）简称此书。

② 《沈家本传》（修订本），第24页。

代氛围的启发下有了新的突破，而非通常学者所认为的那样，"在那样万方多难的局面下，杜诗学研究也必然处于残破衰败、一蹶不振的境地之中"①。可以说，杜诗在促进沈家本关注现实尤其是律学之类的实学方面起到一定作用，此后不久，沈丙莹"以忤时解官归，公才弱冠，即援例以郎中分刑部。公之学律，自此始"②（《吴兴沈公子惇墓志铭》），时间上若合符契，不能仅视作巧合。本文不揣简陋，从沈家本对杜诗的理论研究、创作实践与创新三个方面做初步的探究，从中可以窥探古典诗学与中国近代化的复杂关系。

一、朴学与诗学：对《杜诗详注》的批驳

沈家本之父沈丙莹《星匏馆随笔》已对部分杜诗进行随笔探究，③ 沈家本则在《日南随笔》中专门谈

---

① 孙微：《清代杜诗学史》，齐鲁书社 2004 年版，第 378 页。
② 《沈家本全集》第八卷，第 978 页。
③ 详见《沈家本全集》第八卷，第 241、243、255、257—258、263 页。

论"少陵诗",共计 37 条札记,① 除去其中 5 条涉及杜甫赋文,可得 32 条札记,显得更为系统。从其札记来看,沈家本所读当为仇兆鳌注的《杜诗详注》。在这 32 条札记中,除批评杨用修、杜修可的 2 条札记外,大多是对仇兆鳌注文的批驳,主要包括仇兆鳌注文所引典故并非最早、前后矛盾、读音标注错误、该出注的地方没有出注等问题,这跟沈家本深厚的朴学功底有关。沈家本受清代朴学影响,早年就以考据之法研究经史,著有《周官书名考古偶纂》《诸史琐言》等作品,后来也用朴学之法研究中国刑罚,著有《刺字集》《历代刑官考》《历代刑法考》《读律校勘记》《汉律摭遗》等律学专著,而其后来在主持编修《大清新刑律》时,也是利用考据办法,先翻译欧西、日本等法律,比较参稽,融汇中西,始成中国历史上第一部近代刑法典。因此,当沈家本探究杜诗时,会自觉不自觉地运用朴学考据之法,以期更科学、细致、准确地把握杜诗精髓。

难能可贵的是,沈家本在批评的过程中,并非全

---

① 详见《沈家本全集》第七卷,第 238—240 页。

用朴学方法，还涉及诗学技巧，从中可以看出他深厚的诗学积淀。有典故活用者，如沈家本认为杜甫"风尘苦未息"就是"翻用郭振《古剑篇》'正逢天下无风尘'语"①。有从对仗技巧出发判定误字者："《堂成》云：'笼竹和烟滴露梢。''笼'或作'陇'，字之伪也。②'笼竹'对上句'桤林'。"③有从对仗判断读音者，如："《将赴成都草堂途中有作》第二首：'不教鹅鸭恼比邻。'按：比，平声，并也，④'比邻'犹'并邻'，与上句'俗客'对。"⑤有从诗意入手判断正误者，如《哀王孙》"不敢长语临郊衢"之"长"："'长'如字读，跌起下句，⑥语意甚醒，不必如仇注读直亮切。"⑦又如"玉佩仍当歌"之"当"，沈家本按语云："当歌，当筵而歌。阿瞒语'当歌'与'对酒'平，当正是对当之当。杜用其意也，杨说非。"⑧

---

① 《沈家本全集》第七卷，第239页。
② 原句标点为"'笼'或作'陇'字之伪也"，今改。
③ 《沈家本全集》第七卷，第239页。
④ 原句标点为"平声并也"，今改。
⑤ 《沈家本全集》第七卷，第239页。
⑥ 原句标点为"'长'如字读跌起下句"，今改。
⑦ 《沈家本全集》第七卷，第238页。
⑧ 《沈家本全集》第七卷，第238页。

通过诗歌体式来判断正误，则显示出沈家本厚重的诗学素养。如"涧道馀寒历冰雪，石门斜日到林邱"，沈家本按语云："'冰雪'与'林邱'对，作如字读为是。[①] 且唐人拗句，七言第五字仄者，第六字用平声以救之，'冰'字不应读去声。"[②] 又如"唐人五言拗句，第三字仄，第四字平，此类甚多"[③]。又如"七绝首句不必定叶韵也"[④] 等。沈家本能够熟练地运用诗学知识反驳仇注，则其自身之诗学功底也就可想而知了。

沈家本在诗歌赏鉴方面也显示出高超的水平，如"子规夜啼山竹裂，王母昼下云旗翻"，杜修可认为"王母"是鸟名，沈家本按语云："此说非。《海内十洲记》言太玄都，仙伯真公所治，[⑤] 汉武筑坛，其命名必非无因。归愚先生谓此句言仙真载灵旗而下，其说是。若作鸟名，则神妙全失。"[⑥] 除了引据经典来佐

---

① 原句标点为"'冰雪'与'林邱'对作，如字读为是"，今改。
② 《沈家本全集》第七卷，第238页。
③ 《沈家本全集》第七卷，第238页。
④ 《沈家本全集》第七卷，第239页。
⑤ 原句标点为"《海内十洲记》言太玄都仙伯真公所治"，今改。
⑥ 《沈家本全集》第七卷，第238页。

证，还从诗歌"神妙"的角度来加以判断，说明沈家本在杜诗鉴赏方面有着较高造诣。无论是朴学功底还是诗学素养，都为他后来敏锐地根据时势的改变、社会的需要来创造性地学习杜诗，打下扎实的基础。

沈家本之所以有如此深厚的诗学素养，跟其家学密不可分。诗学可谓沈氏家学之一，而杜甫则是重要的学习对象，沈家本曾祖沈国治有《韵香庐诗钞》二卷，有诗句云"雄心追李、杜，逸气迈曹、刘"①（《谢凌甘雨先生惠书二十韵》），虽是夸赞凌甘雨，其胸襟已约略可知，故其和诗友诗又云："硕德鸿儒山斗尊，骚坛猥许我同盟。雄心欲破曹、刘垒，壮志谁登李、杜门。"②（《倚虹堂诗会和姚立夫》）其生父沈丙莹诗集多有学杜处，学杜诗句法者如"有客有客皆可人"③（《题陆定圃同年冷斋雅集图》）、"有客有客蟪蛄巢"④（《苦寒吟和周岷飓学博》）皆学杜甫

---

① 《沈家本全集》第八卷，第10页。
② 《沈家本全集》第八卷，第12页。
③ 《沈家本全集》第八卷，第51页。
④ 《沈家本全集》第八卷，第64页。

"有客有客字子美"（《乾元中寓居同谷县，作歌七首》）、仿杜诗之结构者如《完粮行》[1] 学杜甫《兵车行》、用杜诗之意者如"拘起千间万间杜陵之广厦"[2]（《复题》）等亦多。总体而言，沈丙莹主张唐宋兼师："七言苏陆五言杜，唐宋兼师识不群。"[3]（《题家秋帆都转诗集》其四）但也有较为明显的时段性特点，其外任贵州之前更多学苏轼，故有诗句云"公之经济鲜仇匹，岂徒文字真吾师"[4]（《偕奚虚白费见山两上舍黄嵝堂茂才钮壬林家响泉两孝廉苏公祠荐芷分韵得飞字》），这也对沈家本有影响，故沈家本诗集中多有戏拟苏诗之处；外任之后，沈丙莹经历苗民起义和太平天国运动等，对社会矛盾有更多体会，其现实主义诗风也转向杜诗，故《题独立苍茫图》云："既不学经生，门户角立矛盾操，亦不效宋儒，讲堂立雪风飘骚。脱帽露顶聊复尔，闲身伫向苍茫里。"[5] 在国事危急又无能为力的时刻，沈丙莹摒弃经生与宋儒，

---

① 《沈家本全集》第八卷，第 80 页。
② 《沈家本全集》第八卷，第 57 页。
③ 《沈家本全集》第八卷，第 109 页。
④ 《沈家本全集》第八卷，第 52 页。
⑤ 《沈家本全集》第八卷，第 96 页。

而学杜甫,以诗吟咏现实,诗题"独立苍茫",即出自杜甫"独立苍茫自咏诗"(《乐游园歌》),诗句"脱帽露顶"亦取自杜甫"脱帽露顶王公前"(《饮中八仙歌》),其意可知。这一时期,沈丙莹古体诗如《三桥团》《鸭子塘》《新堡营》① 等明显学习杜甫三吏三别之作,其律诗如《于役玉屏赠曾枢元太守》四首②、《山行杂兴》五首③等诗明显学习杜甫七律,故其《于役水口寺见难民慨赋》诗亦坦承学杜云:"连天烽火瘴云昏,刁斗徒怀细柳屯。诸将诗赓杜子美,流民图拟郑监门。"④ 而学杜主要学杜之"忧时":"杜吟诸将忧时泪。"⑤ (《题家秋帆都转诗集》其二)又说:"欲知杜老诗悲壮,为阅中原丧乱多。"⑥ (《题徐茝绶舍人诗集》其三)这对沈家本学杜评杜都产生了极大作用。

---

① 《沈家本全集》第八卷,第 86 页。
② 《沈家本全集》第八卷,第 90 页。
③ 《沈家本全集》第八卷,第 91 页。
④ 《沈家本全集》第八卷,第 85 页。
⑤ 《沈家本全集》第八卷,第 109 页。
⑥ 《沈家本全集》第八卷,第 116 页。

二、模拟与化用：沈家本对杜诗的吸收

沈家本年轻时，清廷内有太平天国运动，外有列强入侵，因此跟沈丙莹中年以后倾向杜诗不同，他很早就有意在诗歌创作中学习杜诗，并持续一生。这些乱离的遭遇，使沈家本经常从杜诗中汲取精神力量，如《有怀寄示两弟》："清宵步月杜工部，寒食看花韦左司。"[1]《病中思乡颇切，率成七言十绝句，寄示云抱》其一云："病肺尝吟工部句，养身未熟长桑书。"[2] 又《重九漫题四绝句》其一云："老去悲秋怜杜老，衔杯强说客怀宽。"[3] 又如《冬至三绝句》其一："休惊子美形容老，江上年年作客来。"[4] 更把自己比作子美。李贵连指出，庚子乱后，沈家本在开封与家人重聚，"会使人立刻想起杜甫的绝唱。笔者想，这位老人也当如是"[5]，并引

---

[1] 《沈家本全集》第七卷，第129页。
[2] 《沈家本全集》第七卷，第146页。
[3] 《沈家本全集》第七卷，第150页。
[4] 《沈家本全集》第七卷，第152页。
[5] 《沈家本传》（修订本），第169页。

《到大梁》诗。绝唱指杜甫《羌村三首》，其中云"夜阑更秉烛，相对如梦寐"，正是《到大梁》"既至翻惊疑，还恐是梦寐"[①] 所本。由此可见，相似的际遇加深了沈家本对杜诗的理解，也促进了对杜诗的学习。这里从继承的角度，以沈家本的诗歌作品为例，从模拟与化用两个方面来初探沈家本对杜甫诗歌遗产的吸收情况。

先看模拟。模拟创作是古典诗歌学习的重要方法，沈家本也不例外。目前我们仍能在其诗集中看到《拟老杜诸将五首》就是明证。[②] 该诗李贵连系年于光绪十年（1884）马尾海战之后[③]，是年沈家本44岁。其弟沈彦模《看山楼草》亦有用原韵《拟老杜诸将五音》之作[④]，沈彦模之作较为拘泥杜甫原诗，沈家本则更结合时事而有所创新。表1我们结合杜甫原诗与沈家本诗进行比较。

---

① 《沈家本全集》第七卷，第159页。

② 其他如《题赵泉生剑马障子》学苏轼，《题彭生举杯邀明月图》学李白等，因与本文无关，故不涉及。

③ 《沈家本传》（修订本），第98—99页。

④ 详见《沈家本全集》第八卷，第304页。

表1　杜甫原诗与沈家本诗的比较

诸将五首	杜甫原作①	沈家本拟作②
其一	汉朝陵墓对南山， 胡虏千秋尚入关。 昨日玉鱼蒙葬地， 早时金碗出人间。 见愁汗马西戎逼， 曾闪朱旗北斗殷。 多少材官守泾渭， 将军且莫破愁颜。	唐时郡县汉河山， 五季抢拧始设关。 尚待金函颁日下， 永留铜柱镇云间。 武襄③壁垒秋风肃， 黔国旌旗夕照殷。 自古岩疆承正朔， 陪臣犹得觐天颜。
其二	韩公本意筑三城， 拟绝天骄拔汉旌。 岂谓尽烦回纥马， 翻然远救朔方兵。 胡来不觉潼关隘， 龙起犹闻晋水清。 独使至尊忧社稷， 诸君何以答升平。	貔貅十万顿边城， 五夜风清卷旆旌。 岂谓不曾逢一虏， 哗然遂已走千兵。 漫嗟杀气蛮中恶， 犹喜烟尘宇内清。 每听鼓鼙思将帅， 临戎谁是李西平。

---

①　杜甫著，仇兆鳌注：《杜诗详注》，中华书局1979年版，第1363—1372页。

②　《沈家本全集》第七卷，第130—131页。

③　"武襄"原标点作"武、襄"（《沈家本全集》第七卷，第130页），误。"武襄"与"黔国"对仗，顿号点开不合适，此处指北宋名将狄青，谥号武襄，曾平定越南侬智高之乱。

续表

诸将五首	杜甫原作	沈家本拟作
其三	洛阳宫殿化为烽， 休道秦关百二重。 沧海未全归禹贡， 蓟门何处尽尧封。 朝廷衮职虽多预，① 天下军储不自供。 稍喜临边王相国， 肯销金甲事春农。	富良江外起狼烽， 漏雨颓云战垒重。 夸诞未闻诛马谡， 桀骜枉自斩刘封。 维州险隘虽云失， 渤海储胥尚足供。 悉怛谋降须驾驭， 莫教解甲事耕农。
其四	回首扶桑铜柱标， 冥冥氛祲未全销。 越裳翡翠无消息， 南海明珠久寂寥。 殊锡曾为大司马， 总戎皆插侍中貂。 炎风朔雪天王地， 只在忠臣翊圣朝。	麟阁何人姓氏标， 日南兵气未能消。 经年毒雾沉丹徼， 昨岁妖星动碧寮。 塞隧讵无左司马， 漏师偏有寺人貂。 扶苓比景休轻弃， 曾奉先皇玉帛朝。
其五	锦江春色逐人来， 巫峡清秋万壑哀。 正忆往时严仆射， 共迎中使望乡台。 主恩前后三持节， 军令分明数举杯。 西蜀地形天下险， 安危须仗出群材。	连朝飞电羽书来， 男斸峰头画角哀。 江静血腥横岛屿， 夜深磷火满楼台。 时危竞上平戎策， 战苦难擎饮至杯。 九省兵戈方未艾， 筹边慎莫付庸材。

① "虽多预"，一作"谁争补"（《杜诗详注》第1367页），据沈诗可知其所拟之本为"虽多预"。

杜甫原诗作于大历元年（766）在夔州时，莫砺锋分析五首诗内容说："第一首述吐蕃内侵，讽刺诸将未能担当保卫疆土之责任。第二首回顾借兵回纥的往事，指责诸将作战不力，且不能控制外族军队。第三首批评诸将不能平定北方，亦未能养兵于农。第四首述南境不靖，讽刺诸将徒享高官厚禄。第五首有四句是赞美严武，仿佛与全诗主题不合，然正如钱谦益所云：'如武者真出群之才，可以当安危之寄。而今之非其人，居可知也。'其主题则是批评将帅不得其人。整组诗既有统一的主题，也有统一的观念，是构思精密、一气呵成的大制作。"① 所云甚是，总体而言，杜甫原诗表达的是大唐因内乱而导致国际地位下降，失去对周边附属国的影响力，甚至无法抵御其入侵。

从表1可见，沈家本诗虽用杜甫原诗之韵，但具体内容已大不相同。杜甫只是把"越裳翡翠无消息，南海明珠久寂寥"的不来朝贡的越南作为大唐国际地位下降的标志之一来写，沈家本组诗则聚焦于越南，

---

① 莫砺锋、童强：《杜甫诗选》，商务印书馆2018年版，第285页。

第一首写越南自汉唐以来就是中国的一部分，五代以后越南立国，到宋代狄青虽平定侬智高起义，但仍未使越南完全归属，直到清朝才重新恢复。[①] 第二首写清乾隆时期安南之役，再度确认清越的宗藩关系，但已流露出隐忧。第三首写法国殖民者觊觎越南，中法爆发战争，面对清政府战和不定的态度，沈家本则认为要积极备战，因此反杜甫原诗"肯销金甲事春农"为"莫教解甲事耕农"。第四首写清政府因犹豫不决、用人不当而在中法战争中不断失利，沈家本主张不要轻弃越南。第五首则回到现实，如今战况惨烈，沈家本建议选拔优秀将领来指挥战役。由此可见，沈家本拟诗中虽有对杜甫原诗的呼应，但主要是借拟诗来表现当时中法之间对越南的博弈与策略。

这是沈家本拟诗的目的所在。除拟杜诗外，沈家本还广泛拟前人诗作，如《拟左太冲咏史诗八首》《拟山谷演雅》等，基本上都是意有所指，批判现实，

---

① 此论跟一般的史学结论有所出入，如邵循正云："中越民族文化关系綦切，溯其原委，远及秦汉。自汉讫宋皆为中国郡县，迨后脱离中国自立，仍世世受封为属国。"（邵循正《中法越南关系史末》，河北教育出版社2000年版，第47页。）

但又不敢直陈，故以拟名之。其拟杜诗亦当作如是观。李贵连指出："是年，由于法国侵略者在越南和我国台湾地区屡次挑起战端，七月六日（公历8月26日）清政府被迫对法宣战。对于这次战争，沈家本深为忧虑，曾赋诗述怀。"① 所言甚是。沈家本光绪十年日记不存，但其光绪九年日记中对法国入侵多有关切，如十一月二十八记录云："越南消息大坏，张幼樵于廿五日往津商议和战之事。"② 因此，沈家本此诗具体所指跟杜诗截然不同，又因为内容不同，所以沈家本拟诗也对杜甫原诗的结构作了改变，变得形式更为集中紧凑，从而透露出更加危急、迫切之势。

与内容、结构不同的是，如果从"议论时事，非吟风弄月，登眺游览，可任兴漫作也。必有子美忧时之真心，又有其识学笔力，乃能斟酌裁补，合度如律"③ 方面来说，沈家本之拟作又跟杜诗原作之精神血脉相一致。杜甫原诗就是针对安史之乱后的平戎而

---

① 李贵连：《沈家本年谱长编》，山东人民出版社2010年版，第43页。

② 《沈家本全集》第七卷，第746页。

③ 《杜诗详注》，第1371页。

论，只不过当时形势跟沈家本所面临的法国入侵有本质上的差异，自然不宜照搬照抄。而沈家本从内容到结构的重新处理，使所拟之作更加合情合理，从历史、现实等角度说明清朝与越南一起抵御法军入侵是正义之举，由此提出较为客观公正的建议，跟杜甫一样在正确的历史发展走向上忧时，从而在具有"慷慨蕴藉"① 的艺术魅力的同时，使全诗获得了"一章奏议、一篇训诰"② 般的典范价值。

再看化用。化用又叫借用，也是古典诗歌写作中常用的手法，它比模拟更为灵活。通过上文分析可知，沈家本的模拟并非套用，其实已经含有化用之意。这里用模拟和化用来分类，只是为了分析的便利而已。化用有时候是有意识的自觉行为，有时候是不自觉地流露出来的诗学素养。在沈家本的诗歌创作中，从字句、篇章到立意，都有杜诗的影子。

第一，化用杜诗字句者，如"万朵枝低亚"③（《朱藤花三十首》）即取自杜诗"千朵万朵压枝低"

---

① 《杜诗详注》，第 1371 页。
② 《杜诗详注》，第 1371 页。
③ 《沈家本全集》第七卷，第 96 页。

（《江畔独步寻花七绝句》其六），"索食痴儿惯乞
恩"① 取自杜诗"痴儿不知父子礼，叫怒索饭啼门
东"（《百忧集行》），《漫赋》其二"彩笔何曾干气
象"② 改自杜诗"彩笔昔曾干气象"（《秋兴八首》其
八），等等，此类甚多，可见沈家本对杜诗熟悉到随
手使用的程度。

第二，篇章学习。主要体现在分体学习方面，这
里以沈家本的五律为例。沈家本《登岳阳楼》云：
"五言高杜、孟，千里下湘、沅。"③ 表现出对杜甫
《登岳阳楼》诗的倾心，故在《登烟台山》诗中就全
篇学习杜甫此诗的结构。沈诗全文为："绝顶抠衣上，
新亭快壮观。舳舻通万国，岛屿接三韩。蜃气吞残
戍，鲸波撼画栏。连鳌如可钓，东海学投竿。"④ 对比
杜甫《登岳阳楼》，都是首联登台，颔联、颈联刻画
描写，末句回到诗人自身。只不过，杜甫《登岳阳
楼》也好，孟浩然《望洞庭湖赠张丞相》也罢，都

---

① 《沈家本全集》第七卷，第100页。
② 《沈家本全集》第七卷，第125页。
③ 《沈家本传》（修订本），第120页。
④ 《沈家本全集》第七卷，第123页。

是颈联就开始收，末句收束完毕，而沈诗则直到末句才开始收束，中间两联竭力刻画，而"通万国""接三韩"已体现出清末与国际通商之新气象，与杜、孟之诗截然不同。由此可见，沈家本的杜诗学习，是继承创新，而非食古不化。

第三，立意似杜。这主要体现在沈家本的逃难诗、忧时诗中，如其"何当泻尽银潢水，顿使寰中洗甲兵"[1] 句，立意取自杜甫"安得壮士挽天河，净洗甲兵长不用"（《洗兵马》）。但最突出的地方，还是在于沈家本像杜甫那样，在诗中将个人遭遇与国家命运结合起来，如《新寨口度黄河书事》《风雨泊白家行》等，尤其以《风雨泊白家行》最有代表性：

> 黑云众山合，天地入窈冥。
>
> 襄水日夜急，风雨稽严程。
>
> 危坐噤无语，羁泊难为情。
>
> 系舷望莽莽，狂飙驰迅霆。
>
> 潭蛟挟电走，江豚吹水行。
>
> 青没烟晻霭，白飞练纵横。

---

① 《沈家本全集》第七卷，第109页。

阵急打篷背，涨盛迷滩形。

汹涌怒涛立，颓洞碕岸倾。

孤艇乱攲侧，所闻惟碎訇。

中宵数起视，烛影寒不明。

频频唤舟子，铁锁盘交半。

客睡胡未稳，转侧魂梦惊。

不觉天欲曙，模糊送鸡声。

披衣问童仆，雨息风犹鸣。

澎湃不可触，念为濡滞萦。

何当效宗悫，万里长风征。①

　　该诗作于咸丰十一年（1861），太平天国运动正在各地蔓延，前一年，英法联军进攻北京，火烧圆明园，沈家本几次出都逃难，可谓沧海横流，无处可渡。1861 年，沈家本带着家人南下贵州铜仁跟沈丙莹会合，一路历经艰辛，此诗就是其中比较有代表性的一首。该诗记录一次风雨阻船之事，却写得惊心动魄，尤其是"汹涌怒涛立，颓洞碕岸倾"之句，无疑是对杜诗"北辕就泾渭，官渡又改辙。群冰从西下，

---

① 《沈家本全集》第七卷，第105 页。

极目高崒兀。疑是崆峒来，恐触天柱折。河梁幸未
坼，枝撑声窸窣。行旅相攀援，川广不可越……忧端
齐终南，颒洞不可掇"（《自京赴奉先县咏怀五百
字》）的学习，而杜甫此诗含有通过描写水势溃堤来
表达大唐帝国岌岌可危之意，沈家本此诗也不例外，
其末句以宗悫收尾点明此意。《宋书·宗悫传》云：
"悫年少时，炳问其志，悫曰：'愿乘长风破万里
浪。'"① 表达扫平天下之意，沈家本引用此典，既有
乘风破浪之意，亦表现出平定家国的希望，跟老杜用
意若合符契。

三、沈氏诗史：古典诗学中的中国近代化

李慈铭评沈家本生父沈丙莹的《春星草堂集》，
认为有诗史之用："所阐扬忠义，叙述离乱，及军府
筹画，山川岨阤，多足以补志乘，备它日国史之
采。"② 李贵连也指出这对"研究咸、同时期贵州苗

---

① 沈约撰：《宋书》卷七十六《宗悫传》，中华书局1974年
版，第1971页。
② 《沈家本全集》第八卷，第37页。

民起义，亦有史料价值"①，甚是。沈家本诗学与其父一样，也深受杜甫诗史精神的影响，他在《梦影庵集序》中就说："卷中《俗吏篇》《海州老翁叹》《禁炊行》《捕蝗叹》《振谷谣》诸作，颇得少陵《三吏》《三别》，白傅《秦中吟》诸篇遗意，足备太史观风之采录。"② 虽是以少陵诗史精神评价友人之作，实则亦是他自身诗学所追求者，《枕碧楼偶存稿》中有多篇诗作记录清末乱离之事，如《七月二十七日出都道中口占》《八月初五日入都》《初九日复出都感赋三章》《度芦沟桥》《将入西山》《九月二十日复入都》《有自都下来说近事者率赋一绝》《大元村哭天水尚书》《九月十三日日本伊藤博文被刺于哈尔滨感赋四绝句》等。沈家本众多蕴含诗史精神的作品，在反映时代现实的基础上，在一定程度上呈现出比史书更为生动的中国近代化面貌。

值得注意的是，刘子健、沟口雄三、孔飞力等学者都对以欧洲现代化为标准来衡量中国历史发展提出

---

① 《沈家本传》（修订本），第478页。
② 《沈家本全集》第七卷，第72页。

了不同意见,① 他们更强调中国跟欧洲的异质之处,甚至认为中国的存在本身,使欧洲的标准成了"问题",这些论述及"态度",都是笔者所赞同的,尤其是新近提出的"中国近代化"概念,对此做了更准确的概括与指引。此处所使用的"中国近代化"一词,仅强调沈家本所处时代相比于之前的时代有了更多的不同,并非认为这些不同就是进步,因此,只是使用"中国近代化"一词概括其差异,而不是做价值判断,田晓菲指出:"十九世纪中国的乱离,是传统社会秩序解体过程中的一部分,因此和前朝的乱离具有本质的区别。"② 这种"本质的区别"庶几乎近之,但概括性不强,含义比较模糊。目前学界对此已有关注,如林宗正、张伯伟编《从传统到现代的中国诗学》论文集中就收集了相关论文来探讨从十八世纪到

---

① [美]刘子健:《中国转向内在:两宋之际的文化转向》,赵冬梅译,江苏人民出版社2001年版;[日]沟口雄三、小岛毅主编:《中国的思维世界》,孙歌等译,江苏人民出版社2006年版;[美]孔飞力:《中国现代国家的起源》,陈兼、陈之宏译,生活·读书·新知三联书店2013年版。

② 田晓菲:《影子与水文:秋水堂自选集》,南京大学出版社2019年版,第194页。

二十世纪上半叶旧体诗学的传统与演变，尤其关注中国文学从传统走向现代的过程中诗人的参与及贡献①。近来如潘静如《"现代性"与"科学帝国主义"初体验——论近代早期的火轮船诗》②、罗剑波《近代诗学观念的流变与转型——以报刊诗话为中心的考察》③等皆有探究。由于本文探究以沈家本诗歌为主，还无法与"现代性"完全接轨，故用较保守的"近代化"一词来描述其贡献。

（一）诗中出现复杂的近代化图景

中国近代化呈现出复杂面貌，新世界与新问题交杂，在沈家本诗中都有所反映。先看新世界。沈家本在诗中充分表达"莫道今人让古人"④的壮志，有意跟古人学习，其中自然也包括杜甫，但毕竟沈家本在

---

① 林宗正、张伯伟编：《从传统到现代的中国诗学》，上海古籍出版社 2017 年版。

② 潘静如：《"现代性"与"科学帝国主义"初体验——论近代早期的火轮船诗》，载《文学遗产》2021 年第 2 期。

③ 罗剑波：《近代诗学观念的流变与转型——以报刊诗话为中心的考察》，载《文学评论》2021 年第 1 期。

④ 《沈家本全集》第七卷，第 135 页。

题材拓展上跟杜甫相比有得天独厚的优势，他生活的时代列强入侵中国，带来苦难的同时，也带来传统中国没有或少见的事物，而沈家本所接触的新生事物也就自然比杜甫更多，反映并书写进诗中的新意象、新观念等也就更广泛，如《上海县》："吴淞江上聚艨艟，学士桥边互市通。别是一番新世界，图编王会万方同。"① 这种互市的新世界，是杜甫无法看到的，自然也就难以入诗。又如《十一日戏题二绝句》记录"西国元旦"，则将记录风俗扩大到国外。

值得注意的是，随着西方科技知识的传入，国人对月食现象有了较为科学的理解，这在沈家本的诗中也有反映，如《十一月十六日月蚀周子迪廉访作诗示僚属敬步其韵》："司天既可算从头，钲鼓仪陈等杞忧。地轴朦胧虚影隔，云衢隐约素光留。却循黄道推经纬，漫对红轮卜咎休。试绎古人灾异说，诗成堪比畔牢愁。"② 诗中引《天文揭要》一书的内容解释月食、月红的原因，而对古代月食的灾异之说进行驳斥，对月食引发的民众"钲鼓仪陈"等行为进行批

---

① 《沈家本全集》第七卷，第120页。
② 《沈家本全集》第七卷，第144页。

评。而这种科学意识反过来影响其诗歌创作，如《丁香花四绝句》其二："粉身堕麝杜陵句，翮影蟠虬钱起诗。情绪两般花一样，不关臭味有参池。"[1] 同样写丁香，杜甫和钱起表达出来的情感就不同，但沈家本认为"情绪两般花一样"，一样的花引发不同的情绪，是因为诗人不同的心绪所导致的，跟花本身无关。由此可见，科学知识的介入，不仅使沈家本对客观的自然世界有不一样的认知，也使其对人文世界的认识得到提高。

再看中国近代化出现的新问题。杜诗向来以深刻揭露社会矛盾著称，沈家本继承了这一优秀传统。沈家本所生活的时代，商业初开，又没有与之相适应的新规范，导致民风浇薄，他就写出不少反映民间令人悲恨的丑陋现象，如《歌女词》写出父母因为"妄念"而逼迫女儿学弹唱挣钱之事，感叹"耶孃妄念正未已，安得千金买客笑"[2]；又如《乞儿词》写父母教儿女学乞讨挣钱，"但遇客车到，满村互招要。一

① 《沈家本全集》第七卷，第145页。
② 《沈家本全集》第七卷，第100页。

位的差别和时代的新旧交替，沈家本喜欢用绝句反映
自身探索中国近代化的经历，其中最有代表性的就是
七绝《书高丽破扇》。关于《书高丽破扇》，李贵连
认为该诗是部院之争的反映，他说："这首诗写的是
破扇，抒发的是对朝政的不满。一个'忍'字，是何
等的无可奈何！他是一个对国家民族负有使命感的
人，希望通过'内治'，使国家民族强盛起来，由法
律改革，而至内治井然，再至国家民族的强盛，这是
他的理想抱负。他说不管'破碎山河'，这不是他的
真实思想，他是想管，管而遭受各种非议，实在无法
去管的情况下，才违心地说'不管'。'茫茫对此感
无边。'在光绪三十三年，先是部院权限之争，接着
又逼进一步，对法律馆提出异议，他能无所'感'
吗？这首诗，书的是这件事，感的也是这件事。平静
的外表下，深藏汹涌的感情波涛。"① 沈厚铎在李贵连
的基础上，认为此诗是一首"殇国诗"②，沈厚铎指
出："沈家本十分郁闷，于是以用了二十余年的一把
旧折扇为喻，抒发了自己对这个国家既爱又恨，又不

---

① 《沈家本传》（修订本），第313页。
② 《玉骨冰心冷不摧》，第322页。

忍捐弃的心情。这时沈家本年近古稀，身体又不甚好，其实已经萌生退意，然而修律大业尚未完成，怎能'忍弃捐'呢？'破碎山河都不管，茫茫对此感无边'，一腔忧国热血滚动于胸中，郁闷、忧愤无从发泄，只能浓墨醮笔寄予诗中。"① 合二家之说，实则是一体两面，并无本质差异，但无法解释诗中"廿余年"之确切含义。实则破扇非朝廷之喻，乃诗人自喻。

中国诗学自古有悲扇之传统，旧传班婕妤所作《怨歌行》看似悲扇，实则自悲，沈家本也是此意，只不过又做了发挥。沈家本因部院之争，被清廷下令与张仁黼对调，后沈家本又主动"恳请辞去修律之职"②，而甘作弃扇，就看清廷是否应允。故首句"招凉赖尔廿余年"是从他 1883 年考中进士、全力投入法律之学算起，至 1907 年部院之争止，正二十多年。"纸断丝残忍弃捐"是指他为清廷法律之学献出毕生精力，以至"纸断丝残"，值此之际，而忍弃之乎？显然是对清廷的抗议。后面两句"破碎山河都不

① 《玉骨冰心冷不摧》，第 324 页。
② 《沈家本传》（修订本），第 312 页。

管，茫茫对此感无边"①，则是对中国诗学悲扇传统的
超越。沈家本深刻意识到，他所辞修律之职关系山河
重整，对中国近代化意义非凡。他如果不通过辞职来
抗争以得到实权，以部院之争的结果来看，也难真正
有所作为；他如果辞职得到清廷应允，则更难有所作
为。沈家本陷入悖论之中。事情的关键在于，如果不
争实权，就无法作为；一争实权，则非议必来！唯一
的办法，就是辞职。可是一旦辞职，又会被非议为不
顾大局，沈家本预先在诗中自我批评为"破碎山河都
不管"，虽不能杜绝他人议论，但从李、沈二先生之
分析可知，明眼人一眼就知道诗人本意正相反，如其
《梦中作》就正面抒情说："可怜破碎旧山河，对此
茫茫百感多。"② 可相映证。用此没有办法的办法，可
见其时沈家本进退两难之境，故末句以"茫茫对此感
无边"收束，可谓感人至深。沈家本的抗争与坚持，
最终获得成功，"修订法律馆脱离法部、大理院，沈
家本法部右侍郎之职由王垿代理，专任立法，草拟立

---

① 《沈家本全集》第七卷，第169页。
② 《沈家本全集》第七卷，第177页。

宪法典草案"①，因此，这首诗在中国法律史上有着重要的地位，同时反映出沈家本推动中国近代化的曲折经历。

综上所述，沈家本对杜诗的批评与接受，总是带着强烈的创新意识，这种意识贯穿他的一生，其晚年绝笔诗《自题癸丑日记》云："故闻启新得，意解贵明了。"② 概括得当，可谓的论。故其修订法律，也是在中国传统法学的基础上，增损日本、西洋各国法律而成。由于此举属古今所无，沈家本的决定除了受形势驱使之外，无疑也跟其自身学识密切相关，而诗歌作为沈氏家学及其言志抒情的重要手段，起到一定作用。其中杜诗的现实关怀和诗史精神，给了沈家本巨大的革新内驱力，从中国诗学史的角度来看，沈家本也为传统诗歌注入新的生命。本文不过是抛砖引玉，实际上沈家本是清末巨变影响下的众多诗人中的一位，他们所呈现出来的古典诗学与中国近代化的复杂关联，值得我们进行全面、深入的研究。

---

① 《沈家本传》（修订本），第 319 页。
② 《沈家本全集》第七卷，第 177 页。

"高吟坡句首频搔"

——论沈家本诗歌对苏轼的接受[*]

王纱纱　孙广华[**]

内容摘要：沈家本的诗歌受苏轼沾溉良多，其诗对苏轼的接受主要表现在对苏诗中语句的接受、对苏轼事迹的点化、对苏诗典型意象的融铸和对苏诗审美风格的借鉴四个方面。究其原因，这与二人情感上的相通、际遇和处世态度的相近、沈家本对东坡其人其诗的熟稔密切相关。沈家本习苏融苏，将前人的文化遗产作为创作的养料，同时也在诗作中展现了自己的

　＊　本文为2023年湖州市哲学社会科学规划预立项课题"沈家本的故乡情结及文学艺术研究"（23hzghy087）阶段性成果。

　＊＊　王纱纱，湖州学院人文学院副教授。孙广华，湖州学院人文学院讲师。

性情和才华，取得了不俗的成绩。

关键词： 沈家本　诗歌　接受　苏轼

沈家本（1840—1913）于清末主持律法修订，有"中国近代第一法学家"之美誉，为法学界所熟知。不唯如此，他才高学富，勤学不辍，"虽终身于法律之学，然于他书无所不读"①，在经学、史学、文献学等领域均有精深之作传世。

沈家本的诗学也颇值得关注。他虽自道"间或从事经史考证之书，若古文词，未之学也"（《寄簃文存·小引》），但实为谦抑之辞。其诗学活动和诗学研究散见于各类著作中。如《沈家本日记·癸酉》（1873）记载，正月、二月间他先后细读了《本事诗》《六一诗话》《后山诗话》《彦周诗话》；校勘了《桐云诗注》《西泒诗注》《简学诗注》，用功甚勤，有时直到三更；暇时亦为友人改诗。② 从六月至次年（1874）四月，又陆续对《六一诗话》《后山诗话》

---

① 王式通：《吴兴沈公子惇墓志铭》，载《沈家本全集》第八卷，第979页。本文所引沈家本著作均出自《沈家本全集》。

② 参见《沈家本日记·癸酉》（1873）正月、二月记载，载《沈家本全集》第七卷，第540—543页。

《彦周诗话》加以抄录。① 在《日南随笔》中，他对汉魏六朝的李陵、曹植、谢灵运，唐代的骆宾王、李白、杜甫、柳宗元、杜牧，宋代的苏轼、黄庭坚，清代前中期的宋琬、洪亮吉，与自己同时代的徐韵生、周继煦等多人诗作进行了考论，足见涉猎之广泛、兴趣之浓厚。② 在诗歌创作上，他现存的诗歌始于己未（1859），终于癸丑（1913），一生吟咏不废，留下了六百余首诗篇。细绎其诗，可以看出沈诗受东坡沾溉良多。本文即以沈家本诗歌对苏轼的接受为中心，对沈诗的美学风貌加以探讨。

一、沈诗接受苏轼之表现

沈家本诗歌对苏轼的接受大抵表现在对苏诗中语句的接受、对苏轼事迹的点化、对苏诗典型意象的融

---

① 参见《沈家本日记·癸酉》（1873）六月至《沈家本日记·甲戌》（1874）四月记载，载《沈家本全集》第七卷，第548—569页。

② 如《日南随笔》卷五"李陵诗""曹植责躬诗""援""骆宾王咏蝉诗""少陵诗""柳州诗""赤壁东南风""东坡诗""山谷诗""洪稚存诗"、卷六"太白诗注""宋荔裳诗""徐韵生诗""周春浦诗"等条，详见《沈家本全集》第七卷。

铸、对苏诗审美风格的借鉴四个方面。

1. 对苏诗中语句的接受

一是沈诗对苏诗中语词的直接截取。例如，"今年销夏曾供客，剧胜东坡一瓮云"（《山阴酒二瓮藏弄七年矣，今夏以一瓮饷客，其一瓮竟为海外兜鍪所窃，戏题二绝》其二）中，"一瓮云"来自苏轼"自拨床头一瓮云"（《庚辰岁正月十二日天门冬酒熟，予自漉之，且漉且尝，遂以大醉，二首》其一）。"生平不作维摩病"（《病中戏题》）中，"维摩病"来自苏轼"年来总作维摩病"（《和钱四寄其弟和》）。

二是沈诗对苏诗中成句的使用，可分为袭用原句、加以变化两种情形。

《偶集东坡句，时将上巳》是袭用原句的代表作。诗云："千戈万槊拥笼篱，弱羽巢林在一枝。白发苍颜谁肯记，行歌野哭两堪悲。流觞曲水无多日，罨画溪山指后期。倒着接䍠搔白首，那堪重作看花诗。"首联两句分别出自苏轼《次韵张十七九日赠子由》、《和孔周翰二绝》（其二）；颔联两句分别出自《元日过丹阳，明日立春，寄鲁元翰》、《除夜野宿常州城外二首》（其一）；颈联两句分别出自《和王胜之三首》（其二）、《次韵蒋颖叔》；尾联两句分别出自《铁沟行赠乔太博》《刘贡父见余歌词数首，以诗见戏，聊次其韵》。

加以变化的情况，例如"暂疏其会闲非恶"（《病中戏题》），化用东坡"因病得闲殊不恶"（《病中游祖塔院》）；"若识庐山真面目"（《题安麓村旧拓孙过庭书谱后》其五），化用东坡《题西林壁》"不识庐山真面目"，反用其意；"过眼战场迷五色，未闻方叔怨东坡"（《通州试院戏作四绝句》其四），化用东坡"平生谩说古战场，过眼终迷日五色。我惭不出君大笑，行止皆天子何责"（《余与李廌方叔相久矣，领贡举事，而李不得第，愧甚，作诗送之》），等等。

除了化用苏轼诗句的部分语句，沈家本更有一些作品是整首诗歌化用苏轼诗句的，其《病中乡思颇切率成七言十绝句寄示云抱》（其八）云："牢落人生五百年，摩挲铜狄意悽然。灯前苦忆东坡句，风雨匡床久独眠。"铜狄，指铜人。据说蓟子训有神异的道术，有人曾看到他和一位老者抚摸秦始皇下令铸造的铜人，并说道："从我亲眼看见铸造铜人时起，差不

多已有五百年了。"（事见《后汉书·蓟子训列传》）
"摩挲铜狄"常指时光荏苒，世事更替之感。苏轼有
"五百年间谁复在，会看铜狄两咨嗟"（《子由将赴南
都，与余会宿于逍遥堂，作两绝句，读之殆不可为
怀，因和其诗以自解。余观子由，自少旷达，天资近
道，又得至人养生长年之诀，而余亦窃闻其一二。以
为今者宦游相别之日浅，而异时退休相从之日长，既
以自解，且以慰子由云》其二）的诗句，沈诗即化用
此句。苏轼与弟弟苏辙有"夜雨对床"的约定，东坡
有句"雪堂风雨夜，已作对床声"（《初秋寄子由》），
"对床定悠悠，夜雨空萧瑟"（《东府雨中别子由》）
等。沈家本自注"余诸弟皆亡矣，诵东坡诗，不忍卒
读"，"灯前"两句就是对苏轼"夜雨对床"相关诗
句的化用。

2. 对苏轼事迹的点化

苏东坡由于才华和个性魅力深受世人尊敬和喜
爱，其事迹也为人津津乐道，清代梁廷楠还著有《东
坡事类》，将苏轼生平事迹分类编纂。沈诗中有多处
对苏轼逸事的书写。东坡能饮三蕉叶的酒（见陆游

《幽事》诗注），后人以三蕉（叶）指三杯。沈家本有诗句"坡公三蕉叶，欢颜亦何愧"（《王虎文、冯悦轩招游北河泡观荷，雨甚，不果往。午饮于天宁寺塔射山房，方坤吾首唱索和，即步其韵》其二），"平生酒户欠三蕉，常把空杯对月招"（《山阴酒二瓮藏弄七年矣，今夏以一瓮饷客，其一瓮竟为海外兜鍪所窃，戏题二绝》其一）。苏轼曾在黄州作《醉蓬莱》词，沈家本有《重九漫题四绝句》（其四）"高歌坡老《醉蓬莱》"写其事。再如下面二首沈家本绝句：

谁能弹指成楼阁，韵事空闻说大苏。
我亦欲从农圃后，懒看一幅节孙图。

也题《楚颂》结茅亭，何日扁舟下洞庭。
乞得东坡三百本，满园风露挹奇馨。
——《邵子湘〈种橘图〉序："东坡云：'吾性好种植，能手自接果木，尤好栽橘。阳羡在洞庭上，柑橘至易得，欲买一小园，种三百本，屈原作〈橘颂〉，吾园若成，当作亭以"楚颂"名之。'然东坡园与亭竟

未就也。" 龚子节孙移居阳羡，仿此绘图，
乞名诗词盈帙，余感其事成二绝句》①

"吾性好种植" 数语出自东坡所作的《楚颂帖》。
诗的长序已清楚地交代了作此诗的原委。沈家本借东
坡种橘构亭的韵事，抒发了对田园生活的向往。

3. 对苏诗典型意象的融铸

沈家本对苏诗的接受还表现在对东坡诗中典型意
象的承继上。苏诗"有必达之隐，无难显之情"（赵
翼《瓯北诗话》），营造了许多经典意象。比如"应
笑谋生拙，团团如磨驴"（《伯父〈送先人下第归蜀〉
诗云："人稀野店休安枕，路入灵关稳跨驴。"安节将
去，为诵此句，因以为韵，作小诗十四首送之》其十
四），以"磨驴"喻生活的乏味疲惫。光绪十三年
（1887），沈家本年近半百，已在刑部二十多个年头，
京察始终无法通过。在第八次京察之际，他作诗《腊
八日京察过堂，计自甲子到部，八过堂矣，口占二
律，呈乃秋曹长》（其二）"何自为郎滥备员，磨驴

---

① 《玉骨冰心冷不摧》，第200页。

陈迹踏年年",借苏诗"磨驴"的意象,抒发内心的烦懑和痛苦。实际上直到光绪十九年（1893），第十次京察的时候他才被列为上等,在经历三十年的苦熬之后,最终得以外任。光绪二十八年（1902），他作《十月初十日到京杂诗》（其一）"磨驴故步迹都陈",亦是以"磨驴"意象抒发对这段岁月的感受。

苏轼《和子由渑池怀旧》诗云"人生到处知何似,应似飞鸿踏雪泥。泥上偶然留指爪,鸿飞那复计东西",用鸿雁在雪泥上偶然留下脚印,比喻人生旅途的踪迹不定。因为这个比喻生动深刻,后来便凝练为成语"雪泥鸿爪"。今观沈诗,"雪泥鸿爪"是使用频率非常高的意象,几乎贯穿始终沈家本一生。

> 回首去年鸿爪印,桥头太息恨无穷。
>
> ——《三月二十六日出都,大风,
>
> 重度芦沟桥》（1861年）

> 雪泥鸿爪讯从头,弹指光阴去不留。
>
> ——《四十初度率赋五章》其一
>
> （1879年）

雪泥陈迹记前年，酬唱曾经擘凤笺。

　　　　——《李慕皋招饮于净业湖，

　　　　香远益清，小榭即席书怀，

　　　　兼呈徐乃秋、何忪僧》其二

　　　　（1885 年）

今日重寻鸿爪印，依然野老候柴关。

　　　　——《重游南河泡（壬辰闰六月，

　　　　张勤岩、鹿遂侪招饮）》其二

　　　　（1892 年）

鸿爪重寻旧日痕，廿年前事向谁论。

　　　　——《复题四绝句》其一（1908 年）

　　沈家本一生四方奔走，对东坡"雪泥鸿爪"的意蕴感同身受，因此对这个精妙的比喻十分偏爱，屡屡在诗中借以表达对人生去留无定的怅惘及对往事故情的眷恋。

4. 对苏诗审美风格的借鉴

　　尚"奇"是苏诗审美追求之一。东坡在《书柳子厚〈渔翁〉诗》中说："诗以奇趣为宗。"杨万里

极赏苏轼《汲江煎茶》诗，赞曰："一篇之中，句句
皆奇，一句之中，字字皆奇。"[1] 沈家本在尚"奇"
这一审美风格上对苏诗也有借鉴。他称赞严以盛的诗
作《东海》《小乐府》"语奇旨远"[2]，又论"沧溟
'列嶂党青天'，奇语也。王西樵《韬光诗》'豁然临
八极，青天信无党'，翻用李语，亦奇"[3]。他在创作
上也经常出新意于奇思。如，"露葵绿逗秋光媚，风
柳青梳午气清"（《李慕皋招饮于净业湖香远益清小
榭，即席书怀兼呈徐乃秋、何忪僧》其一），"登此
清净境，洗我千结肠"（《王虎文、冯悦轩招游北河
泡观荷，雨甚，不果往。午饮于天宁寺塔射山房，方
坤吾首唱索和，即步其韵》其三），"一树斜阳红断
处，道场山翠入船来"（《夹山漾秋泛》），等等，体
现了对"奇"的欣赏和追求。

宋代魏庆之云："子瞻作诗，长于譬喻。"（《诗

---

[1] 曾枣庄主编：《苏诗汇评》，四川文艺出版社 2000 年版，第
1857 页。

[2] 《梦影庵集序》，《枕碧楼偶存稿》卷五，载《沈家本全集》
第七卷，第 72 页。

[3] 《日南随笔》卷六"诗用党字"条，载《沈家本全集》第
七卷，第 267 页。

人玉屑》卷一七）在创作上，苏轼以新奇生动的比喻名世。如"有如兔走鹰隼落，骏马下注千丈坡。断弦离柱箭脱手，飞电过隙珠翻荷"（《百步洪》），"亲友如抟沙，放手还复散"（《二公再和亦再答之》），"欲知垂尽岁，有似赴壑蛇。修鳞半已没，去意谁能遮"（《守岁》），等等，向来为人称道。沈诗也擅长比喻，诗中大量生动贴切的比喻常常令人耳目一新：

城边山色浓于黛，槛外湖光重若醅。
——《六月二十四日同人招游十刹海，
午饮庆和堂，即席口占二律
（是日宾主皆同司，徐乃秋、何怂僧、
潘安涛、邵竹村皆有和作）》其二

廿载似尘催逝景，万人如海惯浮家。
——《怂僧以二闸观荷诗出示，
忆丁卯九夏与客放舟闸下，
不觉二十年矣。
流光已去，归梦难成，
慨赋长句即用原韵》

廿四韶华同一瞬，前尘似漆渺难知。

　　　——《腊八日京察过堂，

　　　　计自甲子到部，八过堂矣，

　　　　口占二律，呈乃秋曹长》

松柏若膏沐，满衣拨浓翠。

　　　——《王虎文、冯悦轩招游

　　　　北河泡观荷，雨甚，不果往。

　　　　午饮于天宁寺塔射山房

　　　　（七月七日），方坤吾首唱，

　　　　索和，即步其韵》其二

　　除此之外，沈诗对苏轼的接受还表现在与苏轼的异代唱和上，如《十三日暮复雪仍效前用东坡韵》《书东坡朱亥墓诗后即用其韵》等。

　　可以看出，沈诗对苏轼的接受形式丰富、灵活，其宗旨不是为了逞才炫学，而是借东坡之言、之事以浇自己胸中块垒，为抒情言志服务。

二、沈诗接受苏轼之原因

　　通过对相关文献的归纳分析，我们发现，沈家本诗歌对苏轼接受主要有以下三个缘由：与苏轼情感上的相通，在际遇和处世态度上的相近，对苏轼其人其诗的熟悉。

1. 与苏轼情感上的相通

沈家本在《癸酉日记》中记载："世人多谓朱子恶苏氏，今观其《跋东坡与林子中帖》曰：'仁人之言。'《跋陈光泽家藏东坡竹石》曰'东坡老人英秀后凋之操，坚确不移之姿，竹君石友，庶几似之。百世之下，观此画者，尚可想见。'则朱子于东坡未常不倾倒。"[1] 他在《日南随笔》"朱子于东坡"条中又复道之："可见论学术，（朱熹）则屏苏氏以明宗旨之不可误外；此则苏之论说，苏之人品，未尝不服膺也。其《跋东坡与林子中帖》曰：'仁人之言'，《跋陈光泽家藏东坡竹石》曰：'东坡老人英秀后凋之操，坚确不移之姿，竹君石友，庶几似之。百世之下，观此画者，尚可想见也。'此其于东坡倾倒为何如

① 《沈家本日记·癸酉》（1873）"正月初八日"条，载《沈家本全集》第七卷，第540页。

哉!"① 比较之下可以看出,这两则材料的内容基本相同,大致是说朱熹虽与苏轼在学术上有分歧,但对于东坡的淑世情怀、弘毅固穷的人格仍是相当认可的。沈家本两次记录朱熹对东坡的倾倒之情,亦可知他本人对苏轼的仰慕和推崇。

除了"仁人""后凋之操""坚确不移"的情感共通之外,苏、沈二人在志向上还有一点相通值得注意——"救时"。东坡曾以"救时行道"(《六一居士集叙》)论欧阳修的文章主旨,淑世救时实际上也是苏轼的政治抱负。他在朝为官时,正直不阿,从不肯曲附权贵;外放地方时,在密州除蝗抗旱,在杭州疏浚西湖,在徐州固堤抗洪,每一任上都尽职尽责,为民谋福。沈家本与东坡一样深怀拯世济时之心。前期在刑部供职期间,他对清代及前朝律法了然于心,刑名精熟。外放后兢兢业业,治理有方。他曾于1901年途经郑州子产祠时作《子产祠》诗。子产是春秋时郑国著名的政治家。当时郑国处于一众强国包夹之中,子产力克时艰,强国安民,并"铸刑书"(《左

———

① 《日南随笔》卷八,载《沈家本全集》第七卷,第294页。

传·昭公六年》）将法律向全社会公布，这是中国历史上第一次公布成文法。沈家本写这首诗时，刚经历过八国侵略军近四个月的拘押，更加深切地感受到了神州陆沉的悲痛。他拜谒子产祠，不禁感慨："国小邻强交有道，此人端为救时来。"他敬慕子产的功业，也更加坚定了救时的信念。因此李贵连先生称此诗："如果要探讨沈家本改革传统法的思想源于何时，西行路上的这首诗，当是最直接的表露。"① 在清末新政中，他提出、推行了一系列法律改革主张，以解救国家民族于倒悬为己任，继续践行他"救时"的夙愿。

2. 在际遇和处世态度上的相近

人生际遇的相似也是重沈家本接受苏轼的重要原因。苏轼一生宦海沉浮，生涯漂泊；沈家本"身世蓬飘梗"（《走笔》），加之长期困于场屋，后在主持修律时亦受到诸多阻挠，二人可谓都尽尝世间辛苦滋味。这由上文中沈家本对"雪泥鸿爪"的多次引用已

---

① 李贵连：《沈家本评传》（增补版），中国民主法制出版社2016年版，第56页。

可见一斑。东坡《夜泊牛口》诗有句"人生本无事，苦为世味诱"，沈家本读之曰："'诱'字确。贤智愚不肖都在牢笼之内，其超然无所累者有几?"① 言下大有异代相知之感。并且，苏轼当年为官的杭州、定州，沈家本也曾游览途经，东坡做过太守的湖州更是沈家本的家乡，行迹的重叠也加深了二人的诗学机缘。如沈诗《定州四首》其三"画石争传雪浪奇，高斋芜没系人思。坡公昔作边城帅，十万旌旗变色时"等。

　　沈家本与苏轼的处世态度也十分相近。《日南随笔》记载："盛仲交《阅古编》载《霜天晓角》词二首，不知何人作，语殊警策，可以醒愦愦也：'功名大小，天已安排了，何用百般机巧。荣休喜，辱休恼。开先谢早，此理人知少。万事算来由命，听自然，真个好。''荣枯得失，天已安排毕，何用苦劳心力。得一日，过一日，泰来否极，机巧终何益? 万事付之一笑，前程事，暗如漆。'余生平委心任运，世

_____

　　① 《日南随笔》卷五"东坡诗"条，载《沈家本全集》第七卷，第237页。

人多非笑之。此词却可以解嘲，聊复录之。"① 沈家本处困逆之境却能"委心任运"，正与东坡"一蓑烟雨任平生"的随缘任运隔空相接。

3. 对苏轼其人其诗的熟悉

南宋赵夔曾论苏诗："先生之用古人诗句，未必皆有意耳。盖胸中之书，汪洋浩博，下笔之际，不知为我语耶、他人之语也，观者以意达之可也。"② 苏轼化用古人诗句，大抵因为学识丰富广博，挥毫时不自觉而为之。沈家本之于苏轼其人其诗或许也是类似的情况。他对苏轼其人其诗非常熟悉，这在他的著作中屡见不鲜，可以轻易寻得踪迹。在博览典籍时，他似乎在有意无意之间总能与苏轼联系起来。他在读地志时会联系苏诗中的地名，如在读《唐县志》时对马耳山的考证：

康熙《唐县志》后："北台在中山城

① 《日南随笔》卷八"《霜天晓角》词"条，载《沈家本全集》第七卷，第295—296页。
② 苏轼：《苏轼诗集》，王文诰辑注，中华书局1982年版，第2832页。

北，慕容垂都中山时登此台，望马耳峰。东坡'净扫北台望马耳'，[1] 即此马耳山，在唐县北二十五里。"按：东坡《雪后书北台壁》诗二首系密州作，马耳山在诸城县南，非唐县之北台及马耳山也，其诗题亦非雪中望马耳，此《志》不知何以采入。《志》中并引东坡《雪中望马耳》诗二首于'马耳山'后，真风马牛不相及也。[2]

他在读史书时也会信手与苏轼联系起来，如在《汉书》中注意到汉代亦有"苏辛"：

词家苏、辛谓轼与弃疾也。汉书赵充国、辛庆忌传赞"苏、辛父子著贤"，谓苏建及子武、辛武贤及子庆忌也。[3]

---

[1] 此为沈家本引苏轼诗句之误，原文为"试扫北台看马耳"。从文献校勘的角度来说，宜保留沈家本引诗的原貌"净扫北台望马耳"。

[2] 《枕碧楼偶存稿》卷四，"书康熙《唐县志》后"条，载《沈家本全集》第七卷，第 63 页。

[3] 《日南随笔》卷三，"两苏辛"条，载《沈家本全集》第七卷，第 221 页。

对于沈家本所著《日南随笔》，张舜徽先生赞之曰："（该书）法家言，兼通经史小学，深明训诂声音之理。"①《日南随笔》也屡在文字、音韵、训诂方面论及苏诗：

　　"一饷一晌"条　　昌黎诗："虽得一饷乐，有如聚飞蚊。"按：《说文》"饷，馈也。"一饷，犹言终日之顷耳。……东坡诗"题诗送酒君勿诮，免使退之嘲一饷"，则用昌黎语也。②

　　"用苏诗韵改字"条　　陈小石兰瑞《观象居诗钞·中秋月夜用苏韵示诸弟诗》末二句，以德、客为韵。"德"下自注："原本出字韵，查与客字古韵不通。宋人疏于韵学处，今为改之，以质世之考证者。"……特未有以证之耳。似未可遽以议宋人矣。③

―――――――

①　张舜徽：《清人笔记条辩》卷十，中华书局1986年版，第410页。

②　《日南随笔》卷三，载《沈家本全集》第七卷，第211页。

③　《日南随笔》卷五，载《沈家本全集》第七卷，第251页。

"月饼"条 东坡《留别廉守》诗:
"小饼如嚼月。"王注:"《言行录》丁晋公
与杨大年抛令,大年云'有酒如线,遇针则
见',晋公云'有饼如月,遇食则缺。'"
按:后世月饼之名,或昉于此。①

他对苏诗中的语词来源、典故出处也很熟悉,如:

"钓诗钩"条 东坡以酒为钓诗钩,亦
有所自来。五代唐彦谦《索虾》诗,既名钓
诗钩,又作钩诗钓。②

"虎头祈雨"条 东坡《起伏龙行》
序:"徐州城东二十里有石潭,父老云与泗
水通。元丰元年春旱,或云置虎头骨潭中,
可以致雷雨。用其说作《起伏龙行》。"王
注缵曰:"刘禹锡言以虎头置龙潭中,威猛相
击,其势必斗,则可(以)[致]风雨。或
遇岁旱,为之有验。"按:……今唐代丛书本

---

① 《日南随笔》卷三,载《沈家本全集》第七卷,第212页。
② 苏轼《洞庭春色》诗云:"应呼钓诗钩,亦号扫愁帚。"《日
南随笔》卷五,载《沈家本全集》第七卷,第245页。

《刘宾客嘉话》无此语，盖已非全书矣。①

　　沈家本与东坡在情感上的相通，在际遇和处世态度上的相近，以及对苏轼其人其事其诗的熟知，为沈诗接受苏轼奠定了感情基础和现实基础。沈家本常常"高吟欧苏句清妙"（《十三日暮复雪仍效前用东坡韵》），"高吟坡句首频搔"（《小园诗二十四首·竹》），沈诗中也鲜明地体现了接受东坡的艺术倾向。

三、沈诗接受苏轼之成就

　　沈家本在诗歌创作中接受东坡，将前人的文化遗产作为创作的养料，同时在创作时展现了自己的性情和才华，打下了个性化的烙印。

　　他在接受过程中以故为新，创造出新的意境。如《鸬鹚滩即目口占》"缆争风脚徐徐上，樯转岩腰曲曲过"，前句化用东坡"弱缆能争万里风"（《慈湖夹阻风五首》其一）。苏诗中，用"弱缆"的弱细之状与"万里风"的宏大之势构成强烈的对比，而"能

_____

　　① 《日南随笔》卷七，载《沈家本全集》第七卷，第284页。

争"二字则让读者联想到弱小者的抗争与不屈。沈诗在苏诗意蕴之外增添"徐徐上"三字,在动势之中尽显所见之景,与题目中"即目口占"相扣合,又与下句构成精工绝妙的对仗。

沈诗中有浓厚的抒情性,鲜明的自我形象,可以《十二月一日夜雪用东坡〈江上值雪效欧阳体〉韵》为例。此处"欧阳体"指"禁体",即写诗时不准使用某些字。欧阳修曾在聚星堂与友人作诗赋雪,约定不准使用玉、月、梨等字。后苏轼作有《江上值雪,效欧阳体,限不以盐玉鹤鹭絮蝶飞舞之类为比,仍不使皓白洁素等字,次子由韵》,但禁用字比欧诗更多。① 沈家本这首诗属于同题(均咏雪)次韵,在形式上通过步韵苏诗,锻炼提升诗艺。在内容上,沈家本却能融入己情,不为苏诗所囿。沈诗作于他被八国联军拘禁之时。面对山河破碎的国家局势,身处命悬一线的个人境遇,他在诗中写到"破床布衾踏欲裂,列营画角噤难吹","兵戈扰扰众涂炭,医疮剜肉刀刻

---

① 沈家本《十二月一日夜雪用东坡〈江上值雪效欧阳体〉韵》序云:"原序'不以盐、玉、鹤、鹭、絮、蝶、飞、舞之类为比,仍不使皓、白、洁、素等字',与聚星堂原序禁用'玉、月、梨、梅、练、絮、白、舞、鹅、鹤、银等字'微有不同。"

肌"。沈诗将国家灾难、个人情思融为一体，反映了特定的时代风云。

沈家本的身份是多重的，法学家兼诗人的身份使其诗中也闪耀着法学的光芒。苏轼知定州时作有《刘丑厮诗》。定州辖下望都县里有一个 12 岁小孩叫刘丑厮，他与老病的父亲相依为命，以乞讨为生，寄居在窑洞里。在寒冷的冬夜刘父仅靠一件旧布衣御寒，不料两个暴徒却抢走了布衣，导致刘父在寒风去世。丑厮悲愤填膺，奔走呼告，暴徒最终被枭首。沈家本经过望都县忆及东坡此诗，作《过望都县忆东坡咏刘丑厮事口占一绝》："崎岖雪里暮云愁，寸刃能枭二客头。终古此韶名不朽，好凭诗笔发潜幽。"此诗前两句叙事，后两句抒情，大力褒扬了丑厮的孝道，亦可见沈家本对案件审判中体现的正义、平等、良善的赞同之意。他曾说"国不可无法，有法而不善，与无法等"①，这首诗中体现的法学思想与沈家本的良善司法观是一致的。②

----

① 《法学名著序》，《寄簃文存》卷六，载《沈家本全集》第四卷，第 754 页。

② 陈异慧：《论沈家本的良善刑法观》，载《山东社会科学》2012 年第 11 期。

沈诗虽对东坡多有接受，但在"家"的概念上的认识却有不同。"家"一般指家乡的故居。在苏轼笔下，"我家江水初发源"（《游金山寺》），眉山当然是"家"；"家在江南黄叶村"（《书李世南所画秋景二首》其一），常州是"家"；"我本海南民，寄生西蜀州"（《别海南黎民表》），"家在牛栏西复西"（《被酒独行，遍至子云、威、徽、先觉四黎之舍，三首》其一），海南也是"家"。他在山河大地处处有家，他的家就是"在人间"。① 如上文所言，沈家本虽然委心任运，但对"家"的看法却很执着，只有故乡湖州才是他的"家"。当身处异乡，他的身份从来只是"客"。重阳佳节，他赋诗"遥知此日题糕字，念着京华旅食人"（《重九有怀两弟，时久不得家书》其一）；年届不惑，他叹息"梦里家山也当归，客中情事是耶非"（《四十初度率赋五章》其四）；披图览胜，他感慨"宦辙年年在客中，晋阳修竹楚江枫"（《俞廙轩出〈卧游图〉属题，枨触予怀，率成八绝句》）。"塔古亭高归去好，碧湖烟水共浮家"（《漫

----

① 参见朱刚：《苏轼十讲》之第七讲《东坡居士的"家"》，上海三联书店 2019 年版，第 303 页。

赋》其二），"我亦欲寻归梦去，碧湖花月慰相思"
（《有怀寄示两弟》），"吾家老屋枕苕溪，溪上烟岚面
面低"（《俞庼轩出〈卧游图〉属题，怅触予怀，率
成八绝句》），湖州的山水楼台始终让他魂牵梦绕。

综上所述，沈诗对苏轼的接受，是全方位、多角
度的，不仅表现在对苏诗中语句的接受、对苏轼事迹
的点化，也有对苏诗典型意象的融铸、对苏诗审美风
格的借鉴。究其原因，沈诗对苏轼的接受，当与二人
情感上相通、际遇和处世态度相近、沈家本对东坡其
人其诗的熟知密切相关。沈诗接受苏轼展现出的特
色，对于了解沈家本的审美意识和表达方式，对于认
识晚清苏轼接受史的丰富性，也具重要价值。此外，
对沈诗接受苏轼开展研究，亦有益于沈诗版本的完
善。例如，《鸬鹚滩即目口占》中"缆争风脚徐徐
上"一句，沈家本自注化用的是东坡"弱缆能争万里
云"。从民国刻《沈寄簃先生遗书》本，到当代各种
整理本，均如此。但实际上，苏诗原作是"弱缆能争
万里风"。之所以出现这样的问题，是因为当前学界
对沈家本的研究依然偏重于法学，对其诗歌的关注度
还很不够，沈诗研究是一个亟须重视的课题。

"诗是吾家事"

——沈丙莹、沈家本父子的
诗学渊源与新变

侯金满[*]

　　内容摘要：沈家本作为近代重要的政治人物和法学名家，同时兼具学者和诗人的多重身份。从近代诗学发展的背景考察，沈家本应属近代诗坛"江左派"中的浙派一员。同时追溯沈家本的诗学渊源，在时代和地域因素之外，沈家本与其父沈丙莹在诗学上有直接的渊源，沈家本父子在诗歌技法、主题、风貌和诗学理念上存在明显的继承关系。但与其父不同的是，沈家本亲历了近代诸多重大历史事件，且受近代学术

---

　　* 侯金满，中国人民大学文学院讲师。

及诗学变革影响，其诗歌创作又具有鲜明的时代和个人风貌，如以考据入诗、以西学入诗、师法杜诗以书写时事而具诗史精神等。这使得沈家本诗歌远较沈丙莹更具近代诗学转型期的特点，从而在一定程度上脱离了家学的藩篱而具有新变特色。沈家本、沈丙莹父子诗学间的渊源与新变可视作一个较为典型的古典诗学近代转型的样本。

关键词：沈家本　沈丙莹　家族文学　近代诗学　浙派

沈家本（1840—1913），字子惇，号寄簃，湖州归安人。"少读书，好深湛之思，于《周官》多创获。初援例以郎中分刑部，博稽掌故，多所纂述。光绪九年，成进士，仍留。补官后，充主稿，兼秋审处。自此遂专心法律之学，为尚书潘祖荫所称赏。"[①]光绪十九年（1893）始，历任天津、保定知府。二十七年（1901）始为任刑部右侍郎、修订法律大臣、大理院正卿、法部右侍郎、资政院副总裁等，民国二年

---

① 赵尔巽等撰：《清史稿》卷四百四十三，中华书局 1977 年版，第四十一册，第 12447 页。

（1913），病殁于北京，旋归葬湖州。[①]

沈家本为晚清重要政治人物和近代法律变革推动者，同时是当时重要学者，一生精研法学，以之经世济民，其事功学问，甚为后人推重。[②] 其殁后，王式通撰《墓志铭》评价：

> 清之季年，有以耆年硕德治法家言名于时，当变法之初，能融合古今中外之律使定于一而推行无碍，蔚为一代不刊之盛典，则今世海内所推仰吴兴沈公者是也。[③]

这一评价，无论是在当时还是今日，都非过誉。同时，作为一名著述丰厚的学者，王式通又评价云："公虽终身于法律之学，然于他书无所不读。"[④] 今观沈氏著述，洋洋数百卷，尤其是所撰《历代刑法考》，

---

① 有关沈家本生平，可参考《清史稿》卷四百四十三沈氏本传及李贵连编著《沈家本年谱长编》，山东人民出版社 2010 年版。

② 沈氏著述，今日已基本收入《沈家本全集》（全八册）。

③ 王式通：《吴兴沈公子惇墓志铭》，载《沈家本全集》第八卷，第 978 页。

④ 王式通：《吴兴沈公子惇墓志铭》，载《沈家本全集》第八卷，第 978 页。

考核精详，至今为中国法律史研究领域的名著。观其研究方法与路径，实承乾嘉经史考据学遗风，以经史之学为根基，淹贯群书，而以史学考据见长。乾嘉学者，于研治经史之外，往往兼习诗文，此固博雅鸿儒之风范，沈家本亦不例外。如汪辟疆所论："近代诗家，承乾嘉学术鼎盛之后，流风未泯，师承所在，学贵专门，偶出绪余，从事吟咏，莫不熔铸经史，贯穿百家。"① 即道出了近代诗家往往身兼学者与诗人的双重角色，沈家本正是如此，他在官员、考据学者、律学名家等身份之外，同时是一位具有娴熟的诗学技巧与相当诗学成就的诗人。

或许是家学之故，或许是举业之故，沈家本早在少年时期即从事诗歌创作，如其《枕碧楼偶存稿》中收诗最早者作于咸丰九年（1859），② 此时沈氏年甫

---

① 汪辟疆：《近代诗派与地域》，载《汪辟疆文集》，上海古籍出版社1988年版，第287页。

② 《玉骨冰心冷不摧》，第3页。按，沈家本诗作编入《枕碧楼偶存稿》，在其卷七至卷十二，共六卷。参考《续修四库全书总目提要》第1563册影印上海图书馆藏民国刻《沈寄簃先生遗书》本。《沈家本全集》第七卷与《沈家本诗集》皆据此版本整理，本文下所据主要为沈厚铎先生所编《玉骨冰心冷不摧》，必要时参考《续修四库全书》所收《枕碧楼偶存稿》影印本。

弱冠。又沈氏所作文史考证笔记如《日南随笔》《吴兴琐语》中亦多有与诗文考订相关者，① 但沈氏平生并不以诗名，通过其个人日记可以看出，他早岁的大量诗作，出于不同原因，或属应付举业的试帖诗，或出于酬应，以其非关个人性情，即未编入诗集。② 今观《枕碧楼偶存稿》中，存诗不过六卷，共计六百余首，较之沈氏其他著述，颇觉微末。较之晚清诗坛名家，集中动辄千首，沈氏之诗学恐亦未足名家。然此六百余首诗，往往与沈氏所亲历的近代史事相关，与沈氏的人生轨迹、学问品行相关，如果能够对其仔细加以研读，不仅可以从中窥见沈氏的性情与个人心迹，亦能见出作为"诗人"的沈家本，在诗歌创作及诗学理念等方面的探索和发展历程，而这一历程中所透露出的古今递嬗之迹，正与近代中国整体的文化转型产生了呼应。

---

① 如《日南随笔》卷五、卷六即多为论诗文条目，详见《沈家本全集》第七卷。

② 沈家本《日记》收入《沈家本全集》第七卷，已颇受研究者注意。

一、时代、地域、家族与个人：沈家本诗学溯源

关于沈家本诗歌，目前学界的研究还较为贫乏，①而且主要侧重在沈氏诗歌的赏析与思想内容研究方面，本文所关注的主要是沈家本的诗学渊源问题，这是对沈家本诗学的基本定位。近代诗家众多，既是争奇斗艳，却也未免泥沙俱下、未经淘洗，因此研究近代诗学者，面对研究对象，首先需要对其人其诗有一基本的诗学定位。关于沈家本的诗歌研究，如何从诗学流派、诗学渊源上，对其作出一个较为准确的定位，就成为沈家本诗学研究中的一个较为基础的问

---

① 较早关注沈家本先生诗歌是沈厚铎先生，参考沈厚铎：《可怜破碎旧山河，对此茫茫百感多——试论沈家本先生诗歌中的忧国情报国志》，《沈家本与中国法律文化国际学术研讨会论文集（上册）》，2003 年；沈厚铎先生又有《沈诗简论》，收入《玉骨冰心冷不摧》作为《后记》。沈厚铎先生以外，李贵连在《沈家本年谱长编》中多引用沈家本诗歌作为考证沈家本生平的主要材料，亦值得注意。在此之外尚有王宁、倪复贤：《谈沈家本的诗和他的忧患意识：一个入世者的精神本悲剧》，《中国文化》2016 年第 1 期；黄腾华：《沈家本父子诗文中的贵州》，《湖州职业技术学院学报》2011年第 2 期；梁嘉莹、胡淑娟：《论沈家本仕履诗歌中的思想意识》，《吉林省教育学院学报》2018 年第 9 期。

题。沈家本出生于浙江湖州的吴兴长桥沈氏，其父祖
不乏能诗者，如曾祖沈国治、父亲沈丙莹等。沈家本
本人又多年仕宦京师，与当时京中名流多有过往，亲
历近代诸多历史变故，故考察其诗学渊源，必须综合
考虑时代、地域、家族等各方面因素。本文以下研
究，即尝试以近代诗学发展历史为背景，从时代、
地域、家族等影响诗人诗风形成的诸要素出发，追
溯沈家本诗学渊源，尝试为其诗学作出一个基本
定位。

从近代诗学发展背景来看，首先需要考察的是，
沈家本诗学与近代诗学的发展趋势和诗派划分之间的
关系。沈家本生当晚清乱离之世，此时，诗坛流派繁
多，有大量诗人涌现，近代以来，有不少学者如陈
衍、汪辟疆、钱仲联等皆曾对其加以分派，其中汪辟
疆的《近代诗派与地域》一文对近代诗学研究影响甚
大。此文从地域角度将近代诗人分为六派：湖湘派、
闽赣派、河北派、江左派、岭南派、西蜀派。① 虽然
汪氏文中未言及沈家本，但如果依据汪氏的分派标

---

① 汪辟疆：《近代诗派与地域》，载《汪辟疆文集》，上海古
籍出版社1988年版，第291页。

准，沈家本当属"江左派"，即江浙诗人群。

钱仲联在《中国近代文学大系·诗词集》之导言中，将近代后一时期的诗坛分为以下六派：以黄遵宪、康有为、夏曾佑等为代表的"诗界革命派"，以陈三立、沈曾植、郑孝胥为代表的"同光体"，以王闿运、陈锐为代表的"湖湘派"，以张之洞、樊增祥为代表的"唐宋兼采派"，以曹元忠、汪荣宝为代表的"西昆体派"，以柳亚子、陈去病为代表的"南社"①。钱仲联的这一区分主要出于诗学主张和诗作风格等角度。反观沈家本，无论是在诗学理念上，还是在创作实践上，与当时诗坛最为活跃的诗家新派如"诗界革命派"等颇为不同，而较为接近旧派的"唐宋兼采派"。

在诗文唱和和交游上，沈家本的诗歌交游主要集中在亲友和叙雪堂同僚，而与主流诗坛最活跃的各家缺乏过从。今考核史料，略能考者，是其与"江左

---

① 钱仲联主编：《中国近代文学大系·诗词集·导言》，上海书店出版社1991年版；又见《当代学者自选文库·钱仲联卷》，安徽教育出版社1999年版，第516—530页。

派"中浙派诗人如李慈铭（1829—1894）①、施补华（1835—1890）②、沈曾植（1850—1922）③ 等的交往。尤其是沈曾植与李慈铭，是较为重要的近代浙派诗人代表。李慈铭年辈长于沈家本，同为浙人，又同官京师，故颇有交往，在沈家本有限的诗作中，即有多篇与李慈铭交游相关者，《枕碧楼偶存稿》卷九有《六月九日，同鲍敦夫、陈书玉二太史邀李越缦农部游南河泡，宿雨不果，移席江亭》一诗，系年在光绪十三年（1887），④ 又同卷有《去秋游江亭，怂僧赋香冢、婴武冢二诗，余步其韵，后遇李越缦，言尝问之守冢老妪……》一诗，⑤ 皆可见二人之交谊。同时，沈家本对李慈铭的诗文颇为欣赏，《日南随笔》卷四有《邵钟盂鼎齐子仲姜镈诗》云："李㤥伯侍御《白华绛柎阁诗集》有《赋邵钟盂鼎齐子仲姜镈》诗，足

---

① 李慈铭诗文可参考刘再华校点：《越缦堂诗文集》，上海古籍出版社 2012 年版。

② 施补华诗文可参考杨国成点校：《施补华集》，浙江古籍出版社 2018 年版。

③ 沈曾植诗文可参考钱仲联校注：《沈曾植集校注》，中华书局 2001 年版。

④ 《玉骨冰心冷不摧》，第 147 页。

⑤ 《玉骨冰心冷不摧》，第 151 页。

资金石家考证。今录于左……"①

　　除此之外，沈家本与李慈铭的文学交往，最可注意者是沈家本请李慈铭为其父诗文集作序一事。沈家本在为其父沈丙莹编定《春星草堂集》后，曾请李慈铭审定，李慈铭并撰作叙文一篇，即冠于《春星草堂集》卷端，今为录之如下：

　　　　春星草堂集，文二卷，诗五卷，归安沈
　　菁士太守所著也。太守由刑部郎改御史，出
　　守贵州，归主浙江诂经精舍，澹于进取，随
　　流平进，而当官勤事，务举其职。其官黔
　　中，当烽燧四起，军书旁午，转侧寇锋，抚
　　痍稣残，不避危险。观其诗中所述，虽仓皇
　　戎马，溪箐险恶，而吟咏不废，一如无事。
　　所阐扬忠义，叙述离乱，及军府筹划，山川
　　岨阸，多足以补志乘，备它日国史之采。其
　　都门唱和，雍容纪载，风景尤多胜焉。文亦
　　冲融淡雅，如其为人；骈散兼行，议论纯

---

　　① 沈家本：《日南随笔》卷四，载《沈家本全集》第七卷，第225页。

实，虽篇幅不多，往往可传。令子子惇比部
与余同官京师，属为审定，爰叙之如右。光
绪己丑冬十月，会稽李慈铭撰。①

此篇叙文作于光绪十五年（1889），这一年是己
丑年，李慈铭年六十一，正居京，十一月参加记名御
史考试，取第二名。② 沈家本以其父诗文集交李慈铭
审订，即在此时。叙中可见李慈铭对沈丙莹的诗作较
为欣赏，点评亦颇能中其肯綮。如他所评"所阐扬忠
义，叙述离乱，及军府筹划，山川岨陜，多足以补志
乘，备它日国史之采。其都门唱和，雍容纪载，风景
尤多胜焉"③，确实为沈丙莹诗学成就之所在。论文
"冲融淡雅，如其为人"④，移之于沈丙莹之诗，亦十
分得当。李慈铭论诗不主一家，古今兼采，其被尊为
浙派诗人代表，亦以其诗风与清代以来浙地诗人朱彝
尊、厉鹗、钱载、袁枚等风格较为接近，主典雅清

---

① 《沈家本全集》第八卷，第37页。
② 参考《李慈铭年谱简编》，载《越缦堂诗文集》，上海古籍
出版社2008年版，下册附录，第1619页。
③ 《沈家本全集》第八卷，第37页。
④ 《沈家本全集》第八卷，第37页。

丽，汪辟疆曾对此派诗学理念与诗风有简要概括：

> 江浙山水，既以绵远清丽胜，故人物秀
> 美，诗境清新，有一唱三叹之音，无棘句钩
> 章之习。文章得江山之助，其信然欤！

> 此派诗家，既不侈谈汉魏，亦不滥入宋
> 元，高者自诩初盛，次亦不失长庆，迹其造
> 诣，乃在心橅手追钱刘温李之间，故其诗风
> 华典赡，韵味绵远，无所用其深湛之思，自
> 有唱叹之韵。才情备具者，往往喜之；至斗
> 险韵，铸伟辞，巨刃摩天者，则仆病未
> 能也。①

今观沈家本诗作及其所自述诗学理念，正符合这
一评述。沈家本学诗亦不专注一家，唐宋兼采，且不
废近人如王渔洋、吴梅村、袁枚等各家。诗风亦以才
情兼备为尚，尚典雅温丽，多写平生遭际，山水行
旅，写时事则师法杜诗，不好奇险，不好僻怪，重寄
托，这是沈家本诗作总体风格。

----

① 汪辟疆：《近代诗派与地域》，载《汪辟疆文集》，上海古
籍出版社1988年版，第309—310页。

　　李慈铭之外，为沈家本父《春星草堂集》作序者尚有同为湖州文人的施补华，李慈铭与沈家本仅是京官同僚，施补华与沈家本两代皆有交往，施补华曾肄业诂经精舍、爱山书院等，而沈丙莹晚年归乡正执教诂经精舍、爱山书院等，沈丙莹殁后，施补华又与沈家本及其弟沈彦模相熟。施补华《泽雅堂诗》卷六有《与沈彦模子范夜话》：

　　　　鬼方天万里，辛苦念而翁。徒手亲兵事，惊心着射工。田园归已晚，文字老犹雄。斗酒时邀我，谈言见古风。（谓尊甫菁士太守）①

　　所叙是施补华与沈家本之父沈丙莹的交往，可见两家之渊源。施补华生平以诗文名，精于五律，有"沈秀"之誉，又撰《岘佣说诗》，精于诗道，观其所论，固属浙派之典型，而颇与沈家父子相契合。

　　至于沈曾植，其在近代浙派诗家中名声最著，但他同时又是宗尚宋诗的同光体之代表，在同光体中，

----

　　① 《施补华集·泽雅堂诗集》卷六，第294页。

与陈三立、郑孝胥鼎立。其诗风与李慈铭等浙派诗人有一致之处，如上汪辟疆所论浙派之特点，然又有其被归入同光体之特征，即师法宋诗，喜生新瘦硬的一面。沈曾植与沈家本皆曾同官刑部，属于沈家本叙雪堂同僚，沈曾植年辈较晚，沈家本日记中颇有记述其与沈曾植之交往，[①] 然今存诸诗未见二人之唱和。沈曾植诗风较为独特，其同光体风格一面与沈家本诗风颇有差异，然沈家本诗中亦有少数以考据、辟典入诗，诗风与苏黄相近者，二人诗风相通之处，是出于偶然，还是声气相求，难以断言。

但除了浙派诗人李慈铭、沈曾植、施补华之外，沈家本之诗学交游鲜少，而且因为沈家本主要专注于法学及经史考据，其在当时亦以律学知名，诗学乃其余事，不过供个人之吟咏情性、同好之酬唱应答而已。或因此之故，考察近代重要诗家的诗学史建构和诗学评点活动，其中鲜有论及沈家本及其诗作者。如陈衍《近代诗钞》收录诗家众多，《石遗室诗话》点评近代诗人众多，但皆无一语提及沈氏，至于汪辟

---

① 如光绪十七年（1891）二月初三言"沈子培晚在衍庆堂请杨、边二先生"云云。《沈家本全集》第七卷，第779页。

的价值所在。

所谓"家族"的因素，如不少研究者所注意的一样，"家族文学"在清代诗歌的传承和发展中占有非常突出的地位，[1] 沈家本在诗歌的学习和创作中，直接受教于其父沈丙莹。同时，笔者注意到，收入《沈家本全集》第八卷的《吴兴长桥沈氏家集》中，收录了沈家本曾祖沈国治、父亲沈丙莹的诗文集，尤其是其父沈丙莹的《春星草堂集》，不仅诗作数量众多，而且取得了相当高的艺术成就。笔者在将其诗作与沈家本《枕碧楼偶存稿》中的诗作进行对比之后，发现两者之间存在十分明显的传承关系，这或许可以成为我们理解沈家本的诗学渊源、评价其诗学成就的一个重要参考。

同时，沈家本为其父祖编定著述，并非简单地追寻清人为先辈编写家集的风潮，通过沈氏家集中沈家本的题记可见，沈家本十分重视对先祖文集著述的编校整理，不但亲自参加校刊的工作，而且在每种著述前后都有题跋，以此谆谆告诫子孙，读先人著述，效

---

[1] 有关清代家族文学研究，可参考徐雁平：《清代世家与文学传承》，生活·读书·新知三联书店 2012 年版。

法先人，继承家族传统。如在为其曾祖沈国治编校
《韵香庐诗钞》时所附识语曰：

> 家本编校粗毕，追述当日命名之义如
> 此。吾子孙读是集者，当念先人清德，勿坠
> 家声，庶有以慰九京之期望也。光绪乙巳
> 秋，曾孙男家本谨识。①

重视之情，可见一斑。而且后文在对比沈家本诗
作与沈丙莹诗作间密切的渊源关系时，也可看出沈家
本对其父诗作之精熟，潜移默化，影响之深，远过沈
氏同时代其他各家。在追溯沈家本诗学渊源过程中，
我们将会看到，家族是最根本、最深远的要素，其次
则是时代，最后才是地域等因素。

二、沈丙莹、沈家本父子间的诗学传承

沈丙莹（1811—1870），字品如，号菁士。浙江
归安县人。沈家本之父。道光十二年（1832）举人，

———————

① 《沈家本全集》第八卷，第5页。

二十五年（1845）乙巳科进士，历任刑部陕西司主事、广西司员外郎、江苏司郎中、律例馆提调。咸丰七年（1857）由刑部郎中补授山西道御史，巡视中仓，京察一等。咸丰九年（1859）外调贵州安顺府知府。同治初又历署贵州铜仁、贵阳二府知府，以军功随带加二级，钦加道衔。同治三年（1864）被劾去官，归里，此后"屡主杭州诂经精舍、湖州爱山书院，为士林所服"。同治九年（1870）卒，其生平参见陆心源所撰墓志铭及《归安县志》等。①

　　沈丙莹在当时即有诗名，平生诗文著述经沈家本整理刊刻有《春星草堂集》《读吴诗随笔》《星匏馆随笔》等，观其生平著述，可知其不但诗文兼擅，且精于考据，尤其是经史小学方面，有独到造诣。其诗在当时亦有名，如潘衍桐《两浙辀轩续录》、陆以湉《冷庐杂识》及后来的《晚晴簃诗汇》等皆尝收录其诗作，并有品评。沈家本在为官之外，兼治经史考据，又不废吟咏，留心诗学，实承其父遗风。

---

① 有关沈丙莹生平，李贵连在编撰沈家本年谱时有梳理，可参见李贵连：《沈家本年谱长编》，山东人民出版社2010年版，第3页。

　　从具体的诗作文本对比和诗学理念比较来看，沈家本与其父沈丙莹之间的诗学渊源关系，首先表现在二人在诗歌创作技巧等方面的高度一致，其次则表现在诗歌主题、诗学理念的前后承接方面。可以说沈家本的诗歌创作正是脱胎于其父之诗学，沈丙莹的诗学理念和诗歌创作正是沈家本诗学的最直接来源。

　　首先，在诗歌创作方法上，对比沈家本和沈丙莹诗歌，可以发现沈家本在诗歌题材选择、用典、句法及造句上深受其父沈丙莹的影响。如沈家本诗集中有《冯公度恕母七十寿词集易林》①，沈丙莹诗集中则有《贞寿余母百岁寿诗二十四韵集易林》《祝武母寿八十集易林》《周方川六十寿集易林》②。这样一种以采辑《焦氏易林》中文句来作祝寿诗的较为独特的形式，沈家本很可能是效法了其父沈丙莹的相关诗作，对比二者，不仅体制十分相似，而且不少集句取择也相同。如沈家本诗首韵"关雎淑女，柔顺利贞"，即是其父《贞寿余母百岁寿诗二十四韵集易林》第三韵，其他诸如"鸠杖扶老，景星照堂""宜家寿母，

---

①　《玉骨冰心冷不摧》，第274页。
②　《沈家本全集》第八卷，第51、82页。

长生无极"亦多袭用。

在诗歌句法方面，沈家本往往有意或无意地沿用沈丙莹的诗法，如沈丙莹有"成佛分居灵运后，着鞭甘让祖生前"①，沈家本则有"守拙分居灵运后，蜚声多愧照邻前"②；沈丙莹有"秋光占得最高台，客里登临今又来"③，沈家本则有"新秋先到最高台，退食同驱薄笨来"④；沈丙莹有"我来欲问开皇事，铃语叮当听不明"⑤，相应的，沈家本则有"岧峣塔影插天青，铃语叮当不忍听"⑥，如此等等。

在诗歌用典方面，沈氏父子往往有相同的用典偏好。如沈丙莹偏爱"软红尘"一语，以此形容帝京生活，其诗句如"有约软红尘再踏，门闾仰望且旋归""浪着朝衫十五春，饱尝冷暖软红尘"等，⑦ 皆是显例，其诗集卷二更直接名曰《软红草》。而沈家本在

---

① 《沈家本全集》第八卷，第60页。
② 《玉骨冰心冷不摧》，第152页。
③ 《沈家本全集》第八卷，第69页。
④ 《玉骨冰心冷不摧》，第139页。
⑤ 《沈家本全集》第八卷，第70页。
⑥ 《玉骨冰心冷不摧》，第233页。
⑦ 《沈家本全集》第八卷，第60、83页。

诗集中至少用了六次"软红尘",如"朱门冠盖集严终,蹳迹香尘逐软红",又如"莫论前薪与后薪,软红畴是自由身""知否软红香土里,登高无兴也无诗""扑去软红尘几斗,胜游占得水云乡""羸马今朝行得得,又随人踏软红尘""方今软红尘,新旧正猜妒",等等。①

又如,沈丙莹诗中取为人作嫁之典,暗喻自身科场失意,其诗句如"休嗟金线压年年,自古风云止一鞭"②,而沈家本则有"惯为他人作嫁衣,年年压线计全非"③之句,其著述中更有《压线编》一种。又如沈丙莹化用苏轼诗,言"王城如海宜身隐,何必东篱作酒徒"④,沈家本亦有"廿载似尘催逝景,万人如海惯浮家"⑤。又沈丙莹有句云"人生如落花,茵溷渺无端"⑥,系化用范缜之言,沈家本亦曰"飞茵堕溷多前定,莫向东风唤奈何"⑦。又沈丙莹《于役

---

① 《玉骨冰心冷不摧》,第134、137、139、166、263、296页。
② 《沈家本全集》第八卷,第60页。
③ 《玉骨冰心冷不摧》,第154页。
④ 《沈家本全集》第八卷,第61页。
⑤ 《玉骨冰心冷不摧》,第143页。
⑥ 《沈家本全集》第八卷,第51页。
⑦ 《玉骨冰心冷不摧》,第82页。

水口寺见难民慨赋》云："诸将诗赓杜子美，流民图拟郑监门。"① 沈家本诗集中有与中法战争相关的《拟老杜〈诸将〉五首》，又《方顺桥》诗有"绘出流民图一幅，当年赖有郑监门"②。

在诗歌用字方面，沈家本诗中有"薄笨"一词，指代官员所乘轿子，颇觉冷僻，其例如"新秋先到最高台，退食同驱薄笨来""毕逋不见满林鸦，古道谁驱薄笨车"③，而沈丙莹诗中则有"客中无此登临胜，古寺聊驱薄笨来"④，可能是沈家本诗作所本。另如沈家本诗中有"轮蹏"一词，代指车马，如"塔影摇空日已西，潞河南畔促轮蹏"⑤，相应的，沈丙莹诗中则有"三九严寒苦忆家，轮蹏已瘁客程赊"⑥。

其次，在诗歌主题方面，由于沈氏父子命运遭际相似，两人在人生多数时候都是宦游在外，兼之科场失意，宦海浮沉，所以他们的诗作中都有不少主题表

---

① 《沈家本全集》第八卷，第85页。
② 《玉骨冰心冷不摧》，第140、31页。
③ 《玉骨冰心冷不摧》，第139、216页。
④ 《沈家本全集》第八卷，第61页。
⑤ 《玉骨冰心冷不摧》，第156页。
⑥ 《沈家本全集》第八卷，第56页。

达此类客子乡关之思、宦海浮尘之感，从而在主题及风格上十分相似。其典型如沈丙莹诗作中的《答既庭丈赠作即用原韵》及诗集卷二《软红草》中的诗篇，相应的，沈家本的青年及中年诗作中，也有大量的此类主题的诗篇，其例如《重九有怀两弟时久不得家书》《四十初度率赋五章》等，其中《四十初度率赋五章》最为典型，从中颇可窥见沈家本壮年时浮沉宦海寥落之心境，今录其首章于下：

> 雪泥鸿爪讯从头，弹指光阴去不留。硕望未能追马郑，高踪安得附羊求。知还倦鸟归深树，学钓灵鳌信直钩。卌载蹉跎终莫补，劳劳尘世等浮沤。①

此五首诗为组诗形式，前后一贯，首章感叹岁华易逝，壮志难酬，"雪泥鸿爪""弹指光阴"意指十分明朗，治学希慕"马郑"，马、郑即东汉著名经学家马融、郑玄，这正是乾嘉考据学者的普遍追求，亦是沈家本治学所师法，同时又纠结于归隐与仕宦之

---

① 《玉骨冰心冷不摧》，第137页。

间，虽希慕东汉高士羊仲、求仲，然欲归隐而不得。"知还倦鸟归深树，学钓灵鳌信直钩"则言宦海浮沉已生倦意，而立身行事以直道处之，则不能宦达。"卅载蹉跎终莫补，劳劳尘世等浮沤"，则又以四十年蹉跎、一事无成，辛劳半生，终将归于泯没作结，感情极为消沉、哀痛。以下四章所言，皆是此章之演绎，如第二章"朱门冠盖集严终，蹑迹香尘逐软红"，言宦游京师，沉沦下僚，郁郁不得志；第三章"诗书结契真偏淡，酒肉论交久易离"则言以诗书自娱，友皆君子，不汲汲于富贵，淡泊自守之心；第四章"梦里家山也当归，客中情事是耶非"，则将视角投向故园，以"梦里家山""碧湖风物"慰解羁旅游宦之苦；第五章即末章，呼应首章，"岁华迁""难供世用""此生终结看山缘"皆是点题之语。沈家本这一组诗艺术手法已极为成熟，但其所抒发的情感，所咏叹的主题则与其父大量诗作相同。如果更扩展开去，则当时宦游京师的文人学者普遍有此心境，沈家本父子不过是千千万万游宦京师的文人学者之二员而已。

离开京华，行旅在外，触目时事，沈家本父子又有共同的宗法杜甫、以诗为史、重视诗歌的纪实功能这一倾向。前引李慈铭、施补华等评点沈丙莹之诗，皆对其任官贵州时期的作品最为推重，如沈丙莹辛酉年在贵州时所作《于役玉屏赠曾枢元太守》《山行感兴》等，即有明显的规模杜甫《秋兴八首》等夔州诗篇的痕迹，而沈家本早年也有大量的纪行诗，效法老杜等，自觉发挥诗歌的纪实功能。其例如同治二年（1863）、三年（1864）间，沈家本赴贵州省亲，所作如《贵阳有感十首》《感赋三首》《大定雪行》《渡赤虺河》《雪山关》《夔州府》等，皆可与其父诗作合观，二人在题材、风格等方面高度相似，可以见出父子二人诗学间的渊源关系。

　　同时，在诗学理念方面，沈丙莹诗文中有不少论诗的材料，可以总结出其个人的诗学理念。如《题家秋帆都转诗集》中有"七言苏陆五言杜，唐宋兼师识不群。生笑骚坛明七子，太将时代苦区分"①，论诗主张十分明确，即唐宋兼采，博采众长而不立门户，这正是浙派诗人群的普遍倾向。沈丙莹《星匏馆随笔》是文史考证笔记，其中有不少关于前人诗篇的评论和

---

① 《沈家本全集》第八卷，第109页。

考证，亦可见其诗学理念，至于《读吴诗随笔》更是专门考论当朝诗人吴梅村诗歌的著作，其考论十分精细，可见出其对吴梅村诗学用功极深，吴梅村之诗正是江左诗人群普遍取法的对象。至于沈家本，虽然未像其父那样提出较为系统的主张，但通过其文集及《日南随笔》《吴兴琐语》等著作中有关诗歌的零星评论及具体的创作实践，可以看出，沈家本和父亲一样，大致秉持着传统的"言志抒情"和"兴观群怨"的诗学理念。如沈家本在《吴兴琐语》中节录："诗之为教，温柔敦厚，故可以怨，谓其怨也而不怒也。"① 正是基于经学的传统诗学观。

在此基础上，我们可以看到，与清代诸多注重诗学复古，或宗唐，或宗宋，或重神韵，或重性灵等各派不同，沈家本与其父在诗歌创作上皆是别裁众家，古今兼采，重视唐人，亦取法宋人，同时对清代名家，亦多有采择，这样一种博观约取、不持门户的诗学理念，也是后人所称清代"浙派"或"江左派"诗人群体的普遍特征。在沈家本《日南随笔》卷五与

---

① 《沈家本全集》第七卷，第326页。

卷六中，我们可以看到沈家本评论诗文，取材甚广，唐宋以来名家如李白、杜甫、李商隐、杜牧、柳宗元、苏轼、黄庭坚、陆游、吴梅村、袁枚等皆为其所取，而在唐前则有选诗，甚至如江湖诗派及《清诗别裁集》中不甚知名者亦有赏鉴。① 而《吴兴琐语》颇类湖州的乡邦诗人诗话，其中多节录前人论著，而以吴兴诗人为主，② 从中可以看出沈家本在诗学上有自觉的地域意识，前文曾从交游和诗风等方面将其归入"浙派"，由此亦可得到佐证。

对于沈家本和其父沈丙莹之间的诗学渊源关系，其实在熟悉的沈氏的僚友中，已有睹见，并且为沈家本所认同，如《春星草堂集·诗五》卷末徐兆丰的跋文即称从沈家本那里读到了沈丙莹的诗集之后，"始恍然于君之学术禀承有自云"③。考沈家本父子的人生轨迹，沈丙莹居官京师、任职刑部之时，沈家本即居京读书，言传身教，其影响不言而喻。及至咸丰九年（1859）沈丙莹外放贵州，方有暂时的分离，但咸丰

---

① 《沈家本全集》第七卷，第 237—271 页。
② 《沈家本全集》第七卷，第 323—337 页。
③ 《沈家本全集》第八卷，第 123 页。

十一年（1861），沈家本亦出京赴贵州沈丙莹任所，其间曾参与军务，辅助其父。及至同治三年（1864）沈丙莹被劾返乡，沈家本亦赴京任职刑部，但在此后沈丙莹去世前，他又曾返乡参加乡试，沈丙莹去世时，沈家本正当而立之年。[①] 可以说，沈家本在少年及青年时期，受父亲的影响巨大，包括沈家本任职刑部，亦因其父之故，可谓子承父业。

三、沈家本诗歌创作中的个人风貌及其对家族诗学的突破

上文比较了沈家本父子诗歌创作与诗学理念，可以见出沈家本在诗学方面对其父的直接继承，其中既有有意效法，又有长期熏陶下的潜移默化。但同时我们要注意的是，沈家本并非机械模仿、完全墨守其父诗学规矩，而是进行了富于个人特色的转化，尤其是在其诗歌创作的后期阶段，与其父在诗风上产生了明显差异，从而在继承家族诗学的基础上具有了鲜明的

---

① 有关沈家本与其父人生轨迹交叉部分，可参见李贵连：《沈家本年谱长编》，山东人民出版社2010年版。

时代和个人特色。

　　首先，在诗作题材上，即诗境的开拓方面，沈家本以经史考证为业，以余事为诗，也许濡染于清人如朱彝尊、翁方纲及同时期的李慈铭等人以考据入诗的风气，也许是其考据学对诗学的自然影响，在沈家本的诗作中出现了一些以学问为诗，用韵语作考据的诗篇。典型的作品如早岁所作《稻粉为饵、杂味作馅，湖俗以形似呼为圆子云云》一诗，中岁所作《题安麓邨旧拓孙过庭书谱后》。前篇题目甚长，今录于下：

　　　稻粉为饵、杂味作馅。湖俗以形似呼为圆子。方言饵，或谓之䭐（音元），王氏《广雅疏证》云："䭐之言圜也，今人通呼饵之圜者为䭐。"其说是也。俗亦呼团子。《开元天宝遗事》："宫中每到端阳节，造粉团角黍贮于金盘中，以小角造弓子，纤妙可爱，架箭射盘中粉团，中者得食。"其字正作团，白香山有《寒食过枣糰店》诗，其字则作糰（圑字会意，糰字后加旁耳）。都下家人偶试为之，风味不减故乡也。①

诗题中考证"圆子"这一湖州地方事物的得名，直接引据王念孙《广雅疏证》及史籍《开元天宝遗事》，又以白居易诗为证，已足当一条有关"圆子"得名的考证笔记。而其诗中首节曰：

> 粔籹溯苍颉，粮餭征楚辞。傅飥顾篇录，馄饨张雅稽。毕罗及馂馔，后世名尤滋。②

此诗则是典型的以韵语为考证，密集的僻字不免使人有獭祭、掉书袋之讥，此种风气正是清代"学人之诗"的典型风貌，与以清雅秀丽为宗的诗风相悖，在沈家本诗集中亦颇觉突兀。《题安麓村旧拓孙过庭书谱后》一篇是典型的以金石考据为诗，但此诗是六篇一组的绝句，沈家本将考证之文入于诗序之中，诗中则清健典雅，力避繁重，艺术成就颇高。③ 显然，

---

① 《玉骨冰心冷不摧》，第 8 页。
② 《玉骨冰心冷不摧》，第 8 页。
③ 《玉骨冰心冷不摧》，第 186 页。

较之早岁之作，此诗在糅合考据与诗学方面已十分成熟。汪辟疆论江左派时曾言：

> 至道咸而后，风会变迁，江左一派，乃
> 不能坚其壁垒，而稍济以金石流略之学，于
> 清新绵纭之中，存简质清刚之体。①

沈家本此类诗作正是如此，可视为浙派之变体。而在李慈铭、沈曾植等人的诗作中亦不乏其例。这可能与浙派诗人兼采唐宋有关，宋诗之中即不乏以考据、金石入诗者。沈家本此类诗作可能受到了李慈铭的影响，如前文所举其《日南随笔》卷四即专门录有李慈铭金石考据诗，且以为颇资考证，有欣赏效法之意。

又沈家本治学精于史地考证，故其早岁纪行之作，往往在诗作的诗题、小序及自注中考据古今地理沿革，并将其融入诗篇，其典型如《沙洋便河杂咏六首》《渡赤凼河》等。如《渡赤凼河》小序曰：

---

① 汪辟疆：《近代诗派与地域》，载《汪辟疆文集》，上海古籍出版社 1988 年版，第 310 页。

俗呼赤水，声之转也。此川、黔分界处。《一统志》："赤水河在永宁县东一百八十里。"吴国伦《题白厓驿》诗："赤水宁辞三峡远，双鱼为寄楚江东。"原注："赤水即赤虺河，源出荒部，经蜀川合流入楚。"①

即是有关赤虺河名称之考证，引据《一统志》及相关诗句并注，虽是对所经地理的必要交代，但不可避免地显示出了较为明显的考据气。此类诗作，在沈丙莹集中，仅晚年的《亏石》《下菰城怀古》②偶或以地理考据入诗，与此近似。

除了以考据入诗，沈家本更有以西学入诗之例，这是近代诗学的独特风貌，沈丙莹诗作中尚无此例。在沈家本诗歌创作中，其早年有《上海县》③，属于仅见，中年则有《十一月十六日月蚀，周子迪廉访作诗示僚属，敬步其韵》《六月初九日书事》等作，与其父诗风迥异，而与晚清如黄遵宪等"诗界革命派"

---

① 《玉骨冰心冷不摧》，第 96 页。
② 《沈家本全集》第八卷，第 118、122 页。
③ 《玉骨冰心冷不摧》，第 101 页。

相近。如其描写月食之诗，诗云：

> 司天既可算从头，钲鼓仪陈等杞忧。地
> 轴朦胧虚影隔，云衢隐约素光留。却循黄道
> 推经纬，漫对红轮卜咎休。试绎古人灾异
> 说，诗成堪比畔牢愁。①

此诗糅合古典与西人科学之说，最为典型，"司
天""钲鼓仪陈""古人灾异说"等与月食相关的中
国古代典故，而"地轴""红轮"则是与西方天文学
相关的新名词，此类西学新词，知者较少，故沈家本
特别加了自注：

> 《天文揭要》云："月绕地转，至与日
> 相冲且入地日引长之切线，则月必入地影内
> 而有月蚀。"按，今以远镜窥之，光遮之处
> 影朦胧，然月之轮廓仍隐约可辨，非全不透
> 光也。
>
> 《天文揭要》云："此时月之色或淡红
> 或若旧红铜，然其所以红者，乃日光透过地

---

① 《玉骨冰心冷不摧》，第 191 页。

气即被折分为七色若虹，而七色惟红难灭没故也。"①

此诗艺术价值未必多高，但确实十分生新，非传统诗家所能作，注中若"远镜"即是天文望远镜，属于西方天文仪器，又以光学解释"红轮"，自非传统天学所能见及。除此之外，沈家本晚年所作如《十一日戏题二绝句是日为西国元旦》《九月游农事试验场绝句二十首》，其化用古典，融通古今中西的手法，更觉巧妙而无痕迹。如其描写当时新兴的农事试验场的组诗，其中颇具特色之篇如：

秦时宫室写诸侯，六国规模一例收。新起华林菅别殿，流丹凿翠胜西欧。

旅獒通道已寻常，狼鹿偕来笑穆王。太史重编朝贡录，而今远物尽梯航。

婴母来从西海滨，斑斓五色善迎人。多因未学中华语，闲坐雕笼说不真。②

① 《玉骨冰心冷不摧》，第191页。
② 《玉骨冰心冷不摧》，第277、278页。

　　以上三篇前两篇都是较为巧妙地借用了古代的典故，来涵摄新兴事物，如取秦灭六国仿造六国宫殿之典，用《旅獒》之典等皆是。第三篇则以诙谐之语，写当中西交通之时，鹦鹉之来中国。诗法亦较为成熟、自然，无杂糅中西所带来的消化不良之病，反倒有生新巧妙之趣。

　　其次，在诗歌创作方法方面，沈家本还自觉利用自己的考据成果，或创造新语，或使用辟典，造语新，诗风略涩，从而使其部分诗作更为接近"宋诗派"，与沈丙莹偏重唐风的诗作有明显不同。其典型如《蟹断》一诗，篇题"蟹断"，并不常见，而在其考证笔记《日南随笔》中，即有"蟹断"条对此进行专门考证①。又此诗中"三尺短籛筛夜月，一星幽火点寒烟"，其中籛为辟字，化用陆龟蒙诗，在其《日南随笔》中，亦有相应的专门的考据条目。② 此种重学问、以考据入诗的诗风，亦与清代浙派诗人中偏好宋诗一派更为接近，但终究与同光体各家宗尚奇崛之风、取法苏黄、语偏瘦硬的诗风

---

　　①　《沈家本全集》第七卷，第253页。
　　②　《沈家本全集》第七卷，第252页。

还是有较大距离。

沈家本此类诗歌虽有其独特风貌，但似不为时人所重，若徐世昌《晚晴簃诗汇》所选十四首，没有一篇属于这一类型的。同时，不无遗憾的是，此类富有新变特色的诗作，在沈家本集中数量也较为有限，似乎仅是一种诗艺的探索，未能占据主导地位。

再次，在诗史精神方面，值得注意的是，考察沈家本的诗歌创作过程，可以看到其在青年时期和暮年时期各有一个创作的高峰，而在中年困于科场、宦游京华时一度出现终年无诗的状况。青年时期的沈家本在诗歌创作中，有大量诗篇是其遨游南北所作纪行之诗，此类诗体现了沈家本在诗歌创作上与其父沈丙莹之间有明显的继承关系。而其暮年的大量诗作，皆与其在庚子事变中的亲身经历相关，在这一系列诗作中，沈家本的诗艺已达纯熟境界，他继承老杜和其父"诗史"精神，在秉承传统诗学精神的同时，又凸显了时代特色。

其代表如《咏史三首》《漫题三首》《大元村哭天水尚书》等，都是诗风沉痛的篇目，尤其是《大元村哭天水尚书》，《晚晴簃诗汇》独标举此篇，以为

"感旧表微，诵之心恻"①，今节录数节如下：

> 妖氛起畿甸，张惶到山鬼。
>
> 亲贵诧奇术，假以雪吾耻。
>
> 君独知其非，密陈不可恃。
>
> 孤愤尼众咻，悁恢势难止。
>
> 西狩遂入秦，流离叹琐尾。
>
> 群雄益鸱张，移檄究祸始。
>
> 始祸众亲贵，误国魄应褫。
>
> 君乃罹此难，系铃铃谁解。
>
> 入觐咸阳城，出城访君里。
>
> 驱车渡沣桥，长虹跨波起。
>
> 其长丈廿四，工巨君所庀。
>
> 行人免徒涉，利济颂桑梓。
>
> 入村问君屋，方兴役又罢。
>
> 古寺一抚棺，崔兰频挥涕。
>
> 声欬眷畴昔，浩落固如在。
>
> 万恨何时平，千龄终已矣。②

----

① 《晚晴簃诗汇》卷一百七十四，第 7597 页。

② 《玉骨冰心冷不摧》，第 255—256 页。

此篇所咏为庚子之变中赵舒翘被杀一事，具体本事可参考《沈家本年谱长编》①，各家评论沈家本诗作亦多有论。但就以上所录部分而言，"系铃铃谁解"前即是叙写赵舒翘被杀一事，短短数语，已将赵氏被杀一事交代分明，而且其中因为渗透了浓厚的情感，故十分具有感染力，沈家本对赵舒翘被杀怀有的沉痛、悲惜又无奈的情感在此表露无遗。"入觐咸阳城"以下宕开一笔，从赵舒翘造福乡里，为乡人称道这一细节写入，写出了赵舒翘仁厚爱民，有古仁人之风，如此良人，却无辜被杀，更见出其冤屈。"古寺一抚棺"以下则重回自己吊唁之经历，直接抒发了自己痛惜良友冤屈被杀的悲怨之情。通过以上分析，确实可以见出此篇有"感旧表微，诵之心恻"的情感和艺术的巨大感染力。联系本事，也可看出此篇确实契合杜诗融合个人与时代的诗史精神，而在艺术造诣上甚至高于其父沈丙莹的诗作。

除此之外，沈家本诗集中凡与近代重大历史事件相关之作，如《拟老杜诸将五首》与中法越南战争相

---

① 李贵连：《沈家本年谱长编》，山东人民出版社 2010 年版，第 95—97 页。

关，《有感六首》与中日甲午战争相关，《书事》与
戊戌变法相关，以及《九月十三日，日本伊藤博文被
刺于哈尔滨，感赋四绝句》等，都能铺写时事，而融
入个人感慨，皆是集中难得的佳作，对于后人感受和
考察这些重大历史事件下的晚清士人的情感及思想，
具有一定的参考价值。其中尤其典型的如《拟老杜诸
将五首》①，采用的是传统拟古之法，却能在旧体之中
铺写时事，将古典今典糅合为一，对照老杜原作，不
但能见出沈家本诗作技法的纯熟，笔力的矫健，更能
见出古典诗学所蕴含的极大的艺术空间。诸如此类诗
作，皆是沈家本诗集中具有极高艺术成就，同时又具
史学价值的重要作品，亦是近代诗学中不容忽视的
佳作。

结语

　　上文在追溯沈家本的诗学渊源时，首先注意到时
代、地域的影响，结合沈家本的交游及相关著述，从

---

① 《玉骨冰心冷不摧》，第140页。

近代诗坛诗派划分的角度来看，沈家本当属"江左诗派"的浙派，诗风"绵远清丽"，才情兼备，诗境尚"清新"，多写平生遭际与山水行旅，写时事则师法杜诗，重寄托，不好奇险，不好僻怪。总体上，学诗不专主一家，不专主一代，与"同光体""湖湘派""诗界革命派"等具有明显不同。

其次，在从家族文学角度考虑，沈家本与其父沈丙莹在诗学上有直接的传承关系，具体表现在诗歌技法、诗歌风貌以及诗歌理念等方面，正所谓"诗是吾家事"；而沈家本因为致力经史考证，又生当晚清衰乱之局，濡染晚清学术及诗学之风，从而其诗学风貌与其父沈丙莹的又有极大的不同，主要表现在以考据入诗、以西学入诗以及后期大量书写时事而具有诗史精神的诗篇中，这体现了沈氏家族诗学传承在近代时期所出现的新变。

最后，通过以上的考察亦可以看出，作为历史中的个人，沈家本的诗歌创作与近代中国的文化转型是同步的，从历史的连续和传承这一角度来看，沈家本与沈丙莹之间深厚的诗学渊源，正是清代不少文学和科举家族诗学传承的缩影，体现了传统社会中，家学与诗学的互渗；从历史的变革这一角度来看，沈家本的诗歌远较沈丙莹更具近代特色，沈家本诗歌中脱离家学的新变特色，考其根由，或有近代西学东渐的影响，或有近代宋诗派崛起的影响，但更多地，则受沈家本所亲历的近代中国变乱相仍的社会历史影响。在社会与个人、历史与现实的复杂关系中，沈家本的诗歌创作无形中濡染了近代的世风，也成为一个可以用来剖析近代诗学和文人心态演变的鲜活样本，这正是沈家本诗歌所具有的特殊魅力所在。

沈家本咏史怀古诗述论

刘正武　沈月娣*

内容摘要：沈家本一生所写咏史怀古主题的诗歌，可以分为四个阶段。第一个阶段是初学阶段，展示出他初学写诗的风格；第二个阶段是他刑部任职三十年的时期，诗歌风格渐趋成熟；第三个阶段是他出任保定知府到担任修律大臣前，诗歌已达到炉火纯青境界；第四个阶段是出任修律大臣到去世，沈家本较少写咏史怀古诗歌，但是诗歌艺术和内容，都达到了很高的水平。

关键词：沈家本　咏史　怀古　诗歌

咏史怀古题材，在中国古代诗歌中占据很重要的

＊ 刘正武，湖州学院人文学院副教授。沈月娣，湖州学院副校长、教授。

地位。从《诗经》《楚辞》传统一路承传发展而来，至班固、左思确立名称，开创风气，后又迭经文学批评家们总结、提炼，至唐代，咏史、怀古诗歌已经迥然分为二途，咏史、怀古各为一类。但是咏史怀古只有诗歌主题上的差异，在内容上引史以抒写，则别无二致。沈家本传世诗作287题、600余首，其中绝大多数诗歌皆曾经引典叙事抒情，约四分之一可归为咏史怀古诗。

沈家本（1840—1913），字子惇，号寄簃，湖州人，光绪九年（1883）进士，曾任职刑部，后为天津、保定知府，刑部右侍郎、修订法律大臣，并兼大理院正卿、法部右侍郎、资政院副总裁等职。在《辛丑条约》签订之后，国家内忧外患、民族危亡之际，他主持修订大清法律，使中国社会在迈向现代化的道路上迈出了坚实的步伐。

本文拟从沈家本诗歌的咏史抒怀视角，探索其心路行迹，以及诗歌艺术风格。

一、早期咏史怀古诗歌：深沉史事而剀切原理

这一时期留存诗歌，在《枕碧楼偶存稿》卷七，

创作时间在咸丰九年（1859）到同治元年（1862）。这一时期沈家本初出茅庐，从饱读诗书到阅历艰难时世，诗歌用典灵动而贴切，咏史深沉其事而剀切道理，怀古究其原委以推究今世，展示出来的多是一位书生的意气风发。甚至会推原史事而忘却当下形势，与古原不相合。显示出读书人援古而不泥古、才华横溢而无济于事的特征。

沈家本存世最早的诗歌《咏史小乐府三十首》，诗歌名为咏史，实则为阅读《史记》《汉书》等史籍之后的一种类似今日所谓读书笔记一样的内容，即随感而发。名谓"小乐府"，也并非乐府诗体。元代杨维桢即以"小乐府"为题，撰有二十二首以五言四句为特征的冠以"小乐府"的诗歌，然而这些名为"小乐府"的诗歌又与乐府诗完全不一样。对此杨维桢解释说："予用三体咏史，用七言绝句体者三百首，古乐府体者二百首，古乐府小绝句体者四十首。"[1] 沈家本《咏史小乐府三十首》即最后一类。且举前四首，从中可以解析其诗歌风格：

---

[1] 章琬编，杨维桢撰：《铁雅先生复古诗集》卷二，载《四部丛刊初编》影明成化五年刊本，商务印书馆1922年版，第1a页。

守冢高皇置，云沉大泽乡。
中原多逐鹿，首事酅颐王。

绝唱虞兮和，声声恨逝骓。
芳魂化芳草，还为敛蛾眉。

苦索常山首，而忘刎颈言。
滔滔泜水去，谁与共招魂。

外黄免屠灭，首肯十三儿。
白发居鄡老，曾无讽谏词。①

沈家本存世的这组诗，作于同治元年（1862），这一年沈家本仅有 19 岁。其第一首诗的含义，是指汉高祖刘邦统一天下之后，为陈胜修冢，并设置守墓人三十户，以示推崇陈胜的首义之功。诗歌风格追求古拙，而沈家本在写这些诗歌的时候，又明显受到王士禛影响，甚至第一首诗歌的部分词句都近似。王士禛《符离吊颍川侯傅公》诗，其后四句是：

---

① 《玉骨冰心冷不摧》，第 3 页。

寂寂通侯里，沉沉大泽乡。

颖川汤沐尽，空羡黔颐王。

王士禛所描述的，是明太祖朱元璋开国之后，斩杀功臣颖川侯傅友德，其后世子孙空羡慕陈胜死后，汉高祖刘邦还为了追念陈胜首义之功而安置了 30 户守陵人。

沈家本的咏史出山之作，显然受到王士禛诗歌影响。其第二首诗，则写项羽悲壮吟唱"虞兮虞兮雅不逝"而与虞姬别离的故事。第三首写张耳、陈余从刎颈之交到互为仇敌的故事，第四首写项羽攻克外黄时，意欲屠城，13 岁的小孩劝谏项羽而举城得免的故事。第五首写三老董公献计缟素六军，以项羽杀义帝为由，讨伐项羽的故事。其余 25 首诗，吟咏叙事的对象从汉初郦食其以下至宽饶，诗歌风格皆一致。

"小乐府"体例的诗歌风格，自杨维桢草创，至清代王士禛重新沿用此体例写诗。沈家本的《咏史小乐府三十首》，就是此文学体例的产物。沈家本《咏史小乐府三十首》语言平实，不事藻饰，几乎不发议论，平铺直叙《史记》《汉书》故实，间用比兴手法，词句间暗蕴褒贬，造语又多古拙，颇得"小乐府"精神真谛。这一组诗歌，可以见出沈家本青年时期读书求知、吟诗叙史的求实精神。

沈家本青年时期的诗歌创作，既有畅读诗书之后寄情寄物的冲动，同时又有不熟谙世事的激愤情怀。比如《二十五日达长沙》：

> 长沙卑湿地，千古怨湘流。
> 贾子悲沉赋，春陵愿徙侯。
> 乃今羁客至，都作乐郊投。
> 祀事黄羊罢，残年逝不留。①

诗歌吟咏自己抵达长沙，历数屈原、贾谊典故，叙述汉元帝时期，在长沙为王的刘仁甚至以地形卑湿为理由要求换地方。作为刚刚摆脱贵州战事兵、匪、寇叠加灾难的沈家本，如今却要以长沙为乐土。时逢年关，赶紧用黄羊祭灶神，期望如古人一样把过去的晦气都消除吧！

诗歌中洋溢着一种略显浅躁的情绪，几乎每一句

---

① 《玉骨冰心冷不摧》，第67页。

都引典叙述，而每一句又无不关切眼前之情境、时局与时势。

沈家本生于第一次鸦片战争时期，其父沈丙莹任职刑部，他少年时期即随父进京宦游。到咸丰九年（1859），沈丙莹外放为贵州安顺府知府。此时恰逢第二次鸦片战争与太平天国起义爆发，战乱频仍，沈丙莹远在贵州为官，家眷存留京城。次年（1860），年方20岁的沈家本滞留北京，英法联军攻破天津，进犯北京城。沈家本与全家两次从京城撤出，到城外西山避乱。旋即英法联军攻入北京，随后火烧圆明园。年方20岁的沈家本历经劫难，在事变中借古典以叙今事，怀旧伤情，其中《初九日复出都感赋三章》中写：

> 刚报平安火，星躔遇角张。
> 将才推卫霍，国是问汪黄。
> 幸陕思唐室，征辽感宋皇。
> 艰难膺重寄，宏济仗贤王。①

---

① 《玉骨冰心冷不摧》，第23页。

诗中大量用典，推复历史往事，以写眼前之情境。第一首诗歌，开始写刚刚获得平安讯息，转眼形势又急转直下转为危急，此时此刻该如何行事？若战，应该寻找汉代卫青、霍去病一样的将才；若和，那就需要采纳南宋初年权臣汪伯彦、黄潜善一样的主张；当年唐代王室幸陕，才有仆固怀恩的勤王之师，宋太宗征辽，才有"澶渊之盟"；国家艰危之际，正需要有德行的君主拿出救国主张。

随后的两首诗歌亦然：

> 竟卖卢龙塞，空闻血战鏖。
> 乘轩难使鹤，升木孰教猱。
> 密画中行策，虚持属国旄。
> 凤城天尺五，杂虏任游遨。
>
> 刁斗严军令，勤王尚有兵。
> 前茅孙叔将，细柳亚夫营。
> 感慨谁投笔，阽危欲请缨。
> 桃源何处是，山墅计行程。①

---

① 《玉骨冰心冷不摧》，第23页。

其中历叙历史往事及典故，阐释国家困局与亟须解民倒悬的时势。而从沈家本自身而言，"国家不幸诗家幸"，饱读诗书的文人学者未必都赶得上战乱流离。恰逢其时者，在战火纷飞之中，援笔把大量典故、故事轻松地用于诗歌创作，既算是一种幸运，也是一种不幸。咏史怀古，文人慨叹，但是有阅历深浅不同。如诗中写"前茅孙叔将，细柳亚夫营"，是期望大清王朝有古代"名列前茅"的孙叔敖、屯军细柳营的周亚夫一样的将军，可以迅即扭转局势，抵御外敌，实则何其之难！英法联军攻入北京城，经过张家湾、八里桥大战，清军战斗意志全无，完全是两个世纪之间的军事力量较量。咏史诗的文学艺术与现实的政治军事战争局势，完全是两个概念。当四十年后，沈家本重历外敌入侵，重新叙史写诗，则有别样的感慨和深情。此则后话。

二、三十年刑部宦海沉浮间的创作：沉潜低吟而明心见性

这一时期留存的诗歌，在《枕碧楼偶存稿》卷八、卷九，创作时间在同治二年（1863）到光绪十九

年（1903）。这一时期沈家本经历了人生中最重要的几件事：捐纳刑部、中举、娶亲、父亲去世、中进士等；而最为漫长难熬的，是他由监生报捐郎中，签发刑部开始工作之后，漫长的三十年在刑部宦海沉浮。前一阶段尤其困苦。在困苦生活中，沈家本的咏史怀古诗歌，开始进入成熟期。

这一时期，沈家本写了一些拟古咏史之作，如《拟左太冲〈咏史〉诗八首》《拟山谷〈演雅〉》《拟老杜〈诸将〉五首》《咏史》等；也有自贵州经长沙、湖州、上海、烟台赴京一路所过地域的吊古之作，如《泸州吊许参谋》《重庆府》《登岳阳楼》《上海县》《松江府》《华亭谷》《烟台杂咏五首》等。亲眼目睹父亲宦海沉浮，人际倾轧，为官不易，沈家本的咏史怀古诗歌开始逐步成熟起来。那种早期的书生意气渐次褪去，低回百折的欲说还休、百般无奈的隐居情结、案牍劳愁的官场琐事，都可以在他笔下以引典咏史怀古形式成诗。

且看他写的《拟左太冲〈咏史〉诗八首》之一：

> 结发闻道义，万卷勤丹铅。微妙参天人，指画策治安。中朝布纲纪，羽翼罗群

贤。既怀澄清志，焉有辞艰难。高眄属霄汉，矫若凌风翰。悠悠不足贵，立身青云间。文化纪梁父，武功勒燕然。时平谢圭组，高卧城南山。①

沈家本以拟左思诗为题，实则与左思有异代同工思想。左思《咏史》之作，向来被认为是咏史的开山之篇，不仅因为第一次明确标明"咏史"的名号，还发挥了"诗言志"的儒学功用主义传统观念，标举史事，多所选择，以所选择史事的评点，来展示批判显示的文学特性。这些文学风格，沈家本全部予以继承。在吟咏古人的人生选择、利害得失评判、高张理想主义大纛，同时在这些低沉的绝响中，寻觅着自己的选择和未来：这里有人生哲理的感悟，也有历史道德批判，甚至超越了史事本身的限制而具有史评价值意义。

沈家本在诗中回顾自己的读书生涯，从少年读书就开始接受"道义"的教育，读书万卷，上下求索，期待自己有治国安邦的能力。大清王朝整设纲纪严

① 《玉骨冰心冷不摧》，第 121 页。

明，以科举来网罗英才，招纳贤人。我既有澄清天下之志，怎么可以此却艰难？沈家本直接化用左思《咏史》中"高眄邈四海，豪右何足陈"的句子，表达一种深沉自信而不与同流合污的高洁姿态。悠哉地为官不足为贵，我要立身在青云之间（以示高洁而清白）。"文化纪梁父"化用诸葛亮《梁甫吟》中"文能绝地纪"，以示自己的理想，而"武功勒燕然"，意谓追慕卫青、霍去病驱除匈奴、勒功燕然山的丰功伟绩。最后二句，则表达了自己在功成业就、天下太平的时候，希望隐居江湖的愿望。

事实上，清代早已失去了汉魏六朝可以隐居不仕、傲岸王侯的社会历史文化背景。明清专制统治日益加强，不仅有德行的隐士在社会上难以立足，甚至都有被杀戮的危机。但是文学就是这样隔代传承着不屈的文化精神，沈家本在拟古诗中，找到了异代知音，表达并抒发着自己的情怀和感触。

沈家本《拟老杜〈诸将〉五首》之一：

唐时郡县汉山河，五季抢拧始设关。
尚待金函颁日下，永留铜柱镇云间。
武襄壁垒秋风肃，黔国旌旗夕照殷。

自古岩疆承正朔，陪臣犹得见天颜。①

沈家本此诗的背景是中法战争。光绪九年（1883），法国由侵越到对华宣战，挑起中法战争。沈家本诗题虽然是拟杜甫《诸将》诗歌而作，但是皆以当时时势为背景。诗中追溯越南的历史：汉代到唐代，越南都是中国的领域，王朝以郡县治理地方，直到五代时期战乱频仍，才设关管辖。但是越南作为中国藩属国，其新国君设立，仍然要得到中国王朝颁布法令，新君继位才是合法的，汉代伏波将军马援平定越南叛乱之后，曾经竖立两根铜柱宣示主权。宋代狄青（谥号武襄）夜袭昆仑关，平定越南之乱，其壁垒潇潇，古黔国也始终为中国治下之地，自古以来中国边关险要之地就是接受王朝管辖的，哪里会允许藩属国（陪臣）来窥伺天朝大国。

针对中法战争，关系国家安危，沈家本始终予以高度关注。诗中沈家本追溯历史、推崇赞颂古代英雄，言辞激烈而不失浩然正气。

这一时期，沈家本始终在刑部工作，他从一名初

---

① 《玉骨冰心冷不摧》，第140页。

学刑名的小吏做起，经历中举、中进士，职务也拾级而上，中举后为刑部实授郎中，历年皆为秋审处坐办。

在古代封建王朝的吏、户、礼、兵、刑、工六部中，业务知识和技术性要求最高的就是刑部。其他各部工作虽然也有程式，但是大多并不复杂，唯独刑部各司，要审阅各地案情并予准或批驳，且大多为大案要案，往往事关人命，倘若对刑法、律例不熟悉，或者从字里行间读不出案情原委以及细节，就可能导致冤案。沈家本的父亲就曾在刑部任职，他自己又在刑部履历三十年，从最基层做起，通过中举、中进士，踏踏实实研读案律，追本溯源，考实历代法律精髓，完成大量的法学史学考据著作，成为光绪初年刑部最重要的基层官员之一。但是一直得不到提拔。六部每三年可以通过京察各推举一名官员，以备提拔。沈家本经历九次京察，还不能被推举，但是刑部大小实务，他已经是近乎最为全面的一把好手。为此他也极为愤懑。他撰诗《腊八日京察过堂，计自甲子到部八过堂矣，口占二律，乃呈秋曹长》之二：

何自为郎滥备员，磨驴陈迹踏年年。

幸逢儒雅同曹选，喜诵清新好句传。

守拙分居灵运后，蜚声多愧照邻前。

于今西府寒蝉噤，鸣凤朝阳待上贤。①

诗中援引谢灵运、卢照邻的史事，说自己才华不够高超，所以得不到提拔和青睐，他把自己比喻作一只磨驴一样年复一年、日复一日地工作，充满辛酸，也隐现愤慨。

这一时期沈家本的咏史怀古诗歌，颇显成熟老到，尤以稳健为显著风格。30 年刑部为官，阅历丰富且看淡了人世纷争，为了考取进士，中举后他把大量的精力消磨在学习八股文写作上——20 年的岁月韶华就这样度过。在岁月消磨中，他的咏史、怀古诗歌用典更加娴熟。每每失望落魄的时候，他就会想要回到故乡去隐居，"最忆西风鲈正美，年年孤负碧湖秋"②"客中略说乡关事，六月苕溪胜若耶"③。关于故里的典故、史事、人物，他耳熟能详。

---

① 《玉骨冰心冷不摧》，第 152 页。

② 《玉骨冰心冷不摧》，第 143 页。

③ 《玉骨冰心冷不摧》，第 143 页。

三、庚子事变与被囚经历：魂断天崩地裂之间的历史书写

这一时期留存诗歌，在《枕碧楼偶存稿》卷十，创作时间在光绪十九年（1893）到光绪二十八年（1902）。沈家本经历 30 年刑部为官之后，终于以京察一等获得升迁机会，随后开启了他见证 19 世纪末、20 世纪初中国历史的天崩地裂时刻：他担任天津知府任上，爆发中日甲午战争；他在保定知府任上，被侵华的八国联军俘虏囚禁数月之久。随后是奔赴西安行在，旋被授予刑部侍郎，重回刑部为官。八国联军侵华战争结束之后，满目疮痍，沈家本再度以吟诵历史的眼光，来环顾现实。

这一时期，沈家本咏史怀古优秀之作，如《有感六首》《偶然作十首》《漫题三首》《移居二首》《过汤阴县怀岳武穆》《豫让桥》《子产祠》《武虚谷墓》《潼关》等；从筹办中日战争战备，到直面八国联军侵华，被囚禁数月，到奔赴行在重新被任用，沈家本经历了中国历史上最惨烈的天崩地裂的大事件。在亲历这些事件的很多时候，他的诗歌也是激烈的。按照

写诗的频率，沈家本诗歌创作最集中的时期，是他旅行、闲居、被囚禁的时期。因为忙碌的官场工作与生活，根本没有精力让他去舞文弄墨。在囚禁期间，他的诗歌至为密集。

《有感六首》之五、之六：

> 大凌河外列营连，刁斗森严起暮烟。
> 有士从军横槊赋，几人移戍枕戈眠。
> 轻言决战唐房绾，垂老临戎汉马贤。
> 一夜数惊神志定，帐中高卧壁何坚。
>
> 休言绛灌战功多，引领三边听凯歌。
> 未见元戎求卫霍，已闻爱将戮樊何。
> 军冲能扼摩天岭，胜算难寻望海埚。
> 寄语塞垣诸父老，由来师克在人和。①

这首诗作于中日甲午战争期间。之五所言大凌河，实则是借明代中日之战的地点，来比喻中日甲午战争。诗中暗喻军士战斗在前线，但关键还是军官如何进行战略部署。唐代房绾轻率提出决战，结果导致

---

① 《玉骨冰心冷不摧》，第181页。

军队大败而回，汉代马贤在射姑山会战失败，父子三人全部战死。这是惨痛的历史教训，但是中日之战，也酿成了战败惨剧。

之六借写汉代绛侯周勃与颖阴侯灌婴，以喻当时清廷内部的争斗。周勃与灌婴二人起自布衣，鄙朴无文，不仅争功，还曾谗嫉陈平、贾谊等，成为文学写作中的负面形象的代名词。"未见元戎求卫霍，已闻爱将戮樊何。"写清廷没有认真找到可以御敌作战的如同卫青、霍去病一样的将军，却获悉前线统帅，已经如周世宗柴荣为了鼓舞士气而像杀樊爱能、何徽一样斩杀畏葸不前的将士。沈家本的咏史诗，揭开了清廷内部用人不当、轻易开战、人事矛盾重重的状况。

再看《咏史三首》之一、之三：

秋来树树起西风，惨淡浮云蔽碧空。
晋惠有心除庆郑，本初无面见田丰。
可怜碧血沉荒野，谁识丹忱达昊穹。
狐鼠升堂鸮毁室，玉河桥畔恨何穷。

枉教国手理残枰，日下妖氛未易平。
亲贵岂真忘大义，舆人毕竟有公评。

和戎初不关洪皓，游说何曾作宋牼。

傥与旧交逢地下，一般心事未分明。①

此时八国联军侵华已成事实，沈家本等一应直隶官员被俘虏，部分官员被八国联军枪毙。沈家本也曾被作为陪斩人拉到刑场。好在后期八国联军对沈家本更多了解之后，把他从监狱放出来，只做监视居住。沈家本诗中的"晋惠有心除庆郑，本初无面见田丰"，是引春秋故事：庆郑劝晋惠公与秦国交好，惠公不听，结果秦晋大战之后惠公被俘。惠公从秦国归来，杀庆郑。三国时期田丰劝谏袁绍不要对曹操开战，袁绍不听，反而监禁田丰。待官渡之战袁绍战败归来，羞见田丰，即斩杀之。以庆郑和田丰被杀的历史，来映射清廷时事。八国联军侵华前夕，因为总理各国事务衙门大臣兼工部左侍郎许景澄、户部尚书立山、兵部尚书徐用仪、内阁学士联元、太常寺卿袁昶等五人主和，反对开战。经过御前会议决策开战之后，慈禧太后把此五人开刀问斩，借以树立战争威风，弹压主和派。

---

① 《玉骨冰心冷不摧》，第 209 页。

《咏史》之三，说战争开始之后，再优秀的人，也很难一时平息战争的伤害。那些满族亲贵们并非真的是忘却大义，但是大家都有公论（言下之意，实则就是这帮亲贵官僚昏庸糊涂导致国家沦亡至此）。然后他举出宋代使节洪皓、主张劝和的宋耸；暗喻主和派被杀的五人实在冤枉。倘若与他们相逢在地下，主和、主战两派，恐怕依旧难以理解相互之间的"心事"。

这首诗一语成谶，八国联军侵华战争结束后，慈禧太后不得不按照列强的要求，惩治主战派，当年竭力倾覆主和派、坚定主张与"万国"开战的官员如：庄亲王载勋、工部右侍郎英年、军机大臣赵舒翘被赐自尽，山西巡抚毓贤、军机大臣启秀、刑部左侍郎徐承煜问斩，端郡王载漪、辅国公载澜发往新疆，军机大臣刚毅因已病故免其置议，体仁阁大学士徐桐、巡阅长江水师大臣李秉衡已经自尽。主战、主和两派官员，真的是在"旧交逢地下"了。

沈家本在结束被软禁之后，立刻奔赴西安行在，路上经过汤阴县，他写了长诗《过汤阴县怀岳忠武》咏史怀古，历数宋代中叶史事，详尽地描述从童蔡祸乱到康王渡江，岳飞慨然起义参军，与金兵战斗，被金牌召回，导致"十年功竟弃"。沈家本对后世所谓"谓桧实存宋，谓飞功难冀"的议论大为不满，详尽分析了当时的战场形势。这首诗歌是沈家本正本清源、反对为秦桧翻案的史评诗歌，也是沈家本诗歌中以长篇叙事诗来彰显立场的优秀诗作。

在奔赴行在的路上，他还经过了很多让他诗意大发、借古怀今的地方，如子产祠、武虚谷墓、潼关、老子传经处等。这些诗歌，鲜明地表明了沈家本爱国主义、正统思想情怀的历史观、价值观。

这一时期沈家本的咏史怀古诗歌，已经达到炉火纯青的地步。他的诗歌汉、唐、宋风格兼采，而尤其喜欢传承苏轼诗风。所以他的诗歌中屡屡出现"效坡句"的字样。

四、担任修律大臣到去世：在不断探索新事物中的文艺书写

这一时期沈家本所撰诗歌，在《枕碧楼偶存稿》卷十一，创作时间在光绪二十九年（1903）到民国二年（1913）。这是沈家本生命的最后十年。这十年里，

他位极人臣，担任刑部侍郎、修律大臣兼大理院正卿，在新政改革时期，沈家本是朝野中重要的参与政权尤其是法律修订决策的主要成员之一，新政改革官制后，他又任法部右侍郎、资政院副总裁等职。

然而这一时期却是他留存诗作最少的时期，也可能是写诗最少的一个时期。这一方面，是因为他参与修订法律，烦琐的工作业务，让他难以有悠闲的时间来写诗；另一方面，也许他在大量接触新生事物的时候，发现了更多亟须解决的事情，写诗对他来说已经属于业余生活内容。从沈家本的诗歌可以看出，他并没有像杜甫那样认为"诗是吾家事"，也不像文艺青年一样把诗歌看得何其神圣。在生命最后十年里，沈家本的咏史怀古诗歌并不多，但是质量却愈益高超。

这一时期，沈家本可以称得上咏史怀古佳作的有《九月游农事试验场绝句二十首》《九月十三日日本伊藤博文被刺于哈尔滨，感赋四绝句》《梦中作》等数首。

施补华撰《春星草堂集·序》描述沈丙莹说："先生昔官刑曹，沉默畏慎，不求自异而勤于其职，能以律意傅狱情，多所平反。权贵人用事，招之，勿往。"① 而沈家本也有其父气质，沉潜而内敛，性格坚韧但不外露。尤其是晚年，经历国家危难惊涛骇浪，身膺重任，批揽国是，偶尔外出考察，有感时事，才写诗咏史。

《九月游农事试验场绝句二十首》中之一、之十三、之十四：

> 秦时宫室写诸侯，六国规模一例收。
> 新起华林营别殿，流丹凿翠胜西欧。
>
> 魏编要术贾思勰，汉教田功记胜之。
> 流派原多今绝响，却从东海聘农师。
>
> 衍出西方学说多，近来种植亦分科。
> 天全性得真名理，子厚曾传郭橐驼。②

之一援引秦始皇统一六国，建立宫室故事，引出如今农事试验场也在盖房子，流丹凿翠，甚至胜过欧

---

① 转引自李贵连：《沈家本年谱长编》，山东人民出版社 2010 年版，第 5 页。

② 《玉骨冰心冷不摧》，第 279 页。

洲。之十三，回顾中国的农学发展历史，贾思勰撰写
《齐民要术》，也曾经研究了很多农事活动。当时流派
就很多，可是后来却都失传而《齐民要术》成为绝
响。如今却要从日本（东海）聘请农艺师来做指导。
之十四写西方农事学说滋衍出很多流派，近来种植学
问也要分科。植物生长全靠"天全性得"，当年柳宗
元撰写的《郭橐驼传》中就明确有此说。

沈家本晚年参与的修律大事，影响非常大，因为
法学涉及国本，也涉及大清王朝急于要收回的治外法
权。日本首相、侵华的幕后总指挥伊藤博文遇刺身
亡，沈家本有感而发，写《九月十三日日本伊藤博文
被刺于哈尔滨，感赋四绝句》四首，其中第二首
写道：

> 何来妙手是空空，却笑荆卿术未工。
> 如此英雄如此死，凄凉一曲薤歌中。①

伊藤博文作为日本侵略东亚各国的首脑，早已被
被压迫国家人民所痛恨。朝鲜义士安重根在哈尔滨火

---

① 《玉骨冰心冷不摧》，第283页。

车站用手枪击杀伊藤博文，轰动世界。沈家本诗歌中洋溢着一种兴奋，他引用典故，嘲笑当年荆轲刺秦王的时候技术还不够过硬。想到如此凶悍的一个人，就这样死掉了，有人会在悲悼声中，看他凄凉的最后时刻。

他的《梦中作》诗：

> 可怜破碎旧山河，对此茫茫百感多。
> 漫说沐猴为项羽，竞夸功狗是萧何。
> 相如白璧完能否，范蠡黄金铸几何。
> 处仲壮心还未已，铁如意击唾壶歌。①

这是沈家本生命中最后的诗歌之一。写这首诗的时间是民国二年（1913），袁世凯担任大总统，孙中山发动二次革命，帝国主义国家时刻都在等待着瓜分中国，国内人事变动纷纷。时任大总统袁世凯被沈家本视如沐猴而冠的项羽。袁世凯部下那些争功者则被沈家本视如想作功狗的臣属。国家领土和主权能否保持完璧？像越王以黄金铸范蠡一样恪守信诺保证清王

---

① 《玉骨冰心冷不摧》，第304页。

室的优渥待遇？无法预测。最后引王敦壮怀激烈"击唾壶"的典故，抒发自己的愤懑，希望能够实现个人理想。

在修律的进程中，沈家本代表的法理派，遭到礼教派的猛烈攻击，大清皇室和内阁经不住社会舆论汹汹的围攻，在大清王朝即将谢幕的最后时刻，宣统三年（1911）二月，清廷下谕，免去了沈家本的修律大臣职务。随着清帝退位，沈家本也隐居不出。袁世凯多次邀其出山担任法务大臣，但是他都谢绝了。

沈家本生活在大清由盛及衰的时代，旧时代的历史视野和文化原教旨，都极大地限制了处在那个时代的人的思维。但是沈家本经历战乱、为官、被囚等阅历，尤其是晚年在与国外人士和国内出国留学生的交往中，看到了未来新世界的愿景，因此他的诗歌中虽然还在用典，也会吟咏古人、古事，但是明显地要少很多，咏史诗和怀古诗的数量也在减少。在中国历史走向世界史的现代化进程中，沈家本从中国史开启了走向世界史的进程。

从沈家本诗作探究沈家本法律思想的形成和发展

吴坚敏[*]

沈家本（1840—1913），字子惇，号寄簃，浙江湖州人。光绪九年（1883）进士，同治三年（1864）入刑部，先后任天津知府、保定知府、授光禄寺卿、刑部侍郎、大理院正卿、资政院副总裁、法部大臣。沈家本最为人熟知的功绩，是他受命担任修律大臣期间，主持对中国传统法进行改革，引进西法，制订新律，设法律学堂，办法学会，创《北京法学会杂志》，是近代中国著名法律思想家，世人公认的法学泰斗。

2020 年是沈家本 180 周年诞辰，又值第二届

* 吴坚敏，湖州市吴兴区政协社民宗港澳台侨委主任，湖州市沈家本研究院专职副院长。

"沈家本与中国法律文化国际学术研讨会"① 在浙江省湖州市吴兴区召开，盛事重逢，意义重大。为此，沈家本故里湖州吴兴积极筹建"沈家本历史文化园"②，并整理出版《玉骨冰心冷不摧——沈家本诗集》③，笔者有幸参与其中，接触沈家本法律思想的第一手资料，为沈公的伟大而叹服。

沈家本诗歌创作丰富。《沈寄簃先生遗书·枕碧楼偶存稿》共收录诗歌287题，计636首。其中沈家本从1864年到1911年创作的389首诗歌，内容均是抒写仕履心路历程，记录为官经历。这些诗是我们研究沈家本法律思想的重要资料，我们也可以借此更好地了解沈家本的人生际遇与家国情怀。④ 为此，笔者试从沈家本诗作中，探究沈家本法律思想的形成和发

① 第一届"沈家本与中国法律文化国际学术研讨会"于2003年10月在湖州召开。

② "沈家本历史文化园"投资8000万元，总面积6200平方米，位于湖州市吴兴妙西镇，周边有沈家本墓，已于2020年11月建成投入使用并向全社会开放运营。

③ 《玉骨冰心冷不摧——沈家本诗集》是沈家本先生诞辰180周年的重要献礼，由湖州市吴兴区政协组织人员整理编纂，沈厚铎等编，浙江文艺出版社2020年出版。

④ 参见梁嘉莹、胡淑娟：《论沈家本仕履诗歌中的思想意识》，载《吉林省教育学院学报》2018年第9期。

展过程，以期更加深刻理解沈家本法律思想的精髓，更加坚定地传承其法治精神，激发为实现民族复兴而不断奋斗的热情，努力建设法治中国。

一、以志咏于史，拳拳爱国情——报国雄心之启蒙

道光二十年（1840）七月二十二，沈家本降生在一个诗书世家，其父沈丙莹、其弟沈彦模和沈家霖皆著有诗集。今存沈家本最早的作品，是他19岁时所作的《咏史小乐府三十首》。这组诗通过咏诵汉高祖、陈胜、吴广、卫青、霍去病等历史人物，抒发建功立业的壮志，展现沈家本的报国雄心。他仰慕古人建功立业名传千古，写下"勋业争方召，深思出汉朝。中兴苏祭酒，图画姓名标"[①]。从《咏史小乐府三十首》可以看出当时沈家本已将《史记》《左传》《汉书》熟读在胸。

---

① 参见沈厚铎：《可怜破碎旧山河，对此茫茫百感多——试论沈家本先生诗歌中的忧国情报国志》，载《沈家本与中国法律文化国际学术研讨会论文集》上册，中国法制出版社2003年版，第56—75页。

《清史稿·沈家本传》记载："（沈家本）少读书，好深湛之思，于《周官》多创获。"① 作为儒家经典之一的《周官》，沈家本对此能纠错证伪并补缺，足以见他不仅熟悉儒家经典，且更有深刻的思考。在儒家思想的浸润下，"修身，齐家，治国，平天下"等儒家思想成为沈家本报国雄心之启蒙。辅佐君王，建功立业，推动着沈家本为实现人生的价值而努力。

二、以情吟于诗，浓浓报国志——忧国爱民之烙印

沈家本父亲沈丙莹是道光二十五年（1845）恩科进士，本在刑部任职，后外放贵州省安顺县。咸丰十一年（1861），沈家本奉父命举家赴贵州与父亲会合。一路长途跋涉，在湘黔颠簸旅途的诗作中，流露出沈家本深深的忧国之心。

这段经历共有相关诗歌 31 首。如《三月二十六日出都，大风，重度芦沟桥》中，他说道"回首去年

---

① 赵尔巽等撰：《清史稿》卷四百四十三，中华书局 1977 年版，第 12447 页。

鸿爪印，桥头叹息恨无穷"①，一个"恨"字说尽无限悲慨。过方顺桥时，看到百姓流离失所，沈家本又联想到宋人郑侠绘制《流民图》之事②。在《歌女词》③中，他则抨击当地的陋习，体现出忧国忧民之远虑。

后来，沈家本侍奉母亲带着弟妹，离开铜仁向长沙进发。在这一路上，他又写下大量的纪行诗来表达对家国的忧虑。此时正值太平天国运动，沈家本失去了亲人，更目睹百姓流离失所，对百姓充满了深切同情，这也为沈家本修律过程中根深蒂固的人权思想打下深深的烙印。这些诗作凝结了他的家国情怀，也是他立志以法律救国的潜在原因，为他日后的法律救国奠定基础。

三、以律鸣于时，深深强国心——变法改革之坚定

光绪二十三年（1897）沈家本由天津知府改任直隶首府保定知府，在他上任的第二年发生了保定教

---

① 《玉骨冰心冷不摧》，第 30 页。
② 《玉骨冰心冷不摧》，第 31 页。
③ 《玉骨冰心冷不摧》，第 33 页

案，沈家本就此与外国势力结怨。1900 年，八国联军攻入保定时，沈家本与当时直隶省主要官员一起被八国联军拘捕，直到当年十二月下旬才被释放。

沈家本在保定被拘捕的经历，坚定了他法律救国的志向，他对清王朝的衰败感到万分的焦虑，对王公大臣们的腐败与无能深恶痛绝，他的忧国情报国愿升华到了一个新的高度。①

被释放后，沈家本前往西安，路经祁州，夜半与县令潘文涛长谈，表达了他的心志"停车三叹息，重见汉宫仪。……痛定应思痛，须寻国手医"②。路过岳王庙时，他感慨"所以豪杰士，争欲及锋试。倘用忠武谋，规略布远势。精忠抱遗恨，濡笔还挥涕"③。此时正值国难当头，他思潮澎湃，他写下了《岳忠武恢复论》歌颂了岳飞的忠勇与谋略，谴责主和派的投降卖国，更痛斥赵构的屈辱求全和秦桧的通敌卖国。全文慷慨激昂，他的歌颂，他的谴责，饱含了他对国家

---

① 参见王宁、倪复贤：《谈沈家本的诗和他的忧患意识——一个入世者的精神悲剧》，载《中国文化》2006 年第 1 期。

② 《玉骨冰心冷不摧》，第 234 页。

③ 《玉骨冰心冷不摧》，第 239 页。

对民族的深情，寄托了他寻求救国之路的抱负。

经过郑州，沈家本拜谒子产祠，赋诗以托胸志。"公孙遗爱圣门推，论学原须并论才。国小邻强交有道，此人端为救时来。"① 他仰慕改革的子产，应该说此时的沈家本已经形成了变法图强的报国志向。

沈家本在天津任职期间，重修望海楼、处决拐卖儿童的罪犯、审理郑国锦死因案。沈家本深感办事之难。在这一时期的诗中，我们也能看到饱经忧患的沈家本心情格外复杂，充满了尽责与退隐的矛盾、追求与失望的交替、坚持与妥协的抉择。

四、以著喻于世，悠悠法治梦——法律思想之升华

在沈家本生命的最后十年中，沈家本几乎把全部精力倾尽在修律工作当中。这一时期的诗中，有"君子由来知俟命，幽人毕竟不争名"② 之句，可见他虽位高权重，但无意于虚名。

---

① 《玉骨冰心冷不摧》，第 243 页。
② 《玉骨冰心冷不摧》，第 269 页。

光绪三十二年（1906），他在翻译外国法律文献时写道："吾学于今世界新，普通卒业始为人。小同喜有传经子，裁制还须老断轮。"① 面对山河破碎，他的心情十分沉重，他写下了"招凉赖尔廿余年，纸断丝残忍弃捐。破碎山河都不管，茫茫对此感无边"。② 四句诗质朴无华，却让人觉得沉甸甸。

年逾甲子，沈家本反而感到返归故里的夙愿更难实现。他觉得自己在法学上的造诣与变法的功劳都在身外，属于自己的是一片为国为民的痴心和矢志不移的情怀。在一首诗的小序里，他写道："王幼三同年（锡命）司铎十年，解官归里，道经辇下，出万全留别诗相示，大有张翰莼鲈之感，怅触余怀，率成八绝句以赠行，且以志归田之愿不易遂也。"③ 表达了自己归乡不遂的遗憾。

沈家本一心修律，就是因为他认为建立完善的符合世界潮流的法治是治国之道。即使辛亥革命以后，沈家本退出政坛，但仍完成了《法学盛衰说》《法学

① 《玉骨冰心冷不摧》，第271页。
② 《玉骨冰心冷不摧》，第273页。
③ 《玉骨冰心冷不摧》，第271页。

名著序》《政法类典序》《法学会杂志序》等著作。时至今日，他的法律主张仍然振聋发聩。

在《小园诗》中，沈家本借景抒情，回忆着自己的一生，既表达了他对现实的不满与关切，也表达了自己急切与不安的心情。但他始终对法治中国充满信心，以花明志，特别是他在咏水仙时写下的"玉骨冰心冷不摧"，此句正是他坚定不移地修订法律、推动中国法治改革的生动写照。

《自题癸丑日记》是沈家本生前所留下的最后一首诗，"颓龄住人海，闭户谢胶扰……倦来便静坐，冥心澹物表"①。这是沈家本的最后生活写照。他想继续写下去，为异日中国法学昌明再做一点事情。但是，他终究无法对抗自然规律。1913年6月9日（农历五月初五端午节），沈家本在北京的寓所中溘然长逝，终年74岁。

历史是我们汲取智慧的源泉、走向未来的基础，我们永远不能忘记。沈家本是一位传统士大夫，旧学功底深厚，善于以诗言志，沈诗中有对历史的凭吊，

---

① 《玉骨冰心冷不摧》，第304页。

有对故乡的思念，有对百姓的同情，有对亲人的哀思，有对故友的缅怀，更有志趣的寄托，有对家国的喟叹。可以说，诗歌伴随他的一生，折射他一生的劳累奔波，记录他一生的悲欢离合，演绎他一生的喜怒哀乐。读懂沈诗，也就读懂沈家本；读懂沈家本，也就读懂近现代中国法治的艰辛历程。沈诗中蕴含着我们不可忘却的沉重历史，从沈家本的诗中，我们读懂并看见一个不一样的沈家本，一个不一样的中国法治改革者、先行者！激励我们在依法治国、实现中华民族伟大复兴的道路上永远向前、永不停步。

湖城的山山水水，家乡的香茗绿茶，湖州的蒙恬造笔，都是沈家本内心的牵挂。所以他写下了"楼上看山寒扑面，双苕溪上是吾家。芒鞋重踏溪山路，第一先尝紫笋茶。关心妙喜山中竹，莫笑清贫太守馋。可是无田归亦得，为他苦笋脱朝衫。午枕暂抛书帙乱，丁帘不卷药炉香。欲知乡思今多少，梦绕龙山闸水旁"。沈家本生于吴兴，归于吴兴，在历经时代的波澜壮阔后，终于回到魂牵梦萦的故乡，枕着碧浪湖的粼粼波光，听着皂角树的沙沙婆娑，在无限的期许中，见证着中华民族一步一步继往开来。

人格·风景·时事：
论沈家本的诗歌创作

杨　霖*

内容摘要：沈家本是晚清著名法学家，其亦留存有六百余首诗歌，收录于《枕碧楼偶存稿》中。他用诗笔努力塑造时代所需要的典范人格，以情感深厚的笔调书写"风景"，以慷慨的"史笔"记录晚清的重大时事，在晚清诗史上占有一席之地。沈诗既具有独立的研究价值，同时亦可帮助我们深化对沈家本其人及学术的理解。

关键词：沈家本　《枕碧楼偶存稿》　人格　风景　时事

---

* 杨霖，湖州师范学院人文学院讲师。

沈家本（1840—1913），字子惇，别号寄簃，浙江吴兴（今浙江湖州）人，晚清法学家。沈家本虽一生致力于法律，为清朝法律文化作出了巨大贡献，而其亦是诗人，作有大量诗歌，收录于《枕碧楼偶存稿》中。沈家本后人沈厚铎先生曾有言："沈家本的诗歌创作，起于咸丰九年（1859）己未，止于民国二年（1913）癸丑，计有287题、600余首，收在《沈寄簃先生遗书·枕碧楼偶存稿》七至十二卷，又依次称为《诗一》《诗二》至《诗六》，以时为序编排。"① 沈家本作为法学大家，其成就已受到学者高度重视，研究成果丰硕，而其诗歌至今却罕见有论文研讨。就沈家本而言，其真气孤标的诗歌创作与道风独峻的法律之学，在精神上是高度一致的。沈诗既具有独立的研究价值，同时亦可帮助我们深化对沈家本其人及学术的理解。本文将从典范人格的建构、风景的发现与书写、家国情怀的抒发三个方面剖析沈家本诗歌。

---

① 《玉骨冰心冷不摧》，第311页。

一、典范人格的塑造

沈家本在法律方面取得的成就有目共睹，王式通在《吴兴沈公子惇墓志铭》中言："清之季年，有以耆年硕德治法家言，名于当时，变法之初能融合古今中外之律，使定于一而推行无碍，蔚为一代不刊之盛典，则今世海内所推仰吴兴沈公者是也。"① 法律的本意是惩恶扬善，为人间公平之度，正义之绳。学法之人本身必先躬身践行，具有清正之人格。尤其在沈家本所处的晚清时代，满目疮痍，人心不古，更需要以典范人格的塑造来弘扬士大夫的社会良知。而典范人格的建构也构成了沈家本诗歌最为核心的诗学品质。

何为典范人格？正如罗时进先生论及清初史学家全祖望时所言："所谓典范人格，在谢山看来，是具有忠义之节、正直之气、亲民之心者……这三个方面正体现出谢山的历史观、人格观、社会观，是其生命

---

① 周骏富辑：《清代传记丛刊·碑传集补》，明文书局 1987 年版，第 415 页。

态度和道德原则的诗学践履。"①。明辨忠佞能够激扬清浊，正气在身方能行人间正义，有仁民爱物之心才能心系天下。沈家本的诗歌亦能据此三方面而观之。

南宋"中兴四将"之首的岳飞是中华民族忠义的代表。光绪二十七年（1901），沈家本离开河北保定前往西安的途中路过河南汤阴，此地为岳飞故里，沈家本作《过汤阴县怀岳忠武》一诗以怀之。诗曰：

> 嗟昔宋中叶，厉阶生童蔡。
>
> 祸始贪燕云，孰遏女真骑。
>
> 康王渡江来，崎岖践天位。
>
> 初乃任汪黄，继更倚贼桧。
>
> 徒令诸将佐，披坚忘敌忾。
>
> 桓桓岳少保，后起监众帅。
>
> 鄢城一战胜，乌珠欲引避。
>
> 太息金牌召，十年功竟弃。
>
> 痛饮黄龙府，此志伤不遂。
>
> ……②

---

① 罗时进：《典范型人格建构与地方性知识书写》，载《文学评论》2014 年第 5 期。

② 《玉骨冰心冷不摧》，第 239 页。

　　长诗可分为三个部分，以上所引为第一部分，诗歌从北宋末年的政治环境写起，分析当时所面临的内外之祸。写及岳飞奋力抗金以及最后于 1142 年以莫须有的罪名遇害的过程。诗歌第二部分从"异哉琼山老，持论何愦愦"到"瞽儒不晓事，口舌毋轻肆"共 29 句，主要为议论。沈家本首先批驳了琼山老认为秦桧力主议和实为存宋，功劳甚大的荒谬言论。通过分析南宋内外的形势，沈家本认为当时内患已去，朝廷又有很多良将慷慨之士，而金国正偷安，不再图辟地，此时正是天时地利，若用大军取两京，一军出陕西，一军出淮右，父老定会携壶浆而至，"诸将苟一心，恢复反手易"①。然而奸臣秦桧误国，力主议和、害死岳飞，也造成南宋从此偏安一隅，再无力图谋恢复。诗歌最后两句"故里修明禋，祠树郁幽荟。精忠抱遗恨，濡笔还挥涕"②，由议论历史回归现实，直面眼前岳飞之祠，含泪作诗。对于岳飞，沈家本亦曾写过《岳忠武恢复论》（《枕碧楼偶存稿·稿一》）一文。

----

① 《玉骨冰心冷不摧》，第 240 页。
② 《玉骨冰心冷不摧》，第 241 页。

对于忠臣的歌颂，沈家本又有《沙市吊司马梦求》一诗吟咏南宋忠臣司马梦求，诗曰：

> 湖渚通荆江，港汊多歧出。
> 孤城据其中，戎马制奔轶。
> 江陵号雄藩，赖此犄角设。
> 一旦春水枯，天心秘清谧。
> 胡骑蹈瑕隙，千军奏筚篥。
> 南风更作恶，郁攸势难遏。
> 此城痛摧残，本州亦随没。
> 将军拥貔貅，平时盛咄叱。
> 兵败乃生降，草间忍偷活。
> 微官虽禄薄，此膝乌可屈。
> 浩气归太虚，朝服拜北阙。
> 临危颇从容，愧彼膺节钺。
> 残兵半新鬼，沙头哭明月。
> 忠魂夜归来，英风还烈烈。①

咸丰十一年（1861），沈家本之父署贵州铜仁府事，沈家本也在此年前往铜仁。"他沿着古驿道，经

---

① 《玉骨冰心冷不摧》，第51页。

由保定、邯郸、襄城、叶县、新野、襄阳、沙市、安乡、沅陵到达铜仁。"① 此诗便作于途经沙市时。司马梦求为宋沙市监，德祐元年（1275）殉难。是年蒙古军南下，沙市南阻蜀江，北倚江陵，易守难攻。然而当年湖水突然干涸，于是蒙古军乘风纵火，司马梦求跟随都统程文亮迎战蒙古军于马头岸，由于制致使高达不发援兵，最后程文亮投降，司马梦求穿上朝服，向着朝廷的方向拜几拜，自刎而死。明辨忠奸，通过对历史上忠臣的褒奖，沈家本为自己的人生塑造了典范。

忠奸之辨是品评历史人物达到以史为鉴的目的，而在沈家本生活的当时，身边品行高洁之人又给沈家本带来榜样的作用，为其树立了清正人格之标杆。这种模范作用，在现实生活中能切切实实对沈家本的自我修养产生极大的促进作用。沈家本的外祖父在沈家本的成长中就是这样一种楷模，以至于外祖父去世后多年后，沈家本再次拜访外祖父俞文节公位于杭州上兴忠巷的故宅杭州取斯堂故址，曾作诗评价曰："砥

---

① 李贵连：《沈家本年谱长编》，山东人民出版社 2010 年版，第 16 页。

行恪循诸葛诫，论文勤读史公编。"① 沈家本的外祖父
名俞焜，字昆上，浙江钱塘人。嘉庆二十五年（1820）
进士。咸丰十年（1860），太平天国忠王李秀成攻杭
州，俞焜率众抗击，死于城破之时，赐谥文节。② 当
听闻清镇县何孝廉为民而死，沈家本赞扬其自我牺牲
的精神曰："甘为乡闾死，鸿毛命太轻。"③ 友人在人
的生命中通常起到至关重要的作用，朋友的品格对人
的影响也是巨大的。同治四年（1865），沈家本的朋
友吉甫去世，沈家本听闻死讯后悲痛异常，在哀悼组
诗中，沈家本不仅表达了悲伤之情，亦有对友人品性
的评价，诗曰：

> 海内索知心，知心久寥寂。
> 抱此孤介姿，所如遭挥斥。
> 惟君察区区，相视成莫逆。
> 君性厌纷华，我亦爱泉石。
> 我性恶浮薄，君亦喜朴直。
> 春华良可宝，努力崇明德。

---

① 《玉骨冰心冷不摧》，第 133 页。
② 《沈家本传》（修订本），第 6 页。
③ 《玉骨冰心冷不摧》，第 94 页。

置身三代上，颓风尽变易。

方期竟此志，骤来恶消息。

夜阑灯炧余，欷歔展遗墨。

平生道义交，斯人难再得。

我欲招君魂，迢迢关塞隔。

魂兮好归来，枫月明故国。

繐帷旷遗影，犹自念畴昔。

梦绕松陵墟，人琴杳难识。①

　　诗歌前三句为第一部分，追述两人相识相知、成为莫逆之交的过程。第二部分是第四句到第七句，主要写两人的心性品格与共同追求。"方期竟此志"之后为第三部分表达了对友人逝去的惋惜之情。正是基于相同的喜好与追求，他们才能成为知己。两人均厌恶纷华的世事，而对泉石之乐抱有很大兴趣。在人性方面共同厌恶浮薄之性而喜爱朴质之美。相期努力保持自己美好的品德，不被世俗污染，并且尽自己所能改变衰颓的社会风俗。在此，沈家本借着对友人的追怀表述了自己的人格追求，对清正之德的追慕。

---

　　① 《玉骨冰心冷不摧》，第 108 页。

忠义清正之人一般具有仁民爱物之心。士人作为社会的担当者，自先秦王官之学散为百家之后，"从此中国知识阶层便以'道'的承担者自居"①。沈家本所处的晚清天灾人祸接连不断，社会凋敝，民不聊生。沈家本目睹种种惨状，心生哀怜。咸丰十一年（1861），沈家本出京，前往贵州铜仁其父沈丙莹任所。三月二十六出都，经过保定满城县，作有《方顺桥》诗：

> 惺忪睡境不分明，忽听行人说满城。
> 缓辔正将残梦续，荒村啼遍午鸡声。
>
> 啼饥瘦妇还余泪，索食痴儿惯乞恩。
> 绘出流民图一幅，当年赖有郑监门。②

方顺桥位于满城县，始建于西晋永嘉三年（309），明嘉靖三十五年（1556），桥毁重修。沈家本出都经过方顺桥，看到满目荒凉的村落，饥饿的妇女，索食

---

① 余英时：《士与中国文化》，上海人民出版社2003年版，第24页。

② 《玉骨冰心冷不摧》，第31页。

的孩童，不禁心生同情之感。诗中提到"流民图"，
"'流民图'原特指北宋时期郑侠向神宗进献的绘有
灾民惨状的画作。自此，假借'流民图'上疏劝赈的
做法屡见不鲜，'流民图'一词也渐为我国古代图谏
灾情画的总称，一直沿用到晚清，乃至近现代。"①
"流民图"始于北宋，经过明清时期的广泛效仿，其
内涵不断扩充，一方面关注民间饥馑灾害，另一方面
又描绘流民形象以及赈灾举措等。沈家本目睹民不聊
生的社会惨状，自己虽然无能为力，但庆幸尚有流民
图的存在，可以向朝廷反映民间的真实状况。

　　"真正的知识分子在受到形而上的热情以及正义、
真理的超然无私的原则感召时，叱责腐败、保卫弱
者、反抗不完美的或压迫的权威，这才是他们的本
色。"② 沈家本的诗歌从选材到叙述，从中可以感受到
其所具有的本色。而这种人格力量的塑造包含了对国
家的忠义之心，对百姓的仁民爱物情怀及自身清正人
格的修养。

---

　　① 李冀宁：《宋、明、清至民国时期"流民图"及其历史价
值》，载《古今农业》2020 年第 4 期。
　　② ［美］萨义德：《知识分子论》，单德兴译，生活·读书·
新知三联书店 2002 年版，第 13 页。

二、风景的再现

沈家本很多诗歌都创作于旅途中，写旅途所见所闻所思所感。沈家本出生在湖州编吉巷。道光二十五年（1845），其父沈丙莹中进士，补官刑部，为陕西司主事。不久，沈家本便离开故乡随父赴京读书。自此之后，沈家本一生有许多的时间都在旅途中度过。空间的移动提供了发现风景的条件。"晚清以降，现代中国知识分子面对的是纷乱无序、崩溃动荡的社会文化现实，他们的旅行活动，包括对自然的审思、旅程境遇、空间移动，影响着风景的生产和意义的重建。……风景不是对象，而是意义本身。在重新发现'自然'的过程中发现'人'；在充满流动性的时代，以恋地情结和乡愁想象构建人与故土的身份认同。"[①] 一方面风景的发现也是在行旅途中自我发现的一个过程，另一方面强烈的恋地情结构建出了人对故乡的认同感。

---

① 林铁：《风景的现代性：旅行与现代文学关系的三种考察方式》，载《中国文学研究》2022 年第 1 期。

　　沈家本追随父亲从京师前往铜仁的路程十分艰辛，三月二十六动身，历时两个多月，直至六月初八才抵达，与父相会。旅途中虽然有优美的风景，如"风软沙平吹不起，却添爽气扑行旌"，[①] 又如"偶起挂窗看水面，金波荡漾浴青鹅"[②]，再如"者番风送酴醿后，开遍千村苦楝花"[③]，沿途美景给人愉悦的心情，然而行旅途中更多的是艰难险阻，如《交溪阻风》《瓮子洞》《清浪滩》等诗。又如《上滩行》："一山复一山，山峭难侧足。一滩复一滩，滩险不可触。"[④] 写长路漫漫，路途之险。而《新寨口度黄河书事》："回车荒店冷，屋破还隘湫。攲仄床支龟，秽浊肆同鲍。"[⑤] 则写旅途的艰苦，屋漏又逢连夜雨。再如在水程距樊城七十里的白家行，沈家本夜泊，作《风雨泊白家行》一诗曰：

　　　　黑云众山合，天地入窈冥。
　　　　襄水日夜急，风雨稽严程。

---

① 《玉骨冰心冷不摧》，第 31 页。
② 《玉骨冰心冷不摧》，第 50 页。
③ 《玉骨冰心冷不摧》，第 43 页。
④ 《玉骨冰心冷不摧》，第 53 页。
⑤ 《玉骨冰心冷不摧》，第 41 页。

危坐噤无语，羁泊难为情。

系舡望莽莽，狂飙驰迅霆。

潭蛟挟电走，江豚吹水行。

青没烟晻霭，白飞练纵横。

阵急打篷背，涨盛迷滩形。

汹涌怒涛立，澒洞碕岸倾。

孤艇乱敧侧，所闻惟碎訇。

中宵数起视，烛影寒不明。

频频唤舟子，铁锁盘交半。

客睡胡未稳，转侧魂梦惊。

不觉天欲曙，模糊送鸡声。

披衣问童仆，雨息风犹鸣。

澎湃不可触，念为濡滞萦。

何当效宗悫，万里长风征。[①]

诗歌分为两个部分，第一部分为"黑云众山合"至"所闻惟碎訇"。诗歌开篇从宏大的视野写起，看到的是黑云遮盖着的众山，天地也在瞬息之间进入了幽冥的境界。接着视野从远处转移到近处，眼前的襄

[①] 《玉骨冰心冷不摧》，第48页。

水日夜急流，湍急的水流也仿佛是日夜兼程赶路的自己。在船中正襟危坐，一言不发，内心咀嚼着这羁旅之情。再次从船中望出去，周围风驰电掣，狂飙迅雷，一片波涛汹涌的景象。这部分主要写了舟行途中遇到极端恶劣的天气。第二部分为"中宵数起视"至"万里长风征"。这部分主要写了在恶劣天气中诗人的处境。在这种环境中，诗人的内心充满了担忧与惊惧，辗转反侧，无法入眠，夜中数次起身探视，呼唤舟子。迷迷糊糊之中天已经欲曙。诗歌最后使用南朝刘宋时宗悫的典故，卒章显志。宗悫字元干，南阳涅阳人。《宋书·宗悫传》载："悫年少时，炳问其志，悫曰：'愿乘长风破万里浪'。"① 即便经历了狂风暴雨，沈家本依然有勇气迎接未来的旅途。在交溪被风雨所阻后，"科头箕踞遍萧散，笑数来船尽挂帆"②。《上滩行》："山川有险阻，何分楚与蜀。千古仰壮怀，王尊信吾属。"③ 尽管旅途中的风景有时是惊涛骇

---

① 沈约撰：《宋书》卷七十六《宗悫传》，中华书局1974年版，第1971页。

② 《玉骨冰心冷不摧》，第52页。

③ 《玉骨冰心冷不摧》，第53页。

浪，有时是电闪雷鸣，但沈家本在艰难险阻中总能看到晴天，看到希望。

美国人文地理学家段义孚提出"恋地情结"，所谓"恋地情结"是指："广泛且有效地定义人类对物质环境的所有情感纽带。……人对环境……更为持久和难以表达的情感则是对某个地方的依恋，因为那个地方是他的家园和记忆储藏之地，也是生计的来源。"① 在行旅的过程中，沈家本表现出了对于故乡的明显的眷恋之情。乡园思恋贯穿于离乡之后的一生，如"客中略说乡关事，六月苕溪胜若邪"②，又如"方期返故园，乃为万里客"③，再如"仿佛故乡风物好，此身浑在画中归"④ 等诗句所言。同治元年（1862），太平天国在浙江作战，沈家本滞留长沙无法回乡。作有《客梦》一诗表述其思乡的情愫，诗曰："迢迢羁旅身，郁郁还乡思。莫道隔江湖，梦中时一至。"⑤

---

① ［美］段义孚：《恋地情结：环境感知、态度和价值观研究》，志丞，刘苏译，商务印书馆2019年版，第140页。
② 《玉骨冰心冷不摧》，第143页。
③ 《玉骨冰心冷不摧》，第35页。
④ 《玉骨冰心冷不摧》，第160页。
⑤ 《玉骨冰心冷不摧》，第71页。

光绪二十五年（1899），沈家本被举荐进京觐见，旅途风霜劳累，返回保定任所后大病一场。在病榻上，沈家本回顾自己 60 年的人生，思乡之情油然而生，作《病中乡思颇切，率成七言十绝句，寄示云抱》组诗，诗曰：

病肺尝吟工部句，养身未熟长桑书。
官斋拥被难成梦，却忆青山有敝庐。

夕阳影上驿西桥，如许风光拍手招。
春水鳞鳞山矗矗，还从惨绿数芳韶。

楼上看山寒扑面，双苕溪上是吾家。
芒鞋重踏溪山路，第一先尝紫笋茶。

关心妙喜山中竹，莫笑清贫太守馋。
可是无田归亦得，为他苦笋脱朝衫。

老桂先公亲手植，欣欣生意早秋天。
木犀香至曾闻否，好与同参五味禅。

静里听松见道心，小轩还是读书林。
旧围解带谁量得，历尽冬春雨雪侵。

笼鹅巧仿龙皮扇，抟蟹轻摇鸭嘴船。

携得芝畦残帙在，好将土物续遗编。

牢落人生五百年，摩挲铜狄意凄然。

灯前苦忆东坡句，风雨匡床久独眠。

手泽书存盥露披，礼堂审定复何时。

阿咸念汝多辛苦，黄卷青灯夜课迟。

午枕暂抛书帙乱，丁帘不卷药炉香。

欲知乡思今多少，梦绕龙山闸水旁。①

当身体被病痛折磨时往往也是一个人心灵最脆弱的时候，对于游子而言，这个时候记忆中的故乡常常会成为心中最温柔的安慰。明代诗人顾贯初即有《病中思乡》一诗。沈家本又值暮年，故乡对他而言是人生漫漫旅途中精神上的港湾，向故乡的回归意指心灵的短暂休憩。诗歌从"官斋"与"敝庐"的对比中写起。"官斋"虽气派，毕竟是客居；"敝庐"虽简陋，却让人充满归属感。接着以季节为序，回忆了家

---

① 《玉骨冰心冷不摧》，第196—198页。

乡四季之景。在料峭的春风中重踏溪山之路，为了品尝春天第一拨紫笋茶。紫笋茶产于湖州长兴顾渚山，唐代至明初被列为贡茶，其制作工艺精湛，茶芽细嫩，色泽带紫，其形如笋。唐陆羽《茶经》称："阳崖阴林：紫者上，绿者次；笋者上，牙者次"①。寻茶之地为妙喜山，又名杼山，因夏朝时夏王杼巡狩此处而得名。因山上有梁时的妙喜寺，亦名妙喜山。唐代著名诗僧皎然做妙喜寺住持时，曾邀茶圣陆羽长居妙喜寺，共同品茶研茶，《茶经》诞生于此。在组诗之四最后沈家本调侃道"为他苦笋脱朝衫"，不正像张季鹰之"莼鲈之思"吗？到了秋天，庭中先父手植桂树欣欣向荣，而芳香四溢的弥漫又能引人进入参禅的境界。冬天万籁俱寂，唯见青松坚挺，诗中"旧围解带谁量得"之句化用陆游诗句，不过沈家本"谁量得"的反问更将光阴的残酷表现出来。其七写家乡的文献；其八、其九、其十感叹时光飞逝。60 年转眼之间，自己一生的事业专注于中国的律法，青灯黄卷，着实辛苦。暂时抛开眼前卷帙浩繁的文献，故乡是那

---

① 陆羽著，刘艳春编著：《茶经》，江苏凤凰文艺出版社 2016年版，第 11—12 页。

一抹最温柔的回忆。

三、家国情怀

沈家本生于清道光二十年（1840），卒于民国二年（1913），其人生与晚清中国相始终。在晚清之前清朝的封建统治已腐朽衰落，国内阶级矛盾、民族矛盾激化，危机重重，而自鸦片战争打开了中国的国门，列强蜂拥而至，与侵略者的矛盾一跃而成为中华民族最主要的矛盾。接连不断的战争，清政府的持续战败，带来的是一份份割地赔款的屈辱条约。沈家本的一生就见证了中华民族的坎坷历程，他痛心疾首却也无可奈何。1913 年，在沈家本人生的最后阶段，他写下"可怜破碎旧山河，对此茫茫百感多。……处仲壮心还未已，铁如意击唾壶歌"。①

第二次鸦片战争发生在沈家本的青年时期。咸丰十年（1860），战争进入了炽热化的阶段，英法联军直逼北京城。八月二十一，大沽失陷。侵略军长驱直

---

① 《玉骨冰心冷不摧》，第304页。

入，二十四占领天津。九月十八，英法侵略军攻陷通州。二十一，清军与英法联军在八里桥展开激战，统帅僧格林沁等率先逃走，清军全军覆没。九月二十二咸丰帝等则以北狩为名离京逃往热河避暑山庄。十月十三联军从安定门攻入北京。十月十八，英法联军占领北京，抢劫焚毁圆明园。沈家本此时滞留在京城，曾于七月二十七及八月初九两次出都前往西山避难。在这次劫难中沈家本用诗歌记录了当时的景象，作有《七月二十七日出都道中口占》《八月初五日入都》《初九日复出都感赋三章》《度芦沟桥》《将入西山》《九月二十日复入都》等诗。逃离出都的诗歌充满了惊惧与悲戚，如："仓猝驱车去，逶迟古道斜。……宫阙连烽火，关山泣鼓笳。"①

出都时沈家本的感慨包含对时局的评论。第一次出都后不久英法联军包围通州，传来议和的消息，于是携家人回到京城，但议和之事未成，于是沈家本带领家人再次出都，作《初九日复出都感赋三章》一诗，充满了对时局的不满与抨击：

---

① 《玉骨冰心冷不摧》，第22页。

刚报平安火，星躔遇角张。
将才推卫霍，国是问汪黄。
幸陕思唐室，征辽感宋皇。
艰难膺重寄，宏济仗贤王。

竟卖卢龙塞，空闻血战鏖。
乘轩难使鹤，升木孰教猱。
密画中行策，虚持属国旄。
凤城天尺五，杂虏任游遨。

刁斗严军令，勤王尚有兵。
前茅孙叔将，细柳亚夫营。
感慨谁投笔，阽危欲请缨。
桃源何处是，山墅计行程。①

第一首，言刚刚接到平安的消息，哪知和议之事不顺。沈家本寄希望于国家，希望国家能有卫霍汪黄那样的良将良相，也希望能够像唐宋那样度过危机，更是希望留守的恭亲王奕䜣能担起国家的大任，不负重托。第二首，写议和之事已成，割地赔款的条约让

① 《玉骨冰心冷不摧》，第23页。

战士的鲜血白白流淌，沈家本抨击腐朽的朝廷中昏庸无能之人尸位素餐，误国殃民。第三首，赞扬军纪严明的勤王军队，颈联仍是寄希望于出现力挽狂澜的良将，然而国事败坏，谁人能够投笔请缨呢？想到此处，作者也不想面对如此纷乱的时事，而想去桃花源隐居了。

第一次出都归来，似乎有和平的希望，沈家本的心情都趋于平复，有愉悦之情，言："且喜帆无恙，还疑鼓乍鸣。梦魂今夜定，安稳板舆迎。"[①] 咸丰十年（1860）10月24日，《北京条约》签订，英法联军撤退，第二次鸦片战争结束。清政府为此次和平付出了巨大的代价，"血沉沧海苌魂碧，烟锁阿房楚炬红。岁币但增三十万，乃知寇准是孤忠"[②]。沈家本入都后描绘眼前所见之景："六街景物叹萧条，画角悲鸣暮复朝。数点城乌啼月冷，千群胡马向风骄。"[③] 感叹昔日繁华的城市由于战乱而如此萧条，画角悲鸣朝朝暮暮，数点城乌在清冷的月色中哀啼，与此形成对比的

---

① 《玉骨冰心冷不摧》，第22页。
② 《玉骨冰心冷不摧》，第28页。
③ 《玉骨冰心冷不摧》，第28页。

是千群胡马向风而骄。

太平天国之乱发生在咸丰元年（1851）到同治三年（1864），持续 15 年之久，蔓延至 17 个省份，造成两千万人丧失生命。沈家本诗歌中最早涉及太平天国之乱的诗是《整装南归，袁江沦陷，道阻不果行》，此诗作于咸丰十年（1860）年。是年，沈丙莹在贵州安顺任所，沈家本准备南归家乡，然而此时太平军与清军正在江浙一带作战，交通受阻，最终无法成行，诗曰：

> 零雪涂方戒，迟徊百虑覃。
> 暮云栖屋角，春雨梦江南。
> 程滞依依燕，门留劫劫骖。
> 清淮烽火恶，消息畏频探。①

初春的北方依然寒冷，江南烽火连天，道路阻断，燕子与骖骈亦被战争所阻，滞留北方，更不用说人了，只能在春雨的伴随中魂牵梦绕江南。而《悲武林》一诗是沈家本想象江浙的战况而作：

---

① 《玉骨冰心冷不摧》，第 11 页。

角声促，吴山足。鼓声哀，西湖曲。

鼓角动天地，湖山亦遭辱。

旌旗不飞扬，落日亭台黄。

昔日销金锅，今日瓦砾场。

苏公堤上唤春鸟，城西日日泣枯草。①

吴山之下，西湖边上，鼓角哀鸣。昔日销金锅之所，经历战争劫火，湖山遭辱，如今变为瓦砾场。苏堤上曾经婉转啼叫的春鸟，而今日日面对着枯草悲泣。在战争的蹂躏之下，往日风光秀美的江南佳地变为废墟一片。同治元年（1862），沈家本从贵州铜仁出发准备返回浙江，因战事流寓长沙，作有《客有自贼中归而就婚者却寄三十韵》，长诗写其所闻江浙一带的战况，诗曰："岂图春旆驻，恰值夕烽连。太息瓶都罄，凄凉瓦不全。……鼙鼓三江急，尘氛两浙延。乡关归瓦砾，骨肉泣刀铤。桑梓情徒切，萍蓬迹自怜。"②

另外，沈家本诗歌中还有反映彼时现实的，如《笃树》："乱后遗黎仅有存，编茅临水聚前村。街头

---

① 《玉骨冰心冷不摧》，第 12 页。

② 《玉骨冰心冷不摧》，第 78—79 页。

日日高车驻，短短墙开小小门。"[1] 写被焚掠之后乡村重新建设的过程。也有写西南暴乱的诗歌，如《过浦市纪事三章》；反映甲午战争者如《有感六首》；反映戊戌变法者如《六月初九日书事》《书事》；写庚子事变者如《咏史三首》；亦有写伊藤博文被刺之事者如《九月十三日，日本伊藤博文被刺于哈尔滨，感赋四绝句》，等等。总之，沈家本的生命历程与晚清社会相始终，而其诗歌亦是晚清社会的实录。

沈家本精通法律之学，同时他又是一位才学卓著的诗人，留下几百首诗歌。他用诗笔努力建构时代所需要的典范人格，以情感深厚的笔调书写"风景"，以慷慨的"史笔"记录晚清的重大时事，在晚清诗史上占有一席之地。他的《枕碧楼偶存稿》是其人性情的反映，亦体现着法学家的精神与风范。

---

[1] 《玉骨冰心冷不摧》，第45页。

思乡之外

——论沈家本诗歌中的
京城书写与家国情怀

李泊汀*

前人论及沈诗，常会从中注意到沈家本对于故乡湖州的深厚感情。但是，在他 73 年的生命历程中，其实有 55 年是居住在北京的，对于这个"第二故乡"，沈家本又抱有怎样的感情呢？这个问题似乎尚未引起研究者的重视。笔者近日研读《玉骨冰心冷不摧——沈家本诗集》，发现其中题目直接提到"京""都"或描写京城景象的诗作，至少有 41 题 134 首，这在沈家本全部 600 余首诗作中占据了相当可观的比

例。本文拟由此出发，对沈诗中以京城为书写对象的
作品加以归纳、整理，分析其中的典型意象、探讨其
对于京城的情感与"思乡"之间的关系，并尝试说明
这些诗作对于理解沈家本思想变化的意义。

一、以京城为书写对象的诗作

《沈家本诗集》中描写沈家本进出京城、在京生
活或所见代表性景物的诗作，至少有以下 41 题
134 首：①

《枕碧楼偶存稿》卷七（1859 年至 1861 年）

1.《稻粉为饵、杂味作馅。湖俗以形似呼为圆
子。方言饵，或谓之饧，王氏〈广雅疏证〉云："饧
之言圜也，今人通呼饵之圜者为饧。"其说是也。俗
亦呼团子。〈开元天宝遗事〉："宫中每到端阳节，造
粉团角黍贮于金盘中，以小角造弓子，纤妙可爱，架
箭射盘中粉团，中者得食。"其字正作团，白香山有

---

① 如无特殊说明，本文对沈诗的统计、引用及各卷起止年，
全部参见（清）沈家本：《玉骨冰心冷不摧——沈家本诗集》，沈厚
铎等编，浙江文艺出版社 2020 年版。

〈寒食过枣糊店〉诗，其字则作糊。都下家人偶试为之，风味不减故乡也》（以下简称《稻粉为饵》诗）

2.《七月二十七日出都，道中口占》

3.《八月初五日入都》

4.《初九日复出都，感赋三章》（3首）

5.《度芦沟桥》

6.《将入西山》

7.《西山杂诗》（2首）

8.《九月二十日复入都》（2首）

9.《三月二十六日出都，大风，重度芦沟桥》

《枕碧楼偶存稿》卷八（1862年至1869年）

10.《六月十九日出都宿通州》

11.《秋仲移居大安南营》

《枕碧楼偶存稿》卷九（1871年至1893年）

12.《六月二十四日，同人招游十刹海，午饮庆和堂，即席口占二律》（2首）

13.《李慕皋招饮于净业湖，香远益清。小榭即席书怀，兼呈徐乃秋、何松僧》

14.《松僧以二闸观荷诗出示，忆丁卯九夏与客放舟闸下，不觉二十年矣。流光已去，归梦难成，慨

赋长句即用原韵》

15.《九日同人集饮江亭，乃秋赋诗纪游，谨依原唱，倒用前韵》（3首）

16.《香冢在江亭东北隅，有碑。碑阴题碧血词，词极哀。无姓氏年月，其侧有婴武冢，小碣为记。读碣上文，言婴武粤产也，九日与松僧访，得之。松僧各系以诗，依用其韵》

17.《婴武冢》

18.《六月九日，同鲍敦夫、陈书玉二太史邀李越缦农部游南河泡，宿雨不果，移席江亭》

19.《十七日南河泡观荷》

20.《九日阎梦九招饮江亭》

21.《去秋游江亭，松僧赋〈香冢〉〈婴武冢〉二诗，余步其韵，后遇李越缦，言尝问之守冢老妪，香冢乃张笙陔侍御盛藻之妾、婴武同时所瘗也。今秋复游江亭，瞀目老僧言，二冢实侍御所作，香冢埋残花，婴武冢则侍御〈南台疏稿〉。花神庙，亦侍御所建，隶江亭，故言之能详，复赋二绝句》（2首）

22.《腊八日京察过堂，计自甲子到部，八过堂矣，口占二律，呈乃秋曹长》（2首）

23.《叠前韵答乃秋少鼎》

24.《将赴叙雪堂，在奉天司与乃秋话司中事，率成二绝句》（2 首）

25.《薛云阶少司寇随扈东陵，派充随员，闰二月十四日出都，二十三日还都，途中口占十绝句》（10 首）

26.《重游南河泡》（8 首）

27.《王虎文、冯悦轩招游北河泡观荷，雨甚，不果往。午饮于天宁寺塔射山房（七月七日），方坤吾首唱，索和，即步其韵》（4 首）

28.《出守津郡留别同人》

《枕碧楼偶存稿》卷十（1894 年至 1900 年花朝）

29.《重到京师》

30.《花朝度芦沟桥》

《枕碧楼偶存稿》卷十一（1900 年七月至 1901 年①）

31.《十月初十日到京杂诗》（10 首）

32.《入直口占》

---

① 此卷诗作系年在是指《玉骨冰心冷不摧——沈家本诗集》的基础上，结合《沈家本年谱长编》定于 1900 年和 1901 年，见李贵连：《沈家本年谱长编》，山东人民出版社 2010 年版，第 80—100 页。

《枕碧楼偶存稿》卷十二（1903 年至 1913 年）

33. 《晓过柳浪庄》

34. 《重游天宁寺》

35. 《九月游农事试验场绝句二十首》（20 首）

36. 《复题四绝句》（4 首）

37. 《三月二十九日崇教寺看牡丹四绝句》（4 首）

38. 《又题》①

39. 《七月初三日重游南河泡八绝句》（8 首）

40. 《六月二十八日南河泡小饮》

41. 《小园诗二十四首》（24 首）

综合《玉骨冰心冷不推——沈家本诗集》《沈家本年谱长编》《沈家本评传》《法制冰人——沈家本传》等资料可知，沈氏主要在京居住的时间可分为四段，即：从 1845 年（5 岁）到 1861 年三月（21 岁）、从 1864 年十月（24 岁）到 1870 年十月（30 岁）、从 1872 年②（32 岁）到 1893 年八月（53 岁）、从 1901

---

① 此诗亦作于崇教寺。

② 1870 年十月沈丙莹去世，沈家本回乡治丧并游历福州、杭州等地，同治十二年（1872）返回京师。参见李贵连：《沈家本评传》，南京大学出版社 2005 年版，第 38—41 页。

年十月（61 岁）到 1913 年五月（73 岁），总计约
55 年。

从地点上，他的都城诗作既有"道中"诗，即在
入、出都城的过程中的作品，主要经过卢沟桥、西山
等处；又有京中生活所记，其中涉及较多的有南河
泡、江亭、什刹海等处，他还和友人一起去过二闸
（即东便门东庆丰闸）、北河泡、天宁寺等，晚年对柳
浪庄、农事试验场、崇教寺和自家宅院也有诗作。

综上，京城是沈家本生活、工作时间最长的地
方，也是他的第二故乡。从他关于都城的 41 题 134
首诗作中，我们可以比较完整地了解他在京生活的感
受和随着时间推移而在情感上产生的变化，由此可以
对沈诗的思想内容有更全面的体认。

二、京城诗作中的三种典型印象

沈家本关于京城的诗作重复表现了三种典型印
象，风云缁尘、宫苑衙署和同人胜游，这些意象集中
地展现出他眼中的京师图景。

1. 风云缁尘

先说"风"和"尘"，相信只要是去过湖州和北京两地的人，都不难理解，多沙尘、多大风，是北京及周边区域相对于江南水乡而言在自然环境上最大的特点。对于沈家本而言，在晚清的内忧外患中，又更添加了几分战火燃烧、神州板荡下风云变幻的感觉。下面我们看三首他作于 1860 年和 1861 年的诗作：

七月二十七日出都，道中口占①

仓猝驱车去，逶迟古道斜。

西风枯碧草，白日走黄沙。

宫阙连烽火，关山泣鼓笳。

木兰秋狝地，回首阵云遮。

（自注：时有行幸木兰之信）

度芦沟桥②

车声低和水声凉，策马荒城晓色苍。

云乱涌成千里白，风狂吼起一天黄。

---

① 《玉骨冰心冷不摧》，第 22 页。

② 《玉骨冰心冷不摧》，第 24 页。

沙程确荦石多子，野径模糊林有光。

太息连营依古道，桥头不敢苦旁皇。

三月二十六日出都，大风，重度芦沟桥①

漫云男子志桑蓬，又理晨装驿路中。

风色不分天上下，河声难辨浦西东。

摧蹄石卵雷鸣转，扑面沙痕雨点同。

回首去年鸿爪印，桥头太息恨无穷。

第一首作于 1860 年七月。由于英法联军侵略，咸丰皇帝出逃的消息传出，沈家本暂时出都、前往西山避难。诗中出现了"西风""黄沙""阵云"等自然景象，衬托出他在感受到帝国衰落时的失望和不安。

第二首作于 1860 年八月。八月初八，咸丰皇帝终于出逃热河，沈家本本以为议和成功已经回京，此时只好再次前往西山柿子园避难。在途中他感到"云乱涌成千里白，风狂吼起一天黄"，一方面随着季节变化、秋风渐起，但同时云的乱、风的狂，也写出了

---

① 《玉骨冰心冷不摧》，第30页。

他"太息"的无奈和"彷徨"的迷茫。

第三首作于 1861 年三月。此年正月、二月、三月，沈家本多次接到沈丙莹信函令他前往铜仁团聚，沈家本终于三月二十六动身。正是北京沙尘暴多发的暮春时节，这天的风沙遮天蔽日，较前年秋尤甚，沈家本以"摧蹄石卵雷鸣转，扑面沙痕雨点同"生动地记下了这一场景。与天气同样恶化的还有他的心境，此时从前一年的不安、无奈、迷茫，已经发展为了一种对国家不幸的愤"恨"。

可以看到，在这半年间所作的三首诗中，沈家本在出京的过程中，重复写到了"风"和"尘"，而随着时局的恶化，他笔下的气候也随着心情变得越发恶劣了起来。

同时，对于沈家本这样深谙中国文学传统的士人而言，京尘还有特殊的文化含义。毕竟陆机就曾说过"京洛多风尘，素衣化为缁"，此后历朝历代，京城不断地与尘土发生联系，诗人创造出了"京洛尘""京尘""缁尘"等词汇。这种"尘土"，实际上不一定是写实，而更多的是象征着在王朝权力中心奔忙的紧张感，比如下面这两首诗作。

六月十九日出都宿通州①

冒暑轻装发，缁尘逐马蹄。

南薰桥下路，斜日白河西。

　　此诗作于 1865 年，此前一年沈家本经历了在贵州、湖南、上海、烟台等地漫长的游历回到北京，正式进入刑部任职。1865 年适逢浙江补行辛酉科乡试，沈家本匆忙出都赴试。诗中的"缁尘"形容自己在离开北京时风尘仆仆、追求功名的样子，是一种自嘲式的表达。

十月初十日到京杂诗（其一）②

磨驴故步迹都陈，满眼偏教百态新。

羸马今朝行得得，又随人踏软红尘。

　　这组诗作于 1901 年十月初十，当时沈家本在外放天津、保定，并经历了八国联军所引发的一系列动荡后，时隔 8 年，再次以刑部右侍郎的身份回到北

----

① 《玉骨冰心冷不摧》，第 103 页。
② 《玉骨冰心冷不摧》，第 263 页。

京。组诗集中表现了他劫后余生的感觉，并总结了他对京城的印象。在组诗第一首中，年过六旬的沈家本以"羸马"自比，并用"软红尘"①描述都市繁华，表现出在仕宦中虽劳倦却又享受的心情。显然，这时他已经适应了京师的气候和生活，与早年对风尘的强烈印象不同。

总之，"风"和"尘"象征了一种紧张与机遇并存、劳倦与成就同在的复杂感受，这是沈家本对京城的第一印象。

2. 宫苑衙署

以宫苑和六部等衙署为代表的中央行政机构，是北京城区别于其他地方的最大特色。作为出身官宦人家，并长期在刑部任职的沈家本，这些地方自然成为他关注的对象，并寄寓着他对国家兴衰的感受。下面几首诗作对此有较为集中的体现。

---

① "软红尘"化用自苏轼诗，是沈丙莹和沈家本诗中描述京城生活时常用的概念，参见侯金满：《"诗是吾家事"——沈家本的诗学渊源与新变》。

初九日复出都，感赋三章（其二）①

竟卖卢龙塞，空闻血战鏖。

乘轩难使鹤，升木孰教猱。

密画中行策，虚持属国旄。

凤城天尺五，杂虏任游遨。

此诗与前引《度芦沟桥》诗同作于 1860 年八月
初九。此时僧格林沁败于英法联军，咸丰帝自圆明园
北走热河，沈家本只得再次出城前往西山避难。在诗
中沈家本感叹了军事上的失利、官员的无能和软弱，
致使"凤城天尺五"——皇城所在、贵胄居住的北京
城失陷，变成了外国军队为非作歹的地方。

九月二十日复入都②

侧闻高会宴南宫，宾主雍容礼数崇。

万国语言通译象，三军面目化沙虫。

血沉沧海苌魂碧，烟锁阿房楚炬红。

岁币但增三十万，乃知寇准是孤忠。

---

① 《玉骨冰心冷不摧》，第 23 页。

② 《玉骨冰心冷不摧》，第 28 页。

六街景物叹萧条，画角悲鸣暮复朝。

数点城乌啼月冷，千群胡马向风骄。

羽书直北关山远，飞舰征东壁垒遥。

宇内兵戈今未息，暂栖人海挂诗瓢。

到 1860 年九月十五，咸丰帝批准了《北京条约》，侵略军终于退出北京，而沈家本也于九月二十回到城中。此时，他以两首写战后京城的诗作表达了自己对国家疲弱的沉痛心情，第一首诗中议和官员的"宴南宫"与阿房宫的"楚炬红"形成鲜明对比，揭示了在圆明园被纵火焚毁后还要赔款签订不平等条约的惨痛事实；第二首诗则以"六街景物"写自己见到敌军退出后北京城的萧条景象，同时也发出了对国家内忧外患、身世浮沉感叹。

十月初十日到京杂诗（其二）[①]

争道辽东丁令威，归来城郭未全非。

铜驼今又摩挲遍，覆盎门前卧夕晖。

这是沈家本 1901 年到京杂诗的第二首，时隔 40

---

① 《玉骨冰心冷不摧》，第 263 页。

年后，北京城再次被敌军攻破。诗中沈家本表达了对城郭无恙的庆幸，又以铜驼指代宫廷和衙署景物，隐约透露出对帝国余晖的感慨。

晓过柳浪庄①

稻畦一路接荷塘，破晓来过柳浪庄。

万柄红擎花影重，千条绿泻水声凉。

云栖高树蝉鸣远，风送平桥马足忙。

刚是曈昽朝日上，参差楼阁照山光。

此诗作于 1904 年。当年四月初一，筹备了近两年的修订法律馆终于开馆，沈家本等人开始紧锣密鼓地翻译各国法律，至一年后"已可得其大略"，同时也着手进行《大清律例》的删改工作。② 这首诗中的"柳浪庄"，是紧邻颐和园的一处地名，诗中沈家本在陶醉于优美自然景色的同时，迎着朝晖见到了颐和园的楼阁山色，充满对于王朝改革、焕发新生的希望。

---

① 《玉骨冰心冷不摧》，第 267 页。

② 参见李贵连：《沈家本年谱长编》，山东人民出版社 2010 年版，第 108 页。

九月游农事试验场，绝句二十首（其一）①

秦时宫室写诸侯，六国规模一例收。

新起华林营别殿，流丹凿翠胜西欧。

根据在诗集中的排序，这组诗应作于 1908 年九月。农事试验场由 1906 年新成立的农工商部筹款在西直门外设立，包括今北京动物园及以西的一些区域，其中除了动物园、博览园外，还分 10 个区域进行各种农作物及渔业、畜牧业、园艺试验。沈家本作为清末新政的参与者，在游览农事试验场后作诗 20 首，对其功能、景致及园中动物、植物、农产等做了较全面的记述。上引第一首为总论，他以魏晋六朝时期的著名宫苑"华林园"作为对农事试验场造园成就的赞美，甚至认为其"胜西欧"。可见，晚年沈家本对于京中宫苑持较正面的观感。

总之，京城的宫苑衙署是帝国兴衰的直接反映，沈家本通过对此的书写，表现出他与国家休戚与共的情怀。

---

① 《玉骨冰心冷不摧》，第 277 页。

3. 同人胜游

京城作为士人云集之地，自然少不了各种交游活动。尤其在清中后期，沈家本自幼居住生活的宣南地区，文学活动频繁。① 到1883年四月，沈家本得中进士之后，在专心法律之学的同时，更多地参加同僚间的聚会活动，游览京内名胜，在诗酒流连间畅叙幽情、声气以求。同人胜游成为他京城书写的另一重要组成部分。

六月二十四日，同人招游十刹海，
午饮庆和堂，即席口占二律②

是日宾主皆同司，徐乃秋、何怅僧、
潘安涛、邵竹村皆有和作。

<u>新秋先到最高台</u>，退食同驱薄笨来。
（自注：是月十七立秋）

古岸柳疏偏有态，曲廊花净总无埃。

---

① 有关清中后期宣南的士人交游情况，参见魏泉：《士林交游与风气变迁——19世纪宣南的文人群体研究》，北京大学出版社2008年版。

② 《玉骨冰心冷不摧》，第139页。

城边山色浓于黛，槛外湖光重若醅。

促膝休谈军国事，当筵且劝掌中杯。

凉阴霭霭覆横塘，十亩花香接稻香。

绮序恰逢初度好，静观自有不言芳。

呫叽共楫良非偶，漫说应官尔许忙。

扑去软红尘几斗，胜游占得水云乡。

这两首诗作于 1884 年六月，沈家本与刑部同人在下班后来到什刹海游览，并在白米斜街庆和堂饮酒赋诗。疏柳、曲廊、湖光、山色，尽收眼底。而且正值夏末秋初，荷香、稻香，可观可游，充满了闲情逸致。故沈家本说"扑去软红尘几斗"，将仕宦中的尘土洗去了几分。此时，清王朝经过洋务运动 20 年左右的发展，国力蒸蒸日上，而交游亦表现出了相对轻松的心情。

九日同人集饮江亭，乃秋赋诗纪游，谨依原唱倒用前韵（三首其二）①

馆临初地胜阳迁，象外探幽集众贤。

---

① 《玉骨冰心冷不摧》，第 144 页。

石壁寻诗人已古，金炉决谶语都仙。
（自注：壁间有石刻　　　（自注：亭东文昌阁有集唐贤诗签句，
　　船山诸故老诗）　　　　　梦九卜焉）

安排觞政招红友，商略碑文搨素笺。
（自注：亭后园内有金代石幢，亭东北有香冢、婴武冢二碣）

甲子细论同算亥，定烦小录作疑年。
（自注：同座十四人，酒半各说行年）

此诗作于 1886 年，沈家本与 14 位刑部同人一起，前往清代京师文人交游常去的江亭（即今陶然亭）。虽然仍是饮酒赋诗，但活动内容从欣赏自然风光，变成了寻访古迹。从诗中可见，他们欣赏了石壁上王夫之等人刻诗、在文昌阁问签，又拓写金代石幢，香冢、婴武冢碣文等，酒半各说行年，体现出同人间良好的关系。

腊八日京察过堂，计自甲子到部八过堂矣，
口占二律，呈乃秋曹长（其二）①

何自为郎滥备员，磨驴陈迹踏年年。
幸逢儒雅同曹选，喜诵清新好句传。
守拙分居灵运后，蜚声多愧照邻前。

---

① 《玉骨冰心冷不摧》，第 152 页。

于今西府寒蝉噤，鸣凤朝阳待上贤。

到 1887 年，沈家本在刑部任职已 24 个春秋，经过第 8 次京察，始终没有能够列于上等。诗中他以推磨老驴自喻，虽然不抱太大希望，但由于有志同道合的同人，所以还能保持着平和心境和对前途的期待。

出守津郡留别同人①

云亭抱牍点朝班，荏苒韶华已卅年。
交淡偏多同志乐，援疏幸遇长官贤。
谬登上考虚声负，滥叙劳资异数迁。
此日一麾津海去，何时重与话樽前。

此诗作于 1893 年，沈家本经过 10 次京察终于被列为上等，于八月十九奉旨补授直隶天津府知府。在这首送别同人的诗中，他以"同志乐""长官贤"概括了自己在刑部 30 年的工作体验，并期待着早日与同人重"话樽前"，表现出对京中友朋的不舍。

---

① 《玉骨冰心冷不摧》，第 168 页。

十月初十日到京杂诗·其四[①]

风流艳说聚都官，啜茗题诗感昔年。

太息应刘今已尽，白头畴与话灯前。

这是他 1901 年十首到京杂诗的第四首，时隔八年多，沈家本再次回归刑部任职，但旧日同人或已四散，或已白头，不禁生出物是人非之感。

三月二十九日崇教寺看牡丹四绝句（其四）[②]

庚戌

陈迹重寻廿一年，树阴深处启芳筵。

眼前不见同来客，惟有花光一样妍。

（自注：庚寅在此公宴，宾主十七人，今存者惟余一人）

这首诗作于 1910 年春夏之交，此时已经 70 岁的沈家本看到仍然美丽的牡丹，回忆起 1890 年在此宴会的场景，生出了怀念故人的今昔之慨。

总之，与同人一起巡游京中胜迹，是沈诗中反复书写的内容，这也成为他对京城的温馨回忆。

---

① 《玉骨冰心冷不摧》，第 263 页。

② 《玉骨冰心冷不摧》，第 284 页。诗题中的崇教寺疑为崇效寺之误，崇效寺牡丹为旧时京城著名花事之一。

总结而言，沈家本诗歌中对北京的书写，以风云缁尘、宫苑衙署和同人胜游最具代表性。从中可见，对于沈家本而言，北京一方面是自然条件恶劣、社会环境复杂的地方，另一方面也象征了帝国的荣光，寄托了他和众多士大夫共同的报国理想和生活情趣。在这些印象的交织演进中，他对京城的感情也与日俱增。

三、京城书写与思乡情感的融合

从上述对沈家本京城诗歌的分析也可以感受到，他对北京的情感有一个从负面到越来越正面的转变，最终他选择在京终老，表明他已经在某种程度上将北京视作故乡。本文认为，在京城书写中融入故乡情感可以作为理解沈家本京城诗作情感变化的一条主线，这又大致可以分为在京城思念故乡、在京城看到故乡和把京城作为故乡三个阶段。

先看第一阶段"**在京城思念故乡**"，约为1859年（19岁）到1885年（45岁）。

"稻粉为饵" 诗

……

吾家傍苕霅，冲龀乡井离。

碧鲈紫蟹外，风物常系思。[①]

……

客中试尝新，举室甘如饴。

抟炉共酪奴，臭味何差池。

此物安足贵，贵似家中时。

乡心正不远，乃逐南雁飞。[②]

这首作于 1859 年的长诗共 30 韵，当时沈家本在京的家人尝试制作了家乡湖州的特色食品"圆子"，沈家本虽然离家已久，仍因此被勾起了乡思。在诗中他追忆了自己从"冲龀"也就是孩提时代就离乡来京的经历，并在描述吃粉团的感受时说"抟炉共酪奴，臭味何差池"，北朝时把胡饼称作"抟炉"，把茶汤称作"酪奴"，沈家本在此暗中讥讽了喜欢吃面食、奶制品的北方食俗，认为青团与它们臭味差池，不可

---

① 《玉骨冰心冷不摧》，第 8 页。

② 《玉骨冰心冷不摧》，第 10 页。

相提并论。在展示文化优越感的同时，沈家本也以"乡心正不远，乃逐南雁飞"表达了对家乡的眷恋。

李慕皋招饮于净业湖，香远益清，

小榭即席书怀，兼呈徐乃秋、何怂僧（其三）[①]

于鳞声望重云楼，好客携尊结胜游。

大复诗名齐顾郑，伟长文笔迈曹刘。

论交幸得同官好，对景翻添故国愁。

最忆西风鲈正美，年年孤负碧湖秋。

此诗作于 1885 年八月初九，当时沈家本常与刑部同人游览京城名胜。这次他在游览净业湖（位于积水潭附近，今已不存）的过程中，虽有友人相伴，却无端引发了对秋天的哀愁。根据这组诗第二首中的自注"是日酒酣，历数叙雪堂诸君子，不胜今昔存亡之感"，可知在此次游历过程中沈家本想起了旧同事，因此诗中充斥着怀旧的情绪。这时，家乡碧湖的美景涌上心头，让他生出了还乡休养的念头。

第二阶段是**"在京城看到故乡"**，约为 1886 年

---

① 《玉骨冰心冷不摧》，第 142—143 页。

（46 岁）到 1892 年（52 岁）外放离京。此期间诗
作虽仍时有思乡之情，但多以京城景物与故乡相
印照。

怂僧以二闸观荷诗出示，忆丁卯九夏与客放舟闸下，不觉二十年矣。流光已去，归梦难成，慨赋长句即用原韵[①]

泥听笼铜鼓报衙，寻芳每惜日西斜。

多君逃暑香擎藕，记我追凉巧鬭瓜。

廿载似尘催逝景，万人如海惯浮家。

客中略说乡关事，六月苕溪胜若邪。

从诗题中提到的丁卯"不觉二十年"判断，这首
诗应作于 1886 年或 1887 年六月，诗作的主题为二闸
观荷，也就是在东便门外通惠河上的庆丰闸附近消暑
游玩。沈家本在此过程中，与人说起了家乡，不禁想
起苕溪六月时的景色。诗末的"胜若邪"说明，他认
为通惠河景色可以与故乡苕溪相比。

---

① 《玉骨冰心冷不摧》，第 143 页。

重游南河泡（其七）①
壬辰闰六月，张勤岩、鹿遂侪招饮

水田翻似学僧衣，雨后秧痕绿正肥。
仿佛故乡风物好，此身浑在画中归。

这首诗作于 1892 年六月，沈家本与友人同游南河泡并饮酒赋诗。南河泡为当时文人喜游之地，今已不存，其位置约相当于今西护城河外鱼藻池一带。当时正值夏季雨后，沈家本看到水田绿意融融，认为与江南水乡相似，故称"仿佛故乡风物好"，再次在京城看到了家乡景色。

王虎文、冯悦轩招游北河泡观荷，雨甚不果往，
午饮于天宁寺塔射山房七月七日，
方坤吾首唱，索和，即步其韵（其三）②

临觞动乡思，倦怀三径荒。
胡为苦形役，人海渐躯藏。
近惭流水逝，远愧飞云翔。
孤蝉苦已歇，归鸟方成行。

---

① 《玉骨冰心冷不摧》，第 160 页。
② 《玉骨冰心冷不摧》，第 161—162 页。

故园渺何处，江河广无梁。

登此清静境，洗我千结肠。

这首诗作于 1892 年七月，沈家本与友人在游览天宁寺后，又生起了思乡之情。但这与早年单纯的思念故乡已有不同，更多的是一种虚无感和无乡可归的失落，而与游览地的佛教氛围契合。

十七日南河泡观荷①

广渠门②西南二里许，有莲花塘，广可百余亩，俗呼南河泡，又曰宝泉，旧隶奉宸苑。近年有王雨亭者佃种之，莳荷种稻，筑宅数楹于其中，遂为都人士销夏游宴之所。《一统志》云："百泉溪在宛平县西南十里丽泽关，平地有泉十余穴，汇而成溪。"《京城古迹考》云："丰台在宛平县西，自柳村、俞村、乐吉桥一带有水田，桥东有园，其南有荷花池，墙外俱水田，种稻。至蒋家街，为故大学士王熙别业。其季家庙、张家路

---

① 《玉骨冰心冷不摧》，第148—149 页。
② 从方位来看，这里的"广渠门"应为"广安门"之误。

口、樊家村之西北，地亩半种花卉，半种瓜蔬。刘村西南为礼部官地，泉脉从水头庄来。"今此地未知即《古迹考》之荷花池否？其风景固仿佛也。

火云碑兀生奇峰，炎林赫赫歊雾封。
十丈黄埃卷地起，劳劳车马相追从。
看荷共说城西好，偶乘休沐遂幽讨。
出郭南行二三里，曲径萦纡循古道。
数橼占得陂中央，四面陂宽百亩强。
老榆高柳翠相抱，平堤回合清流长。
舞风裳兮牵水佩，万柄花开锦世界。
游鱼泼潵鸥意闲，荇丝菱线自萦带。
野航刚受人两三，随波转入花中探。
细籁不闻爽气发，波光演漾花光憨。
堤外水田将绿绕，清影鳞鳞镜开晓。
方塍似罫秧似针，仿佛江乡风物早。
主人言是郎邪王，卜居来此逾十霜。
此陂久隶奉宸苑，<u>年年还纳官租粮。</u>
（自注：每年输租银五十两）
有亭翼然出林表，飞甍揭嶕接飞鸟。
遗构建自乾隆初，逸事流传问故老。

我闻城南尺五天，风流盛会追昔年。

春秋佳日觞咏集，相公别业　将军园。
（自注：王文靖）（自注：祖氏）

乐吉桥东早荷放，樊刘俞柳村相望。

悠悠尘世几桑田，胜地低回转凄怆。

夕阳既西筵复开，陂光潋滟浮金杯。

花深点点鸟飞度，林静嘒嘒蝉鸣催。

人生难遇是幽赏，奚为局促在尘块。

簿领回回无了时，安得此中长偃仰。

这首长诗应作于 1887 年夏，沈家本又来到南河泡游览，他在诗自注中对南河泡的历史沿革做了简单考证，认为其可能与《京城古迹考》中的莲花池相关。此诗前八句记述了自己向南河泡出发、接着十六句描述了游览经过、又以十六句发出了怀古的幽思、最后八句表达了人生及时行乐的感悟。诗中将"仿佛江乡"的景色与京城史事结合，集中地体现出了沈家本此阶段在京城的心情。

第三阶段是"**以京城作为故乡**"，约为光绪二十七年（1901）十月沈家本回京到 1913 年其去世。

1892 年沈家本离京赴天津、保定任职，到 1899

年的《丁香花四绝句·其四》中说"闲思往事增惆怅，不到宣南又七年"①，首次表现出了思京之情。此年九月，他进京面圣，又有《重到京师》一首，云：

重到京师②

几日霜风速我行，西山爽气若相迎。

江湖更作鵃棱梦，尊酒重修主客盟。

燕觅故巢偏冷落，马寻熟路尚分明。

者回未听玲珑曲，畴与殷勤唱渭城。

　　此时，霜风依旧，尘土却已化作迎客的爽气，旧日的宫苑衙署③、同人胜游，皆成为沈家本怀念的对象，所以他以"燕觅故巢""马寻熟路"自比，足见其对京师的归属感。固然，沈家本在此后仍有集中表达对湖州思念的《病中乡思颇切，率成七言十绝句，寄示云抱》等诗作，但是与此同时，京师在他心目中的分量亦与日俱增。

---

① 《玉骨冰心冷不摧》，第 194 页。

② 《玉骨冰心冷不摧》，第 195 页。

③ 鵃棱，即殿堂高处，代指官阙。

十月初十日到京杂诗（其十）[①]

幼随慈母见恒河，转眼年华六十过。

回首昔时游钓地，故人零落已无多。

在经历了 1900 年被法军拘禁，又辗转西安回京的惨痛经历，沈家本终于在第二年十月回到北京，他以十首诗抒发了对京城的感受。在这首作为总结的诗中，他追述了自己幼年随母来京见到护城河的场景，感慨自己在这里度过的大半人生，不禁生出怀旧之情。由 1901 年开始，《沈家本诗集》中就几乎没有再出现怀念故乡的情绪，而更多地表现出在京生活的安适。

九月游农事试验场绝句二十首（其二十）[②]

暂抛簪组强登高，老去寻秋步不劳。

佳节莫教闲过却，右倾芳酝左持螯。

在这首作于 1908 年的农历九月，适逢重阳佳节，本应是思乡时候。沈家本却饮酒食蟹，颇有乐不思蜀之感。

---

① 《玉骨冰心冷不摧》，第 264 页。
② 《玉骨冰心冷不摧》，第 280 页。

而到清民交替的 1912 年，他又以一组 24 首的《小园诗》，表明了自己愿以京城为终焉之地的心曲。

小园诗二十四首

其一①

小园亹诵兰成赋，吾爱吾庐拓数弓。

但得眼前生意满，不须万紫与千红。

其二十二②

何来榆柳两三行，众草闲花亦自芳。

说比庚家园更小，尽多空气吸青苍。

其二十三③

名都赫赫走英豪，病骨支离不耐劳。

独许闭门观物变，高吟坡句首频搔。

其二十四④

与世无争许自由，蜗居安稳阅春秋。

---

① 《玉骨冰心冷不摧》，第 298 页。
② 《玉骨冰心冷不摧》，第 302 页。
③ 《玉骨冰心冷不摧》，第 302 页。
④ 《玉骨冰心冷不摧》，第 302 页。

小楼藏得书千卷，闲里光阴相对酬。

诗中小园，即他 1903 年购置的枕碧楼院落。院子虽小，沈家本却"吾爱吾庐"，精心加以营建，组诗中即介绍了他在此种植的植物 20 种。而在二十二、二十三、二十四这三首带有总结性质的诗作中，他把这里比作庾信的小园，是他逃离纷繁政事的一方净土。任外界风云变幻，他已完成了自己的使命，在此闭门养病，安享晚年，养花弄草，读书吟诗，安闲地度过了人生最后的光阴。

从上述沈家本京城书写中的情感变化可以看出，他从最开始对京城的不适应，到 1886 年以后越来越多地将京城景物与故乡建立联系，再到 1901 年以后基本不再表达思乡感情，而确定以京城为生命的归宿。原本承载着安全感和归属感的思乡情绪，随着时间的推移和心境的变化，已逐渐融入了他的京城书写之中。或许，此心安处，"吾庐"即是故乡。

京城是沈家本的第二故乡，这里寄托着他的报国理想，是他诗歌书写的重要对象。随着时间的推移，在沈家本京城诗歌中，风云缁尘、宫苑衙署和同人胜游三种典型印象，整体上越来越偏于正面，从中可见其适应京城生活的过程；而与此同时，他超越了固有的思乡情绪，也更多地将归属感融入了京城书写之中，足见其对京城的情感认同。

在亲历第二次鸦片战争、洋务运动、庚子事变、辛亥革命等大事件的过程中，沈家本始终积极投身于对社会进步和国家发展的追求。从他诗歌的京城书写中，可以清楚地感受到这位传统士人，在时代大变局中的浮沉与摸索。最终，在深沉的家国情怀的感召下，面对变革中的中国，他选择扬弃了旧日的乡土情结和王朝意识。在京城，沈家本完成了对生命的升华。

沈家本的四种乡愁

刘洋[*]

沈家本先生出生于浙江湖州，5岁时便随父前往北京。此后，除了同治四年（1865）回乡应举、同治九年（1870）至十一年（1872）为父母守丧之外，沈家本先生基本都是在北京、贵州等地客居。

尽管在湖州居住的时间不长，但故乡的风土人情在沈家本先生的成长历程中留下了深深的烙印。咸丰九年（1859），沈先生在北京吃到了湖州的"圆子"（也称团子），故乡的风味唤起了他童年的记忆，他由此作了《稻粉为饵》[①]一诗，抒发其"乡心正不远，乃逐南雁飞"的乡愁——这一年沈先生19岁，《稻粉

---

* 刘洋，中国政法大学人文学院讲师。
① 《玉骨冰心冷不摧》，第9—10页。

为饵》也是今存沈先生最早的诗作之一。

今天我们阅读沈先生的诗歌，会发现对故乡的思念在他的创作中贯穿始终。而随着个人处境、生活环境、政治局势的变化，沈先生诗歌中的"乡愁"代表着不同的意义。本文结合沈家本先生的诗作与日记，探讨他笔下的四种"乡愁"，并尝试围绕着这些乡愁，还原沈家本先生一生的际遇。

一、羁旅中的乡愁

沈家本先生的第一种乡愁，是"羁旅中的乡愁"。与这种乡愁相关的诗歌，大概集中创作在沈家本先生咸丰十一年（1861）离开北京，至同治三年（1864）回到北京之间。

实际上，早在 1859 年前后，沈家本先生和家人即已有回到湖州的打算，但因为太平天国运动爆发，浙江地区局势十分混乱，一家人无奈只能在 1861 年离开北京，去贵州投奔沈先生的父亲沈丙莹。此后，由于沈丙莹仕途不顺，沈家本先生离开贵州，辗转到长沙，之后又回到贵州，最终于 1864 年回到北京。

这四年间，沈家本不停地到处奔波，却始终未能如期返回故乡。在他的诗作中，频频出现与故乡、乡愁相关的章句。

例如，1861 年沈家本先生南下经过河北的滹沱河时，连日天气不好，人马也异常疲惫，沈先生写了《阴雨度滹沱河》，书写旅途中的苦恼。这首诗的末二句为"疲骡嘶荒蹊，飞鸟投古驿。方期返故园，乃为万里客"[1]。从栾城县出发时，天气新晴，而前路依然漫漫，沈家本先生由此作了《新晴栾城县晓发》，末二句是"戒途道弥永，戒装情更长。既作汗漫游，曷为念旧乡"[2]。在旅途当中，故乡安定的生活总成为他梦中的精神寄托，我们在他的诗中，也经常会看到乡梦、归梦这样的描写。如"迢迢羁旅身，郁郁还乡思。莫道隔江湖，梦中时一至"[3]。沈先生总期盼着早日回到故乡，遥远的那个"故园"和曾经的故园记忆，给沈先生的羁旅生活带来了难得的一点安慰。

与这几句诗相似的诗句还有很多。例如，沈先生

---

[1] 《玉骨冰心冷不摧》，第 35 页。
[2] 《玉骨冰心冷不摧》，第 36 页。
[3] 《玉骨冰心冷不摧》，第 71 页。

从贵州前往长沙途中，写了《十二月初八日由铜仁赴长沙道中作》，又有《四月二十六日自湘首涂入黔泊乔口镇》："又别卢阳去，匆匆逼岁华。宦途成苦海，流寓当还家"。① 1863 年四月，沈先生又从长沙返回贵州，三年间数次迁移，他不禁发出"贾生旧恨长沙远，我别长沙更远征"的感慨。②

　　可以看到，这一时期沈家本先生经常在诗歌中提及思乡之情。沈先生的乡愁如此深重，不仅仅是因为他数年在外奔波，更是因为在战乱当中，他深知归乡是虚无缥缈的愿望。特别是 1862 年，湖州陷落，当时沈先生寓居在长沙，听闻战事惨烈，有很多守城的将士殉难，又陆陆续续得知家人在战乱中流散。故乡的人和事，让他心痛而又无比牵挂。沈先生的《寓怀四首》大致就是写在湖州陷落之后，在诗中，他说自己"芳华忍作无家咏，蓬梗真同不系船"，又说"莫道故乡风景好，湖山回首倍凄如"③。他发觉随着故乡的陷落，那些美好的记忆都将逝去，自己变成了一个

① 《玉骨冰心冷不摧》，第 66 页。
② 《玉骨冰心冷不摧》，第 82 页。
③ 《玉骨冰心冷不摧》，第 72 页。

没有故土的人，好像是无法靠岸的船，又仿佛是随风游荡的飘蓬。后来，他听闻湖州的乡人赵六[①]在战争中幸运地逃出生天，他便代赵六作了一首诗，感慨道“乡关归瓦砾，骨肉泣刀铤。桑梓情徒切，萍蓬迹自怜。”[②] 这首诗表面上是代乡人抒发战争中的流离之苦，实际上是沈先生对自己漂泊身世的悲叹。此时，沈家本的乡愁从童年的模糊记忆，生长成了更加真实、深刻乃至沉痛的个人情感。

值得一提的是，这一时期沈家本在旅途中所思念的故乡，不仅有湖州，有的时候也包括北京。事实上，在沈先生 1861 年刚离开北京走到保定的时候，就写了《夜雨宿保定遇辛楣话旧》：“一枕华胥君莫唤，且容归梦到红亭。”[③] 红亭就是长亭，古时为送别之处。由此可知，沈先生刚出发没多久，就已经开始舍不得北京了。另外，沈家本先生的北京居所在宣南

① 从沈家本先生 1862 年（壬戌）日记看，此“赵六”或为沈先生好友赵泉生的兄长赵竹生。然而从沈先生 1863 年的日记中可知，沈先生返回贵州后，最终得知赵竹生确是在湖州守城战争中罹难。

② 《玉骨冰心冷不摧》，第 78 页。

③ 《玉骨冰心冷不摧》，第 30 页。

一带,"宣南"这个地名也常在他的诗中出现。如他在贵州的时候作《对菊感旧》,写道:"宣南寻旧梦,犹自傍缁帷。"① 返回北京的途中,他作《烟台访心岸居士留别三章》写道:"旧梦宣南记几回,雪泥天末断鸿猜。"②

从这些诗句看,在这4年的羁旅生涯中,沈家本先生也在不停地怀念北京,怀念这个他少年、青年时期长期居住的地方。这一时期沈家本的乡愁,并不仅仅维系于湖州这个地理意义上的故乡,他的乡愁实际上是关联着他年少时候习以为常、太平而安定的生活。这种生活可能在湖州,可能在北京,但是在漂泊和战乱期间,这种平和与宁静的生活状态,已经成为一种遥不可及的期待。

关于"羁旅中的乡愁",还有一点值得说明。在1861—1864年,沈家本先生只有20多岁,无论是他的人生阶段还是创作阶段,其实都只刚刚起步,在这一时期的绝大多数诗歌中,他的创作手法尚不像后来那样成熟。但是他所写的与乡愁有关的诗歌却有些不

① 《玉骨冰心冷不摧》,第89页。
② 《玉骨冰心冷不摧》,第102页。

同，在乡愁诗中，我们偶尔会读出一些与他的年龄并不相称的沧桑感。像《夜雨宿保定遇辛楣话旧》中的"频年事业太伶俜，夕税征轺暂息形"①，还有《十二月初八日由铜仁赴长沙道中作》中的"宦途成苦海，流寓当还家"②，这样的措辞和情绪，似乎不当是一位尚无功名的年轻人所写出的。

为什么会出现这样的现象呢？笔者阅读了沈家本先生的日记之后发现，在旅途中，沈先生经常在路上阅读、抄写前人的题壁诗、题景诗，而很多他抄录下来的诗，与他自己最后收录于诗集中的创作，在羁旅之苦、思乡之情上，常存在一定的呼应关系。

例如，咸丰十一年（1861）三月二十八，沈家本在南下途中路过了保定下属的安肃县，抄录了三首题壁诗，其三为：

> 又别京华去，驱车夜度关。
> 归云全拥树，落日半衔山。
> 远市灯千点，危桥水一湾。

① 《玉骨冰心冷不摧》，第30页。
② 《玉骨冰心冷不摧》，第66页。

故乡频入梦，何日唱力环。①

他在同天夜里拜谒了赵辛楣，前已引及的《夜雨宿保定遇辛楣话旧》即作于此时。《夜雨》中有"归梦""征轺"这样的乡愁意象，很可能正是因为沈先生受到了白天所抄录的题壁诗的启发。

前已引及的《十二月初八日由铜仁赴长沙道中作》完成于本年冬天，也与安肃县题壁诗有相似之处，全诗为：

> 又别卢阳去，匆匆逼岁华。
> 宦途成苦海，流寓当还家。
> 尘世风波恶，江湖日月赊。
> 桃源经两度，洞口锁烟霞。②

虽然我们很难证明这首诗是沈先生有意模仿安肃县题壁诗而作，但《十二月初八日》作为一首羁旅诗，同时也是乡愁诗，其首联的写法、全诗的主题与诗中沧桑落寞的情绪，和安肃县题壁诗遥相呼应。沈

---

① 《沈家本全集》第七卷，第377页。
② 《玉骨冰心冷不摧》，第66页。

先生在创作时，或许受到了一些潜移默化的影响。

路过安肃县两天后，沈家本先生到了邯郸的卢生祠，他看到前人在卢生祠的墙壁上题下了一首《卖花声》：

> 寻梦到仙坛，卧向征鞍，谁知一觉梦魂安。睡起正怜仙梦杳，路又漫漫。
>
> 无梦英愁叹，入梦何难，人生多作梦中看。只要一场春梦好，说甚邯郸。①

这首《卖花声》也被沈家本先生抄录在自己的日记中，从内容上看，它应该直接启发了沈先生后来自作的《卢生祠》：

> 升沉幻万端，一觉华胥境。
> 尘世本如此，何必先生枕。
> 振策过邯郸，古祠倚村疃。
> 主人粱正熟，我来揩醒眼。②

两相比较，也无怪乎沈先生作为一位 21 岁的年

---

① 《沈家本全集》第七卷，第 378 页。
② 《玉骨冰心冷不摧》，第 38 页。

轻人，已经有"尘世如梦"这般的感慨了。类似这样的呼应，在沈家本先生的日记与诗集中还有好几处。我们或许可以推测，沈家本先生在 1861—1864 年这一时期对乡愁的书写，一方面是羁旅中真实的情感抒发，另一方面可能存在一个阅读前人诗歌，并加以模仿和再创作的过程，这也是很多诗人在年轻时必然会经历的。

二、家书中的乡愁

沈家本先生的第二段乡愁，可称作"家书中的乡愁"。这个阶段大约以沈先生同治十一年（1872）结束守孝，从湖州返回北京任职为始，结束于他光绪九年（1883）中进士之时。

沈家本先生这十一年的日记保存得比较完好。在这些年的日记中，我们经常会看到沈家本先生记录他收寄家书的事情。沈先生写家书和收家书的频率，一般是十几到二十天一封，看起来不是很频繁。但我们要知道，当时从北京到浙江寄送信件的效率并不是很高。根据沈家本先生在光绪二年（1876）四月十二的日记，他当天收到了一封杭州的书信，是三月二十七发出的，经过 15 天到了北京，沈家本说这个速度已经很快了，"可云迅速"①。既然一封信从浙江到北京，在路上要花十几天，那么沈先生和故乡的亲人能够保持着这样的通信频率，很有可能两方都收到对方的信后，就立刻写回信并赶快寄出。可见与家人的书信联系，在这一时期是沈家本先生生活中非常重要的一部分。

与日记相比，这一时期沈家本先生诗集中收录的诗作并不多。当然，我们不能据此就判断他此时不大写诗，毕竟我们在日记中看到，沈先生为了应付会试，平时是经常练习写试律诗的。只是说，在这十一年间，自由命题的律诗、绝句，沈先生可能写得相对比较少，收录到诗集中的也不多。

但是，即使这一时期沈家本先生自由命题的诗作现存不多，我们在其中也发现了几首与乡愁相关的诗歌。其中，有两首诗写在同治十三年（1874）的重阳节，题目为《重九有怀两弟时久不得家书》②。从题

① 《沈家本全集》第七卷，第 609 页。
② 《玉骨冰心冷不摧》，第 134 页。

目就可看出，沈家本先生对两位弟弟的思念，正是由"不得家书"而勾起的。这组诗中，有一句写"遥知此日题糕字，念着京华旅食人"。可见沈家本先生一面是感慨自己孤身在京，对故乡兄弟们无比思念，另一面则表达了自己为稻粱谋，无法抽身回乡的无奈。

类似的还有光绪二年（1876）的《有怀寄示两弟》①，诗中写道"我亦欲寻归梦去，碧湖花月慰相思"。在这首诗写作前后，沈家本先生在日记里写了一件事情："乙亥年，十一月廿一日，晴，风略息。是夜梦里还家，与三弟絮语，相约北征，甫即途而醒。"②他在梦中见到了自己的三弟沈彦模，但是匆匆相聚就分开了。日记仅寥寥几句，但沈先生梦醒之后的怅惘之情也油然纸上，可见他对家人是何等思念。

这一时期沈家本先生之所以如此思念故乡，频频把乡愁写到诗里，其直接原因是他一直寓居北京，在刑部做一个小吏，多年没能回故乡，也很难见到自己的兄弟亲人。但在这背后，还有一个不可忽视的原因，就是沈先生在这一阶段宦途很不如意，这也诱发

---

① 《玉骨冰心冷不摧》，第 135 页。
② 《沈家本全集》第七卷，第 601 页。

了他的乡愁。

沈先生在 25 岁时就在乡试中考中了举人，但之后在会试考场上屡屡受挫，在刑部沉郁下僚。他日复一日处理部门的杂务，升迁无望，心中非常苦闷。光绪五年（1879），沈先生已经近 40 岁了，这一年他写了一组诗《四十初度率赋五章》①，其一中写"卌载蹉跎终莫补，劳劳尘世等浮沤"；其二则写"勋业行藏何限事，倚楼看镜寂寥中"。他感慨自己年岁已大却蹉跎至此，没有什么成就。在这组诗的第四首当中，他把脱离现状的出路，寄托在了归隐故乡上面：

> 梦里家山也当归，客中情事是耶非。
>
> 偶沽浊酒供清酌，为买新书典旧衣。
>
> 儿耐齑盐方索笑，妻甘荆布亦知几。
>
> 碧湖风物难忘却，鲈脍初登蟹渐肥。

而在这组诗的最后一句，沈家本先生写道："漫道尘机无日息，此生终结看山缘。"他期待着也许有一天，他终能脱离这一切，回到故乡过自在的日子。

---

① 《玉骨冰心冷不摧》，第 137—138 页。

所以，沈先生这一时期的乡愁，不仅仅是对故乡和家人的思念，更是宦途失意的出口。

但沈家本先生自己非常清楚，对当时的他而言，归隐故乡不是明智的选择。沈先生的父亲和母亲俱去世于同治九年（1870），而他们兄弟五人中，大哥和四弟很早去世，沈家本排行第二，是在世的长子。这时，三弟沈彦模、沈家霖都尚无功名，沈家本作为唯一的举人，便成了家里的顶梁柱，出人头地、振兴家风的责任也落到了他的身上。而在京为官，必然会为家族的发展提供便利，所以即使沈先生在刑部的工作极为琐碎，他也不能轻易地一走了之。

换言之，在这一时期，沈家本先生之所以背井离乡，正是因为他此刻有扶持兄弟、照顾家族的需要，他的乡愁在这一时期和家族是紧密关联的。或许正是因此，他的乡愁总是寄寓在家书当中。

三、风景中的乡愁

沈家本先生的第三种乡愁，是"风景中的乡愁"。这种乡愁集中出现在光绪九年（1883）沈家本中进士之后，一直到 1900 年庚子事变之前。这 17 年间，前半部分沈家本先生依然是在北京的刑部当官，后半部分则是外放到了天津和保定，其间一直没有回到湖州。

自从考中了进士，沈先生就卸下了功名的压力，沈先生在工作之外可以拥有一些闲散时间，自由创作的诗歌数量也多于前一个阶段。而我们看到，在沈家本与故友、乡党一起游玩的时候，当他看到与故乡相似的湖光山色，内心就常常会充满乡愁。

沈家本先生在闲暇时经常会和朋友去北京的什刹海泛舟。例如，在光绪十一年（1885）八月初九，沈家本在游览什刹海的时候，就写道："论交幸得同官好，对景翻添故国愁。最忆西风鲈正美，年年孤负碧湖秋。"[1] 他看到什刹海的湖光，就想到西风起时江南的鲈鱼和湖州的秋色。

后来，沈家本的友人"以二闸观荷诗出示"，诗中的风景，让他想起同治六年（1867）与友人在闸下泛舟的经历，故乡苕溪的美景多年来早已刻入他的记

----

[1] 《玉骨冰心冷不摧》，第 143 页。

忆。不知不觉间流光已去，归梦难成，他感慨而赋诗道：

> 泥听笙铜鼓报衙，寻芳每惜日西斜。
>
> 多君逃暑香擘藕，记我追凉巧瓤瓜。
>
> 廿载似尘催逝景，万人如海惯浮家。
>
> 客中略说乡关事，六月苕溪胜若邪。①

沈家本还时常会到北京的南湖泡去划船看荷花，南湖泡，据沈先生的自注，位于广渠门西南二里。②但笔者查询过资料，怀疑它应是在广安门旁边，也就是金中都遗址附近的鱼藻池，或者叫太液池。据说在民国时期，宣南一带的居民经常去南河泡消夏。沈家本也不例外，不仅常常去游玩，也多次写了诗，诗中总是提到故乡的风景。例如，光绪十八年（1892）闰六月，沈先生就作《重游南河泡》写道："水田翻似学僧衣，雨后秧痕绿正肥。仿佛故乡风物好，此身浑在画中归。"③后来沈先生又欲与友人前

---

① 《玉骨冰心冷不摧》，第143页。
② 《玉骨冰心冷不摧》，第148页。
③ 《玉骨冰心冷不摧》，第160页。

往北河泡观荷，可惜因雨未能成行。遗憾之下，他又想到了故乡，作《王虎文、冯悦轩招游北河泡观荷，雨甚，不果往。午饮于天宁寺塔射山房，七月七日，方坤吾首唱，索和，即步其韵》一诗，写道："故园渺何处，江河广无梁。登此清静境，洗我千结肠。"①

沈家本先生在这一时期将乡愁寄寓于风景当中，或许与北京、湖州两地的自然特点有关。沈先生幼年生长在湖州，湖州以"湖"为名，围绕太湖而建城，是东西苕溪交汇之处，山川秀丽，雨水丰沛。而北京干旱少雨，除几处皇家园林外，城中极少有宽阔的河流与湖泊。想来沈先生在踏青消夏时，将北京风物与湖州美景相较，也定然觉得逊色。游湖之后，一定会愈发思念故乡的山水吧。

而这一时期沈家本先生的乡愁，不仅寄寓于风景中，也常与宦途羁绊相交织。光绪十三年（1887）冬日，沈家本与友人徐乃秋（字少鼎）酬答，写了两首律诗《叠前韵答乃秋少鼎》，其二为：

---

① 《玉骨冰心冷不摧》，第161—162页。

云亭联步厕常员，射策金銮最少年。

怕说远游偏我久，爱吟佳什向人传。

哀时庾信情何极，薄宦冯唐齿在前。

三复新诗梅鹤句，愧无清德继高贤。①

　　在"怕说远游偏我久"后，沈家本自注道："每话江南风物，少鼎辄愀然不乐。余作客三十余年矣，又将何以为情乎？"徐乃秋是江都人，与沈家本先生一样来自江南，徐乃秋在沈家本面前述及江南风景，流露出乡思之感，更勾起了客居北方 30 余年的沈先生的心事。但是，归乡就意味着抛弃仕途，沈家本先生一面"珍重荣名金石寿"，无法舍下对功业、荣誉的追求，另一面，也不免"愧无清德继高贤"，为自己难以归隐而感到惭愧。类似的，前引《王虎文、冯悦轩招游北河泡观荷》一诗，在"故园渺何处"句之前，沈先生也有"临觞动乡思，惓怀三径荒。胡为苦形役，人海渐躯藏"② 这样困于宦途的感慨。

　　沈家本先生在中进士后虽有升迁，但 10 年过去，

――――――

①　《玉骨冰心冷不摧》，第 153 页。

②　《玉骨冰心冷不摧》，第 161—162 页。

因朝廷官员众多，人才壅滞，沈家本的仕途没有更大的进步。所以，在光绪十八年（1892），当友人潘问楼给沈家本写诗，因仕途不顺"大有牢落之感"时，沈家本作诗回复道："漫说官场似积薪，云楼偏许著吟身。久为日下蜚英客，同是风尘溷迹人。"① "积薪"的典故出自《史记·汲黯列传》②，常用来描写老臣不得升迁的窘境；"日下"（即京师）"风尘"则典出陆机《为顾彦先赠妇》中的"京洛多风尘，素衣化为缁"，通常是表达士子在京城求取功名、混迹官场的无奈之感。沈家本自知已成了"积薪"的老臣，又不得不在京城的风尘中日日奔走，词句中颇有苦涩之意。

与美丽的故乡风光相比，京师的尘土让人厌倦，刑部的工作沉重而又无聊，风景中的乡愁又一次成为沈家本先生抒发宦途失意之情的出口。光绪十九年

---

① 《潘问楼出诗相示，大有牢落之感，即步其韵以答之》，载《玉骨冰心冷不摧》，第165页。

② "（汲）黯褊心，不能无少望，见上，前言曰：'陛下用群臣如积薪耳，后来者居上。'"参见司马迁：《史记》卷一百二十，中华书局1982年版，第3109页。

（1893）新春，沈家本先生又一次赠答潘问楼：①

> 番风早送来年春，客舍偏惊百态新。
> 故里空留三亩宅，知交半是二毛人。
> 案多积牍休嗤俗，家有遗书不算贫。
> 惭愧云亭过十考，流光奄忽若飙尘。

在这首诗中，"故里"的"三亩宅"代表着闲适的隐居生活，与"客舍"的案牍劳形形成鲜明的对比。但在故乡的风景与京城的事业之间，沈家本先生只能惭愧而无奈地选择了后者，这也使他的乡愁永远无法消解。

这种风景中的乡愁，后来又悄悄发生了转向。光绪十九年（1893）八月十九，沈家本先生外放为天津知府，二十三年（1897），又调任保定知府。随着沈家本先生离京当官，他便又开始怀念起自己熟悉的北京的风景，一如他年轻时南下那样。如光绪二十五年（1899），沈先生正在保定任上，这时距他离开北京已经 6 年了，当他看到保定的丁香花时，就想到了北京悯忠寺的丁香花：

---

① 《问楼以新春遣怀二律见示，即步其韵》，载《玉骨冰心冷不摧》，第 167 页。

丁香花四绝句（其四）①

争说悯忠花万树，步寻古寺晓风前。

闲思往事增惆怅，不到宣南又七年。

这一年秋日，光绪皇帝召他回京，此时距他离开北京已有 6 年，他在回京路上兴奋地写道"燕觅故巢偏冷落，马寻熟路尚分明"②。但是没想到，蒙皇帝召见之后，沈家本的官职没有任何变化，他还是不得不回到保定当知府。

回保定之后，因为旅途劳顿，沈家本生了一场大病，他"病中乡思颇切"，写了一组七言绝句来抒发乡愁。③ 这组七言绝句一共十首，沈先生在里面写到了故乡的苕溪山水、桂花香气，故乡的土物紫笋茶、鸭嘴船，想到了他已经去世的弟弟们，④ 最后归结道："欲知乡思今多少，梦绕龙山闸水旁。"此时沈家本已

---

① 《玉骨冰心冷不摧》，第 194 页。

② 《重到京师》，载《玉骨冰心冷不摧》，第 195 页。

③ 《病中乡思颇切，率成七言十绝句，寄示云抱》，载《玉骨冰心冷不摧》，第 196—198 页。

④ 组诗第八首"灯前苦忆东坡句，风雨匡床久独眠"句，沈家本自注"东坡和子由诗'五百年间谁复在，会看铜狄两咨嗟'，时子由固尚在也。余诸弟皆亡矣，诵东坡诗，不忍卒读。"

年至花甲,在外客居数十年,但他在病中依然放不下对故乡的牵挂。在这十余年中,沈家本先生的乡愁凝结在故乡的风景中,是他在纷繁俗务之外难得寻求到的一丝清净。当他孤单和苦闷的时候,故乡的风景是他心灵最后的田园。

四、国变后的乡愁

沈家本的第四种乡愁,是国变后的乡愁。这种乡愁始于庚子事变之年(1900),持续到沈先生去世的1913 年。沈家本先生在庚子事变之后所作的诗歌数量非常多,主题也非常深刻,是以往大家研究比较多的一部分诗歌。而若谈到诗歌中的乡愁,可以说,庚子事变之后,沈家本诗歌中的乡愁有了更多的内涵,他的思乡情结是和忧国情怀相交织的。

国变后,沈家本在保定被洋人囚禁,差点丢了性命。获释后,他立即赶赴西安面见两宫。途中路经荥阳,他给同乡赵景彬写了两首绝句:①

---

① 《荥阳县赠同乡赵伟卿大令景彬》,载《玉骨冰心冷不摧》,第 244 页。

尊前旧事话燕山，十五年前记识颜。

道我乡音还未改，苍苍赢得鬓毛斑。

自笑半生常作客，眼前得见故乡人。

故乡风物烦君说，却又匆匆说不真。

此时沈家本已是年至花甲的老人了，客居数十年，又刚刚死里逃生，身世的飘零让他对故乡更为眷恋。只是年月过去许久，老者虽乡音未改，对故乡的印象却已经很模糊了。

抵达西安后，沈家本升任光禄寺卿，为两宫从西安回銮做先行官。到京之时，他路过恒河，① 想起幼年曾随母亲到此游玩，而如今时过境迁，山河破碎。他感慨道：

幼随慈母见恒河，转眼年华六十过。

回首昔时游钓地，故人零落已无多。②

这首诗其实也书写出了一种乡愁，但这种乡愁不

---

① 或在今北京密云境内。

② 《十月初十日到京杂诗》（其八），载《玉骨冰心冷不摧》，第 264 页。

是沈先生站在其他的地方怀念北京，而是他站在今日的北京，怀念国变之前的北京。这种乡愁的缘起，不是空间上的距离，而是时间上的变迁与心境上的落差。

时间上与空间上的乡愁，在沈家本先生最后 13 年的创作中都频频出现。但纵然如此，沈家本先生仍然非常清楚，他始终身不由己，难以回到故乡。光绪三十二年（1906），同乡王锡命归乡的时候，沈家本先生写了八首绝句相赠。在题目中，沈家本说他写这些绝句一方面是赠别，另一方面则是"志归田之愿不易遂也"①。

"归田不遂"的感慨，在沈家本青年、中年时期的作品中也常常出现，但此时沈家本留在京师的原因已经发生了变化。将沈家本羁留在北京的不再是家族的责任或朝廷的官职，此时他之所以留在北京，是因为他需要承担起国家的重任。

---

① 参见《王幼三同年锡司铎十年解官归里，道经辇下，出万全留别诗相示，大有张翰莼鲈之感，怅触余怀，率成八绝句以赠行，且以志归田之愿不易遂也》，载《玉骨冰心冷不摧》，第 271—272 页。

庚子事变与《辛丑条约》是中国近代史上的奇耻大辱，有识之士痛定思痛，开始探寻救国之道，而法律制度的革新更是救国运动的重中之重。1902 年开始，沈家本与伍廷芳一起修订《大清律例》，1903 年沈家本升为刑部的主官，1905 年，沈家本在法律改革中，提出废除酷刑、禁止刑讯。1906 年，也就是沈家本写诗赠别王锡命的这一年，他设立法律学堂，撰写《历代刑法考》。国变之后的沈家本，已经把自己的命运和国家的兴亡联系在一起，他从此只能暂且搁置自己的归乡之愿，羡慕王锡命"君今从此乐徜徉，指点烟波乃故乡"①的闲散生活了。

在沈家本生命的最后 13 年，他依然没有能够回到湖州，一直到 1913 年沈家本去世，他才得以在离开故乡 40 年后，最终叶落归根。沈家本归葬之处在今湖州市吴兴区妙西镇，即沈家本历史文化园所在地。2022 年 8 月，在沈厚铎先生的召集下，笔者有幸

---

① 参见《王幼三同年锡司铎十年解官归里，道经鞏下，出万全留别诗相示，大有张翰莼鲈之感，怅触余怀，率成八绝句以赠行，且以志归田之愿不易遂也》，载《玉骨冰心冷不摧》，第 271—272 页。

在此参与"乡心正不远——沈家本诗歌研讨会"。在沈家本先生的故里阅读他的诗歌，诗中的这些乡愁变得更加具象化，令笔者受到莫大的触动。

沈家本先生在他的诗歌中书写了以上这样四种乡愁，这些乡愁的背后存在不同的意义。乡愁是沈家本先生和湖州故土之间的维系，也充盈了沈家本先生对旧时光的想象。通过沈家本先生的这四种乡愁，我们可以看到一个诗人的成长历程，一个政治家的蜕变，更可以看到他深重的家国情怀。

帝国的寒冬与诗人的忧患

——试论沈家本的三首禁体雪诗

郭薇*

内容摘要： 禁体雪诗自宋代欧阳修、苏轼开创之初即带有文字游戏和诗艺竞技的色彩。晚清庚子年（1900）是我国近代史上颇为动荡的一年，作为时局变动的亲历者，同时也作为一位花甲之年的垂暮者，诗人沈家本在被八国联军拘押期间以三首效拟欧苏的禁体雪诗记录晚清帝国要塞保定的数场大雪，抒发诗人对家国百姓的忧虑。诗人变游戏竞技的禁体雪诗为忧国忧民的深沉抒怀之作，这为后人提供了观照历史的个体感受视角。

---

* 郭薇，闽南师范大学文学院讲师。

关键词： 沈家本　禁体雪诗　庚子之变

　　宋代欧阳修于雪天在聚星堂聚客饮宴赋诗，摒弃传统的"巧言切状""功在密附"的体物手段来描摹雪，首创禁体诗；苏轼在欧阳修的基础上踵事增华，其后出转精之作进一步将禁体诗创作发扬光大。欧苏的禁体雪诗创作也成为文学史上的一段著名佳话。禁体诗因其对传统语汇意象的限制较多而使其写作具有相当的难度，欧阳修《六一诗话》记载了类似的故事："国朝浮图以诗名于世者九人……当时有进士许洞者，善为辞章，俊逸之士也。因会诸诗僧分题，出一纸约曰：'不得犯此一字。'其字乃山、水、风、云、竹、石、花、草、雪、霜、星、月、禽、鸟之类，于是诸僧皆搁笔。"由于这些字眼与九僧的日常生活环境密切相关，一旦限制运用，以诗名世的九位诗僧就只能束手搁笔。胡仔《苕溪渔隐丛话》："六一居士守汝阴日，因雪会客赋诗，诗中玉、月、梨、梅、练、絮、白、舞、鹅、鹤、银等事，皆请勿用。……自二公赋诗后，未有继之者，岂非难措笔乎？"当然，禁体雪诗并非后继无人，宋代即有诸多模拟之作,① 但限制太多体物的语汇、意象确实大大增加了写作的难度。欧苏创作之初即带有文字游戏和诗艺竞技的色彩,这影响到后世诗人的禁体诗创作心态,诗人互相酬唱使得这一体式的诗歌多少带有竞技色彩而忽略了内容的表达与自我情感的抒发。② 这也使得禁体诗原本为欧苏有意变革的新体不免又坠入为形式主义的深渊。

晚清诗人沈家本 (1840—1913)《枕碧楼偶存稿》卷十一收录其《十二日夜大雪,率成长篇,效欧阳永叔聚星堂禁体,即用其韵》《十三日暮复雪,仍效前体,用东坡韵》《十二月一日夜雪,用东坡〈江上值雪效欧阳体〉韵》三首效仿欧阳修、苏轼的禁体雪诗。《枕碧楼偶存稿》按年编次其诗,卷十一所录

---

① 冯书颖《欧、苏禁体诗在宋代的流传与影响》,华东师范大学 2020 年硕士论文,第一章"欧苏禁体诗与宋代诗歌的互动影响"举例甚多,可参看。

② 例如,宋代郭印《时升咏雪禁体物矣而彦序复为之取韵尤严勉强攀和》、南宋李处权《次韵德基效欧阳体作雪诗禁体物之字兼送表臣才臣友直勉诸郎力学之乐仍率同赋》二首、南宋方岳《次韵刘簿观雪用东坡聚星堂韵禁体物语》、宋末元初《俞德邻聂道录和王寅甫外郎雪诗因次韵仍依白战体》以及清代乾隆与臣子的数次唱和都具有明显的与友朋或臣属的竞技色彩。

之诗始自庚子年（1900）七月，而于三首雪诗前列其
《十月十四日夜雪感赋二律用东坡雪后北台壁韵》
《冬至三绝句十一月初一日》《十一日戏题二绝句是
日为西国元旦》。据此可知三首禁体雪诗分别作于庚
子年（1901）十一月十二（公历 1 月 2 日）、十一月
十三（公历 1 月 3 日）、十二月初一（公历 1 月 20
日）。庚子年是我国近代史上颇为动荡的一年，作为
时局变动的亲历者，同时也作为一位花甲之年的垂暮
者，被八国联军拘押的诗人沈家本以三首效拟欧苏的
长篇禁体雪诗记录帝国要塞保定的数场大雪，抒发诗
人对家国百姓的忧虑。诗人变游戏竞技的禁体雪诗为
心存民瘼的深沉抒怀之作，这为后人提供了观照历史
的个体感受视角。

一、肇端欧苏——作为典范的禁体雪诗

皇祐二年（1050）欧阳修知颍州，在聚星堂会客
作《雪》诗。雪是中国传统诗文中常见的题材，但欧
阳修为众人制定了严格的规则，如其小序所云："玉、
月、梨、梅、练、絮、白、舞、鹅、鹤、银等事，皆

请勿用。"① 随后苏轼也效仿欧阳修的禁令,并且踵事增华,增加了更多与雪相关禁用的语汇和意象。又因苏东坡《聚星堂雪》诗中有"白战不许持寸铁"句,后人将禁体诗又称白战体诗。"无论后人如何试图为禁体诗寻找更早的起源,欧阳修和苏轼都是与这种作诗名目联系最为密切的诗人,他们在各种形式的叙述中,是禁体诗的鼻祖和代表,被仰慕和效仿。欧、苏当时写下的是雪诗,而这也成为禁体诗近乎不成文的题材规定。"② 欧阳修与苏轼的三首禁体雪诗是开创之作,也是后世诗人效仿的典范之作。

先看欧阳修《雪》诗:

> 新阳力微初破萼,客阴用壮犹相薄。
> 朝寒棱棱风莫犯,莫雪緌緌止还作。
> 驱驰风云初惨淡,炫晃山川渐开廓。
> 光芒可爱初日照,润泽终为和气烁。
> 美人高堂晨起惊,幽士虚窗静闻落。

---

① 欧阳修:《欧阳修诗文集校笺》,洪本健校笺,上海古籍出版社 2009 年版,第 1363 页。

② 颜庆余:《禁体诗杂说》,载《中国典籍与文化》2009 年第 1 期。

酒垆成径集瓶罂，猎骑寻踪得狐貉。

龙蛇扫处断复续，貔虎团成呀且攫。

共贪终岁饱粫麦，岂恤空林饥鸟雀。

沙堤朝贺迷象笏，桑野行歌没荒箬。

乃知一雪万人喜，顾我不饮胡为乐。

坐看天地绝氛埃，使我胸襟如洗瀹。

脱遗前言笑尘杂，搜索万象窥冥漠。

颍虽陋邦文士众，巨笔人人把矛槊。

自非我为发其端，冻口何由开一噱。

　　此诗全篇七言二十八句，押入声十药韵，一韵到底。这首诗以"一雪万人喜"为中心，写出初春时分，大雪在阳光照耀下显示出的润泽和平的丰年气象以及众人的欢乐景象，美人、隐士、酒客、猎户的自行其乐；官员朝贺、农人歌雪。"这首诗，的确如作者所承诺的，没有犯那些平常写雪的诗所用的词，他只是写雪时、雪后的环境、气氛以及人物在此时此地的活动和感受。他确实没有像过去咏雪的作品一样，局限于刻画其外部特征，但依然能够使读者感受到这位诗人笔下所创造的活跃的雪的世界。"① 总体而言，欧阳修的禁体雪诗虽为咏雪，但咏物特征并不明显，更多的是写下雪时不同人物的反应和感受。

嘉祐四年（1059）冬，苏轼在出川赴京的长江舟中，作《江上值雪效欧公体，限不以盐、玉、鹤、鹭、絮、蝶、飞、舞之类为比，仍不使浩、白、洁、素等字，次子由韵》，其诗全抄如次：

> 缩颈夜眠如冻龟，雪来惟有客先知。
> 江边晓起浩无际，树杪风多寒更吹。
> 青山有似少年子，一夕变尽沧浪髭。
> 方知阳气在流水，沙上盈尺江无澌。
> 随风颠倒纷不择，下满坑谷高陵危。
> 江空野阔落不见，入户但觉轻丝丝。
> 沾掌细看若刻镂，岂有一一天工为。
> 霍然一挥遍九野，吁此权柄谁执持。
> 世间苦乐知有几，今我幸免沾肤肌。
> 山夫只见压樵担，岂知带酒飘歌儿。

---

① 程千帆：《火与雪：从体物到禁体物——论白战体及杜、韩对它的先导作用》，载《唐诗课》，人民文学出版社 2018 年版，第 243—244 页。

天王临轩喜有麦，宰相献寿嘉及时。

冻吟书生笔欲折，夜织贫女寒无帏。

高人著履踏冷冽，飘拂巾帽真仙姿。

野僧斫路出门去，寒液满鼻清淋漓。

洒袍入袖湿靴底，亦有执板趋阶墀。

舟中行客何所爱，愿得猎骑当风披。

草中咻咻有寒兔，孤隼下击千夫驰。

敲冰煮鹿最可乐，我虽不饮强倒卮。

楚人自古好弋猎，谁能往者我欲随。

纷纭旋转从满面，马上操笔为赋之。

此诗全篇七言四十句，主要押平声四支韵，而"夜织贫女寒无帏"一句泛入旁韵五微，从广泛意义而言也可谓是一韵到底。这首诗在欧阳修的基础上增加了更多的限制词汇，但以苏轼驰骋其天分才思，依旧创作出这一如是优秀的诗篇，此诗写天地万物皆为皑皑白雪所笼罩的苍茫景色，描绘出山夫、野僧、书生、贫女、猎骑、行客、隐士以及天子、宰相等各色人物在雪中雪后的活动以及对下雪的反应，描摹生动细致如图绘，诚如《唐宋诗醇》所评："岩壑高卑，人物错杂，大处浩渺，细处纤微，无所不尽，可抵一幅王维《江干初雪图》。"① 苏轼的这首诗可以说同欧诗一样侧重描绘雪中的各色人物。

元祐六年（1091），苏轼知颍州，这是四十年前苏轼的老师欧阳修同样担任知州的地方，在一个下雪天，苏轼为追慕当年欧公风流，作《聚星堂雪》诗，依照当年欧阳修限制使用刻画雪外形的相关常用字眼故事。诗序中说得很清楚："元祐六年十一月一日，祷雨张龙公，得小雪，与客会饮聚星堂。忽忆欧阳文忠作守时，雪中约客赋诗，禁体物语，于艰难中特出奇丽，尔来四十余年莫有继者。仆以老门生继公后，虽不足追配先生，而宾客之美殆不减当时，公之二子又适在郡，故辄举前令，各赋一篇，以为汝南故事云。"全诗如下：

> 窗前暗响鸣枯叶，龙公试手行初雪。
> 映空先集疑有无，作态斜飞正愁绝。
> 众宾起舞风竹乱，老守先醉霜松折。
> 恨无翠袖点横斜，只有微灯照明灭。

---

① 乾隆御定，乔继堂整理：《唐宋诗醇》，上海科学技术文献出版社 2020 年版，第 853 页。

归来尚喜更鼓永，晨起不待铃索掣。

未嫌长夜作衣棱，却怕初阳生眼缬。

欲浮大白追余赏，幸有回飙惊落屑。

模糊桧顶独多时，历乱瓦沟裁一瞥。

汝南先贤有故事，醉翁诗话谁续说。

当时号令君听取，白战不许持寸铁。

　　此诗全篇七言二十句，押入声九屑韵，一韵到底。此诗写冬雪初下轻扬飘洒的姿态以及宾主赏雪赋诗的聚会之乐。写出了夜间之雪、清晨之雪、风中之雪、桧顶之雪、瓦沟之雪等不同时间、不同地点雪的姿态。如果说嘉祐四年冬年轻的苏轼对欧阳修诗有较为明显的模仿痕迹，这首诗则可以说是苏轼诗艺渐臻化境后的有力之作，此诗更多地回归到了"雪"这一本体上，因而程千帆先生认为："那两首诗虽然以一定的篇幅写了雪的本体，但更多篇幅却被各色人等对雪的感受占据了。这当然起了烘托作用，有助于展现雪的形象，但究竟不是它的面目。而通过禁体物语将所咏之物生动地再现出来，乃是这种新的表现方法的主要目的，所以苏轼写聚星堂的雪，除了刻画雪的细微的特征外，还将写雪和写人在诗中的比重作了调整，这也是一种推陈出新。"①

以上三首雪诗是欧苏不满传统雪诗创作的因袭陈腐而自创新体的成功尝试，也成为后世诗人效仿的典范之作。

二、对此茫茫百感多——沈家本禁体雪诗的发生背景

庚子年（1900）是我国近代史上动荡不安的一年，五月二十五（公历6月21日），清政府向驻北京的各外国大使馆下达宣战书，清政府与八国联军之间的战争正式爆发，七月二十（公历8月14日），八国联军攻占北京，慈禧太后挟持光绪皇帝仓皇"西狩"。对沈家本这样一位忧心国事的官员、学者、诗人而言，国家的破碎动荡自然引发了其深深的忧患之感。

是年沈家本本人也遭牢狱之灾。沈家本原为直隶首府保定知府，在"西狩"后的闰八月初三（公历9

---

① 程千帆：《火与雪：从体物到禁体物——论白战体及杜、韩对它的先导作用》，载《唐诗课》，第246—247页。

月 26 日）被任命补授山西按察使，但当时沈家本因为审理谭文焕①一案而滞留在保定，滞留期间，八国联军之一部进据保定，拘捕直隶总督廷雍、城守尉奎恒、参将王占奎。联军起初未必注意到这位无碍大局且调离保定知府的沈家本，但法国教士杜保禄因为教堂欲多征地而被沈家本据理力争否决一事，怀恨在心，趁机诬告沈家本附和义和团，联军随即将沈家本拘押在保定北街教堂。慈禧获悉后，电谕李鸿章与联军交涉放人，经过交涉，沈家本由拘押教堂改为监视居所，直到十二月才得以恢复自由。② 与他同时代的郭则沄有《龙顾山人诗》曰："自焚祆宇避锋机，瓜蔓宁知惹是非。留得余生供读律，当时台柏幸卑微。"他在自注中记载此事甚详："时沈子惇侍郎为直皋，与邵民同被逮。盖因其前官清河道时，有教堂在道署

---

① 谭文焕是天津候补道，支持义和团，慈禧逃离北京后，对义和团政策改"抚"为"剿"，廷雍奉旨剿灭义和团，谭文焕仍率义和团抵抗。谭文焕被捕获后，审理谭文焕是作为署理皋司沈家本的职责所在。详可参李贵连：《保定案与沈家本被拘考》，载《沈家本年谱长编》附文，山东人民出版社 2010 年版，第 330—331 页。

② 参见李贵连：《沈家本年谱长编》，山东人民出版社 2010 年版，第 81—82 页。

旁，沈恐惹拳祸，劝教士等徙出，而自焚之，以此招尤。西酋讯问时，有教士在侧，沈曰：'若当日意在仇教者，君等那得留命在此。'于是释之回署，仍命洋兵监守。廷等则囚于北关教堂。久之乃宣布廷与奎王三人之罪，由四国兵队于教士被害处行之。皋司沈罪轻于藩司，其官职卑微，然亦定有过犯革职。寻蹉议改为革留，故得内用，官至法部侍郎、修订法律大臣。"（《庚子诗鉴》卷四）

命悬一线的沈家本最终在八国联军的屠刀下死里逃生，而与他同时被拘捕的廷雍等人却惨遭杀害，八国联军不予知会清政府而自行处死清朝的高阶官员可谓是清帝国的奇耻大辱。这段时间沈家本的诗歌都表达出沉重的山河破碎之感，例如《九月初一日口占》："楚囚相对集新亭，行酒三觞涕泪零。满目山河今更异，不堪说与晋人听。"此诗用楚囚相对、新亭对泣的典故传达出沈家本对家国的伤痛之情与内心的屈辱之意。《世说新语·言语》："过江诸人，每至美日，辄相邀新亭，藉卉饮宴。周侯中坐而叹曰：'风景不殊，正自有山河之异。'皆相视流泪。唯王丞相愀然变色曰：'当共戮力王室，克复神州，何至作楚囚相对!'"又如《漫题三首》："烟尘到处都成劫，尊俎何人可折冲。"表达对国家板荡的悲伤与大厦将倾无人可撑的忧患之情。

沈家本失去自由的时间长达数月之久，直到十二月二十六（公历次年2月4日），沈家本才离开保定前往西安"行在"，《二十六日保定晓发》即记此事。这段时间内沈家本从命悬一线到暂无生命之虞，衙署却早已被侵略者抢劫一空，他珍藏七年之久的绍兴老酒也被劫掠，沈家本因作《山阴酒二瓮，藏弆七年矣，今夏一瓮饷客，其一瓮竟为海外兜孟所窃，戏题二绝》；他的书籍等物品也在战火中付之一炬，不得以移居，遂仿陶渊明故事，作《移居》二首以志其事，诗中"徒言玉敦与珠盘，谁使昆仑困火官"即是对侵略者烧杀抢掠的强烈控诉。

庚子年（1901）十一月初一为冬至，冬至意味着即将进入数九天气，最寒冷的天气将要来临。沈家本现存诗歌中至少记录了保定的四场大雪。其中十一月十二日晚与十三日傍晚下了十五年未遇的两场大雪，沈家本《十四日晴率成一绝》："门外雪深过一尺，寒封村路没平田。间听父老从头数，无此琼霙十五年。"① 沈家本三首分写保定三场大雪的禁体雪诗就发生在这样的时空背景之下。沈家本的雪诗不是吟咏风月的闲情之作，也不是与友朋竞技的逞才之篇，而是诗人在山河破碎同僚被戮下迸发的忧患之词。

三、"安得化作天河水，宇内冰尘尽前瀹"——体式的选择与诗人的忧患

从前文的分析中，可以清楚地看出欧苏三首禁体诗在篇幅、押韵、禁用语汇上的细微区别，也可看出三首诗的主要写作方式是"以赋为诗"，其共同目的则是"于艰难中特出奇丽"。

沈家本的三首雪诗一一效仿欧苏禁体诗：篇幅上亦步亦趋、追次欧苏韵脚，并且效仿欧苏的言语，一些细微处也可看出沈家本对欧苏原诗模拟的深入与细致。此外沈氏《十月十四日夜雪感赋二律用东坡雪后北台壁韵》两首七律也是追次苏轼的咏雪之作，因其不属禁体诗范围，故本文对此诗不加论述，但沈家本作雪诗有意效仿欧苏两位前贤之心是很明显的。

---

① 《玉骨冰心冷不摧》，第 221 页。

　　沈家本第一首禁体雪诗效欧阳修之体，其《十二日夜大雪，率成长篇，效欧阳永叔聚星堂禁体，即用其韵。序：禁用"玉、月、梨、梅、练、絮、白、舞、鹅、鹤、银"等字》全抄如次：

> 黄昏欲雪未成萼，早眠但觉衾稠薄。
>
> 关门忽听风力粗，打瓦乍兼雨声作。
>
> 须臾负势腾虚空，历乱横飞下清廓。
>
> 城头寒鼓湿欲痦，窗间故纸光正烁。
>
> 晓起推户气混茫，千树万树吹还落。
>
> 此时城中息嚣氛，古今同聚一邱貉。
>
> 虎迹满地难扫除，龙甲半天可惊懼。
>
> 厩倒不闻喧枥马，仓空讵见忍冻雀。
>
> 踽凉莫怜东郭履，隐沦共蹑居士屩。
>
> 千畦种麦情固慰，一杯把酒意谁乐。
>
> 安得化作天河水，宇内冰尘尽前瀹。
>
> 东来还念匿光彩，西去沙虫返荒漠。
>
> 且喜处处没畦町，共劝家家卖刀朔。
>
> 兆占三白歌丰年，比户可封乃欢噱。①

---

　　① 《玉骨冰心冷不摧》，第219页。

如其诗题所言，沈家本的第一首禁体雪诗拟欧阳修诗的体式并次其韵，如果和欧作进行详细比较，也可看出沈诗结构上和原作的雷同，都是前半写雪后半写人。沈诗的语言不难看出多有对原作的脱化，例如"虎迹满地难扫除，龙甲半天可惊懼。厩倒不闻喧枥马，仓空讵见忍冻雀"即显系对原作"龙蛇扫处断复续，貙虎团成呀且攫。共贪终岁饱麰麦，岂恤空林饥鸟雀"的袭用。

我们可以明显地看出这首诗中"兆占三白歌丰年"出现了"白"字，此处的"白"非颜色之"白"，而是指酒，因此此处用"白"字不算犯规，苏轼"欲浮大白追余赏""白战不许持寸铁"两句诗中的"白"字均非形容雪颜色之"白"，从中可看出沈家本对先贤的有意效仿。尽管这首诗只限"玉""月"诸字，但沈家本定然知道苏轼一并禁"飞""舞"等字，但仍写下"历乱横飞下清廓"这一明显描摹雪姿态的句子，明显是对苏轼"作态斜飞正愁绝"这一疏忽的有意效仿。

基于诗人的写作背景，沈家本此诗"此时城中息嚣氛，古今同聚一邱貉。虎迹满地难扫除，龙甲半天可惊惧。厩倒不闻喧枥马，仓空讵见忍冻雀"是对侵略者在保定烧杀劫掠的控诉，八国联军是"一丘之貉"，他们的罪行如虎迹一样难以扫除，其贪婪的本性早把衙署仓库抢劫一空。"安得化作天河水……比户可封乃欢噱"则是沈家本对家国的祈盼，希望这场大雪能洗净家国烟尘，百姓能真正欣喜于"瑞雪兆丰年"，"安得化作天河水，宇内冰尘尽前瀹"化用杜甫《洗兵马》"安得壮士挽天河，净洗甲兵长不用"句意，尽显沈家本的儒者淑世情怀。

第二日天仍大雪，沈家本作《十三日暮复雪，仍效前体，用东坡韵》：

> 树顶纷飞若落叶，奚奴缚帚方扫雪。
> 天公有意益霡霂，顿觉街头足音绝。
> 长松张鳞真欲飞，老桧埋腰不肯折。
> 瀹酒铛寒气旋凝，烹茶薪湿火半灭。
> 作诗拈韵肩常耸，题字呵毫肘应掣。
> 老夫心闲无所营，闭户垂帘添衣缬。
> 高吟欧苏句清妙，正似霏霏玉成屑。
> 回看飞霙入窗户，几砚点点乍飘瞥。
> 静中自可得佳趣，此境无须向人说。

夜深忆及归去来，征途碎碾轮蹄铁。①

沈家本的第二首禁体雪诗效拟苏轼并次其韵。显然这首诗"树顶纷飞若落叶""长松张鳞真欲飞"中连续的两个"飞"字本在苏轼的禁字之列，但两处的"飞"字皆属树叶树木而不属雪，与苏轼"众宾起舞风烛乱"中的"舞"属人而不属雪有异曲同工之妙。"正似霏霏玉成屑"玉为禁字，但此处的玉不是形容雪色，而是形容前代诗人佳句之清妙如玉屑。② 和苏轼原诗对比，也可看出沈家本有意和苏轼一样努力地通过禁体物语将雪的形象生动地再现，写人的感受的比例则有所降低。而从"老夫心闲无所营，闭户垂帘添衣缬""静中自可得佳趣，此境无须向人说"等少数表达心绪的词句来看，沈家本此时因拘禁在家，面对侵略者无可作为，正处于无奈静默的状态。

大半月后，保定又下起了一场大雪，沈家本《十二月一日夜雪，用东坡〈江上值雪效欧阳体〉韵。原

---

① 《玉骨冰心冷不摧》，第220页。

② 以玉屑代指诗句不乏其例，例如宽永本《诗人玉屑》卷后题识云："古之论诗者多矣，精炼无如此编，是知一字一句皆发自锦心，散如玉屑，真学诗者之指南也。"

序"不以盐、玉、鹤、鹭、絮、蝶、飞、舞之类为
比，仍不使皓、白、洁、素等字"，与聚星堂原序禁
用"玉、月、梨、梅、练、絮、白、舞、鹅、鹤、
银"等字微有不同》

> 寒藏宜学服息龟，黄昏霰集人未知。
> 破床布衾踏欲裂，列营画角噤难吹。
> 不问门外雪疏密，但觉冷气侵吟髭。
> 晓起披衣抱膝坐，已见窗纸含冰澌。
> 巡檐四望负手立，庭树没顶屋露庪。
> 日光离离照断缏，风力屑屑飘轻丝。
> 此身仿佛出尘海，光明世界非人为。
> 前雪未销后雪并，惟天阴骘有主持。
> 兵戈扰扰众涂炭，医疮剜肉刀刻肌。
> 长安空说卧高士，下蔡何曾走健儿。
> 天子盱食衮不御，宰相梨色心忧时。
> 谋臣呵笔草军檄，边卒被甲居毡帏。
> 黄童白叟苦荡析，足僵皮脱无人姿。
> 彼苍鉴观信不爽，祸由末俗趋浇漓。
> 故教优渥且沾足，嘉祥入告陈丹墀。
> 来岁麦熟定可卜，千村万落青离披。

既富方谷民志变，魑魅屏迹夔魖驰。

默窥此意差足喜，邻翁劝进酒一卮。

词人例上瑞雪颂，我愿操管相追随。

孤吟忍冻所弗恤，微火炙砚终赋之。①

这首诗效拟苏轼《江上值雪》并次其韵。同样，此诗"黄童白叟苦荡析"出现"白"字也是沈家本不算犯规下的有意为之，因为此处"白"是形容人而非雪。这首诗与苏轼原诗相比，前十六句都是在描写雪满天地的动态以及寒雪之下人的各种知觉。而后沈家本转入对时事的描写，写了上至天子、宰相、谋臣，下到边卒、老人、儿童在这场大雪中的不同反应。君臣自然为时局忧虑，但普通百姓却因为酷寒而步入"足僵皮脱无人姿"的悲惨境地，揭露出战争带给百姓的巨大痛苦与不幸，表现出沈家本对百姓的同情。沈家本在大雪中幻想明年是丰收之年，朝野欣悦，魑魅魖魖的侵略者们也都绝迹中国，这样的幻想令沈家本获得了短暂的欢喜，甚而与邻翁对饮，因此诗人愿作瑞雪颂，尽管天寒地冻，诗人以火炙砚，化

---

① 《玉骨冰心冷不摧》，第230—231页。

开墨水作颂。诗人在极度忧患下，仍存着对家国百姓的美好幻想而把己身遭遇置之度外，体现出诗人浓重的忧国忧民之心。

从以上三首禁体诗来看，沈家本对欧苏的禁体诗是有意的模拟，沈家本对原诗的体察是非常深入的，欧苏创体在前，二人雪诗也是珠玉在前，如何以这一多有束缚的体式创作出抒情之作则考验着后世每一位诗人的性情与才思。叶梦得《石林诗话》卷下《雪后书北台壁》云："诗禁体物语，此学诗者类能言之也。欧阳文忠公守汝阴，尝与客赋雪于聚星堂，举此令，往往皆阁笔不能下。然此亦定法，若能者，则出入纵横，何可拘碍。郑谷'乱飘僧舍茶烟湿，密洒歌楼酒力微'，非不去体物语，而气格如此之卑。苏子瞻'冻合玉楼寒起粟，光摇银海炫生花'，超然飞动，何害其言玉楼银海。退之两篇，力欲去此弊，虽冥搜奇谲，亦不免有缟带、银杯之句。"叶梦得早已揭示出作禁体雪诗的难度，不仅因限字太多，常见题材更是考验作者心胸，因而往往令学诗者搁笔不能下，但沈家本具备诗人的才情，自然能够做到"出入纵横，何可拘碍"。在叶梦得看来，未必要逞才使巧才是好诗，一味逞才，难免流于气格卑下，这就需要作者胸中具备广阔山河丘壑，尽管沈家本选择了禁体诗，但其深沉厚重的忧国忧民之心使得他的诗歌气格高超。作为一名传统士大夫与优秀诗人，沈家本以诗喻怀，通过眼前即见的雪景以传统禁体的形式抒发了对家国百姓的忧患之情，不仅变游戏竞技的禁体雪诗为感时伤事的深沉抒怀之作，也为后人提供了观照历史的个体感受视角。

沈家本《杂诗十首》末诗管窥

吉莉*

光绪二十六年（1900），庚子国变，八国联军入侵北京，这是中国近代史上惨痛的一年。这一年，本应赴任山西按察使的沈家本因处理谭文焕一案搁置在保定，与直隶总督廷雍一同被联军拘留在保定北街福音堂。后因其子习拳无据，拆毁教堂意不在仇教，官职卑微，罪轻于廷雍而免于一死。① 但此后沈家本仍处于被拘禁状态，直至年末才得以离开保定。在此期间，沈家本作诗纾解愁苦，诗文遍涉经史，引经据典，不仅具备文学研究价值，还是了解当时历史背景下沈氏心境的重要史料。《杂诗十首》正是在此背景

---

* 吉莉，清华大学人文学院 2019 级博士研究生。
① 《沈家本传》（修订本），第 154 页。

下产生。沈家本在诗中直言当时面临的困境和愤懑，"君子居斯世，过刚者常折。睢睢易成雠，机值每发泄"[1]；对时人的品评可谓毫无避讳，比如"潭潭宰相居，上谒阍不通。昂昂姚判官，一怒发上冲"[2]；又借历史人物寄托治国理政的一腔热血，"微之批龙鳞，敢言争国是。会之用众议，列状存赵氏"[3]。《杂诗十首》前九首基本着重于此。至第十首，诗作风格一变，行文不言家国与个人的境遇，开篇即大量罗列宋代理学家事迹，是为：

> 明道请厢兵，力塞曹村埽。
>
> 茂叔知南昌，黜恶尽向道。
>
> 子静城荆门，次边息惊扰。
>
> 元晦振台郡，四野无饿殍。
>
> 经世具体用，大儒展襟抱。
>
> 岂如地画饼，空名逞文藻。
>
> 亦非谈良知，此心堕虚杳。

---

① 《杂诗十首》，载《玉骨冰心冷不摧》，第 223 页。

② 《玉骨冰心冷不摧》，第 225 页。

③ 《玉骨冰心冷不摧》，第 224 页。

撼树汝蚍蜉，狂言肆轻狡。①

"明道""茂叔""子静""元晦"分别指宋代理
学大师程颢、周敦颐、陆九渊、朱熹，而"谈良知"
代表以王守仁为首的心学一派。此诗褒贬明确，意在
肯定前四儒，而反对遁入心学。若以宋明理学为一整
体统而视之，此诗中的王学便成为不被认可的特例。
若以道学、心学划分宋明理学，同为心学的陆九渊、
王阳明却一褒一贬。故而，此诗意图并非单纯的理学
倾向表达。以下对本诗加以逐句分析，以体悟其意。

"明道请厢兵，力塞曹村埽。"意指宋神宗熙宁四
年（1071），黄河决堤危及河岸堤坝曹村埽，程颢与
郡守刘涣协力治理之事。此事经过在《宋史·程颢
传》存有记载："曹村埽决，颢谓郡守刘涣曰：'曹
村决，京师可虞。臣子之分，身可塞亦所当为，盍尽
遣厢卒见付。'涣以镇印付颢，立走决所，激谕士卒。
议者以为势不可塞，徒劳人尔。颢命善泅者度决口，
引巨索济众，两岸并进，数日而合。"② "埽"，非

---

① 《玉骨冰心冷不摧》，第225—226页。
② 脱脱等撰：《宋史》卷四百二十七《程颢传》，中华书局
1985年版，第12716页。

"扫"之繁体,是宋代常用的治河技术之一,岑仲勉认为此法是西汉王延世所用竹落的演进,被称作"埽"在北宋史书才见。[①] 宋人沈括在《梦溪笔谈》记载了"埽"之形制,吕叔湘总结"埽"有二意,一为修堤之特种材料,一为积埽而成之堤,曹村埽即后者。[②] 北宋时期,曹村是黄河要口。程颢所说"曹村决,京师可虞"可从两方面分析,一方面,北宋都城汴京和曹村二者相距不远,曹村在澶州,澶州即被人熟知的澶渊之盟发生地。以现今地理方位来说,相当于河南开封到濮阳的距离。另一方面,在治理黄河时,曹村埽与汴京的相对位置也是宋人必须着重考虑的。宋仁宗时人张问曾分析道:"曹村、小吴南北相直,而曹村当水冲,赖小吴堤薄,水溢北出,故南堤无患。若筑小吴,则左强而右伤,南岸且决,水并京畿为害,独可于孙、陈两埽间起堤以备之耳。"[③] 简单来说,就是黄河决堤时,水流必得择曹村和小吴一方

---

① 岑仲勉:《黄河变迁史》,人民出版社1957年版,第367页。

② 沈括著:《梦溪笔谈校证》,胡道静校证,虞信棠、金良年整理,上海人民出版社2016年版,第321—322页。

③ 脱脱等撰:《宋史》卷三百三十一《张问传》,中华书局1985年版,第10662页。

溢出，而曹村通往汴京，溢出必会危害都城。明白曹村埽的重要性，再联系沈家本作诗所处环境，保定之于清王朝的都城北京，可类比曹村于汴京，颇有唇亡齿寒之忧虑。此地若失守，北京危矣，即便皇帝可以远逃西安，也难保不会有下一个"保定"出现。

"茂叔知南昌，黠恶尽向道。"按照《宋史·周敦颐传》记载，周敦颐"徙知南昌，南昌人皆曰：'是能辨分宁狱者，吾属得所诉矣。'富家大姓、黠吏恶少，惴惴焉不独以得罪于令为忧，而又以污秽善政为耻"①。南昌人称道的"能辨分宁狱"，是指周敦颐早年间在其舅推荐下任洪州分宁县主簿时的政绩。上任后的周主簿迅速解决了当地一桩狱案，被称赞为"老吏不如也"。②宋代县主簿的具体职掌，《宋史》失载，可凭借朱熹《建宁府建阳县主簿厅记》做一了解："县之有主簿，掌县之簿书，凡户租之版、出纳之会、符檄之委、狱讼之成，皆总而治之，勾检其事

---

① 脱脱等撰：《宋史》卷四百二十七《周敦颐传》，中华书局1985年版，第12711页。

② 脱脱等撰：《宋史》卷四百二十七《周敦颐传》，中华书局1985年版，第12711页。

之稽违与其财之亡失，以赞令治。"① 今以南宋之例结合《周敦颐传》推北宋之主簿执掌，应有负责断狱之权。而刑名之事，也是萦绕沈家本一生的重要部分，周、沈二人虽然官职不同，但在官办理事务相近。沈家本从京官知任地方，致力于将断狱知识运用到实践中，初到天津虽有不适应之处，但在办理案件中却运用自如。"津俗故剽悍，喜械斗。前守持之严，风稍敛。公履任，以宽大为治，群不逞之徒以为可欺也，聚百人哄于市，公敕役擒其魁四人戮之，无敢复犯者……又适有侦获诱卖孩童人犯事，旧律非迷药不处死刑。公曰：'是岂可以常例论乎？' 竟置之法，而民大安。于是又知公之用律，能与时为变通也。"② 书生切忌纸上谈兵，沈家本能够根据地方民俗实际掌握礼法经权之间的平衡，足见其治理地方之能力。不仅如此，在处理郑国锦案过程中更见沈家本经世致用和善于考证的实力，不拘泥于文本知识，以例推测，援以为据，不仅照律拟罪结案，还将《洗冤录》未涉之事

---

① 龚延明：《宋史职官志补正》，中华书局 2009 年版，第 475 页。

② 王式通：《吴兴沈公子惇墓志铭》，载《沈家本全集》第八卷，第 978 页。

详录之，形成《补〈洗冤录〉四则》以备后人参考。沈家本何尝不希望在天津的政绩或可成为保定、山西人民的信任凭证，却不想赴晋上任前面对联军欺压。愤懑愁苦，只能以周敦颐相仿经历自我安慰和寄托。

"子静城荆门，次边息惊扰。"南宋绍熙二年（1191），陆九渊调任荆门。以今日地理知识审视，荆门处湖北自非边境，但在南宋版图中，荆门为次边而无城。陆九渊以为："郡为四集之地，荆门固则四邻有所恃，否则有背肋腹心之虞。"根据此地缘情况，陆九渊"请于朝而城之，自是民无边忧。罢关市吏讥察而减民税，商贾毕集，税入日增。逾年，政行令修，民俗为变，诸司交荐。丞相周必大尝称荆门之政，以为躬行之效。"① 相比于荆门居边，能引起沈家本共情的更是外敌侵扰。无论是知任天津还是保定，抑或是没有明令的代任直隶按察使期间，沈家本都难免与西人交涉，彼时军事方面敌强我弱，作为臣子也只能勉力维稳。沈家本虽心向子静治荆之效，却难抵现实无力之境。

---

① 脱脱等撰：《宋史》卷四百三十四《陆九渊传》，中华书局1985 年版，第12882 页。

"元晦振台郡，四野无饿稿。"朱熹是明清大部分士大夫的理想，不只官定教科书《四书大全》本于朱熹的《四书章句集注》，清代礼法也难脱朱熹礼学思想的影响。南宋孝宗淳熙八年（1181），浙东大饥，宰相王淮奏改朱熹提举浙东常平茶盐公事。"朱熹始拜命，即移书他郡，募米商，蠲其征，及至，则客舟之米已辐凑。熹日钩访民隐，按行境内，单车屏徒从，所至人不及知。郡县官吏惮其风采，至自引去，所部肃然。凡丁钱、合买、役法、榷酤之政，有下便于民者，悉厘而革之。于救荒之余，随事处画，必为经久之计。有短熹者，谓其疏于为政，上谓王淮曰：'朱熹政事却有可观'。"① 饥荒大疫在清末并不少见，诸如光绪年间直隶、山西、陕西、河南等地甚至出现丁戊奇荒，此般灾难发生在内外交困战乱频仍时期更是让国家举步维艰。沈家本诗句对此也多有描写，诸如《新寨口度黄河书事》记载："回车荒店泠，屋破还隘湫。敁庂床支龟，秽浊肆同鲍。从者饥难兴，食

---

① 脱脱等撰：《宋史》卷四百二十九《朱熹传》，中华书局1985年版，第12755—12756页。

并乏恶草。但逢卖浆翁，黍糜胜松黍。"[1] 又如《乞儿词》描写："夹辀乌乌音可哀，乞人贸贸村中来。牞童雏女走相逐，曳妪匍匐趋尘埃。前者方散后者聚，倾囊顿尽钱千枚。""男女四五岁，父母争相教。教之呼爷爷，乞相尤难描。但遇客车到，满村互招要。一钱乍入手，便向同村骄。"[2] 妇孺老幼，本该是被关照的对象，在困难时期反而借此身份夺人同情成为乞讨"先锋"。[3]

在朱熹振饥过程中，还有一事值得关注，即朱熹能圆满解决浙东饥荒，除了诸项措施到位，还依赖朝廷信任。即便有谗言相扰，皇帝还是给予了一定支持。事实上，在朱熹前往浙江振饥前曾向皇帝陈灾异

---

[1] 《新寨口度黄河书事》，载《玉骨冰心冷不摧》，第41页。

[2] 《乞儿词》，载《玉骨冰心冷不摧》，第34页。

[3] 利用弱势身份换取便利的情况，在清代京控中也时有发生。传统中国法律对于老、幼、废、疾、妇女及工匠、乐户等类人实行赎刑，体现了"悯老恤幼，矜不成人，宽妇女而贷贱役也"的基本原则。虽然法律限制这类人群参与诉讼，但并非完全禁止，因此这种优待原则有时也被滥用到京控之中。这一现象在清末修律时引起重视，妇女犯罪收赎改轻为重。参见上海商务印书馆编译所编纂，李秀清等点校：《大清新法令（1901—1911）》第1卷，商务印书馆2010年版，第289—291页；阿风：《清朝的京控——以嘉庆朝为中心》，载《中国社会历史评论》第15卷，2014年。

之由与修德任人之说，其中大篇幅论述臣子弄权一事，是谓：

> 陛下既未能循天理、公圣心，以正朝廷之大体，则固已失其本矣，而又欲兼听士大夫之言，以为驾驭之术，则士大夫之进见有时，而近习之从容无间。士大夫之礼貌既庄而难亲，其议论又苦而难入，近习便辟侧媚之态既足以蛊心志，其胥史狡狯之术又足以眩聪明。是以虽欲微抑此辈，而此辈之势日重，虽欲兼采公论，而士大夫之势日轻。重者既挟其重，以窃陛下之权，轻者又借力于所重，以为窃位固宠之计。日往月来，浸淫耗蚀，使陛下之德业日隳，纲纪日坏，邪佞充塞，货赂公行，兵愁民怨，盗贼间作，灾异数见，饥馑荐臻。群小相挺，人人皆得满其所欲，惟有陛下了无所得，而顾乃独受其弊。①

宋朝故事，放之清代何尝不是。清末国运凋敝，

---

① 脱脱等撰：《宋史》卷四百二十九《朱熹传》，中华书局1985年版，第12755页。

虽存有志之辈，也难掩奸邪舞弊之徒。在与保定被囚
关联甚密的北关教案处理过程中，沈家本面临的处境
即是一例。光绪二十四年（1898），甘军奉命赴京守
卫，途经保定，有哨官进入北关的法国教堂被捆绑逐
出，甘军若干人闻信前往，毁坏教堂门窗物件，传教
士二人受伤。此事自该时任保定知府的沈家本负责，
五月十九至二十，沈家本联合保定其他官员与当地教
士杜保禄商量妥当，或可结案。谁知清廷又下谕旨命
直隶总督荣禄速速办理，荣禄遂派姚文栋前往协调。
姚氏到任，却以贪功妥协为先。根据沈家本日记五月
二十四记载："姚又欲一人独发一电，其意欲将教士
等先借一地以居之，事结后再与磋磨，盖欲一人居
功，而将为难之事诿诸地方也。藩宪言一人独发电，
中堂将疑我等有意见。发电亦须联衔，断断相持历已
过午两时之久，始联函发电。"① 不止于此，姚氏一
来，将原本沈家本与教士商定的赔偿层层加码，反而
于教士大有裨益。更想不到的是，此事传至京师，却
得到了各方肯定，荣禄言道："省城不能了结，是以

---

① 《沈家本全集》第七卷，第840页。

迳向商办。今赔既少，地方官又免参处，办理甚属持平。"① 两相参照，朱熹所言官吏持权"重者"何尝不是沈家本所处官场之荣禄，借力于所重的"轻者"便是急于邀功的姚文栋，所不同者，清末真正想建言献策的士大夫不如宋时朱熹，实属走投无路。北关教案只是清末官场运转的一例写照，久之累之，国祚日衰，也是前朝故事而今日复现。

对时局和朝廷的愤懑，沈家本在庚子七月也有过表达，借用《国语》晋惠公斩庆郑一事类比今日局势，是为："晋惠有心除庆郑，本初无面见田丰。可怜碧血沉荒野，谁识丹忱达昊穹。"② 晋国饥荒，秦国相救，然秦国逢大疫，晋惠公却采纳虢射意见发兵攻秦。晋臣庆郑谏言不可，被晋惠公厌恶。进而在交战过程中，因二人嫌隙导致失误不断，晋惠公被秦俘。秦穆夫人即晋惠公姐姐求情后，秦国方释惠公，回国后的晋惠公便处死了庆郑。庆郑知其必有一死，早与蛾析言："'军败，死之；将止，死之。'二者不行，又重之以误人，而丧其君，有大罪三，将安适？君若

---

① 《沈家本全集》第七卷，第841—842页。
② 《咏史三首》，载《玉骨冰心冷不摧》，第209页。

来，将待刑以快君志。"① 庆郑自决其罪，与晋国司马
最终定罪相差无几。庆郑直言进谏却也知法犯法，留
待国君处置是贤臣。但晋惠公不顾劝谏斤斤计较必杀
庆郑难说是明君。九月，沈家本与直隶总督廷雍相
见，又以晋人自居，"楚囚相对集新亭，行酒三觞涕
泪零。满目山河今更异，不堪说与晋人听。"② 此晋人
既是身为山西按察使要面对的清人，也是面对晋惠公
无奈的庆郑。乱局之中为政者偏听偏信，身为臣子饱
读经史虽可以引以为戒，但如何做到对君对民负责是
每个士大夫的郁结，"经世具体用，大儒展襟抱"是
清末士人的目标与夙愿。

末三句，"岂如地画饼，空名逞文藻。亦非谈良
知，此心堕虚晶。撼树汝蚍蜉，狂言肆轻狡"，正是
经世致用实用之道的反面，空谈良知而不付诸实践在
家国危难之际多少有些无力感。相比前四句对程颢、
周敦颐、陆九渊、朱熹等具体人物和具体事件的描述，
"谈良知"此处，沈诗并没有将矛头直指王守仁或阳明
学派。王守仁不乏平定南赣之功，即便王学内部，也

① 韦昭注：《国语》，上海古籍出版社 2008 年版，第 153 页。
② 《九月初一日口占》，载《玉骨冰心冷不摧》，第 210 页。

还有追求任事的浙派和泰州派，与时政相牵连的复社、畿社等运动。常乃惪以为程、朱、陆、王之学，虽然门户不同，但其为空谈心性不务实际则一。① 此话虽然较为绝对，但也揭示出无论程朱还是陆王，不讲实践与行动便只剩对心性自然的理论。理论研究并非全无用处，只是在清末内忧外患迫在眉睫的形势下难以及时奏效。此种弊病在明末已经展现出来，故而出现黄宗羲、顾炎武、王夫之等学者对理学的批判。然而，提倡实学的风气发展到清季还是不能消除玄远空虚对时人思想的影响，尤其在危亡之际，求诸内心的做法又可带来某种精神上的暂时安稳。沈家本"亦非谈良知，此心堕虚晶"的慨叹，或不指向王学及其后学，而是对内外交困情况下空谈不作为之人的批判。

《杂诗十首》只是沈诗一隅，最后一首也只是其中之一，放在沈家本一生中也并非可赋予转折性的关键诗句。甚至，如果仅从纯粹的理学史角度理解，不仅不晓沈诗深意，还会造成对宋明理学家的误读。然而，通过考据诗中所引宋人故事，不仅使人感悟到此

---

① 常乃惪撰，葛兆光导读：《中国思想小史》，载《蓬莱阁丛书》，上海古籍出版社 2019 年版，第 167 页。

诗与时代的关联，此诗价值更为明朗。

其一为史料价值，即为了解北关教案以及姚文栋生平提供了另一重参考。关于北关教案的过程和结果，《直隶荣禄致总署办理保定教案议结情形电》展现了官方记载："地方官无庸议处。现已缮具详细条款合同，画押互换完结。此次甘军殴伤教士，毁坏教堂，在彼有词可借。倘迁延日久，恐法使藉端要挟，势必另生枝节，难以收束。今就此了结办理，似觉妥速。"① 然而，沈家本诗文和日记中记载的又是另一番光景，此事李贵连多有研究，在此不赘。② 关于此事还需提及一人，即姚观察文栋。在沈氏关于北关教案的书写中，姚氏空降保定不仅无甚益处，还提高了赔偿，引起地方官员不满。《姚文栋年谱》对北关教案记载不多，只说廷雍是助拳匪者。③ 但《年谱》中存

---

① 王彦威、王亮辑编：《清季外交史料》第6册，李育民、刘利民、李传斌、伍成泉点校整理，书目文献出版社1987年版，第2589页。

② 可参见《沈家本传》（修订本）。

③ 姚明辉编纂，戴海斌整理：《姚文栋年谱》，载中国社会科学院近代史研究所近代史资料编辑部编：《近代史资料》总125号，中国社会科学出版社2012年版，第183页。下文称《姚文栋年谱》。

有姚氏对时局的分析，其中又是另一种解释："窃闻
近日洋情紧急，杞虑趋深。洋人武备素精，中国与一
西国敌犹惧不胜，若与众西国敌则势孤形弱，愈觉可
危，杞虑一也。驻使例宜优待，辱其使即辱其国，不
但其本国之人引为深耻，并牵惹各国共忿，杞虑二
也。外人早有分占之说，若使衅由我起，彼即有所藉
口，不啻迫之使成也，杞虑三也。拳民以仇教为名启
之于先，洋人必将以剿匪为名报之于后，杀戮不已，
地方糜烂，国本受伤，杞虑四也。枪炮不能伤身，其
说始于缅甸，而卒无效，足以惑众，不足以临敌，杞
忧五也。"① 姚文栋师从经学家俞樾，后多从事外交事
宜，1882—1890 年间作为随员，先后随同驻日公使黎
庶昌、驻俄德奥荷公使洪钧出使各国。1891 年奉委考
察印缅商务、滇缅界址。1892 年奉旨赴北洋随办洋
务。② 从以上经历而言，姚氏对时政的分析不能说是
纸上谈兵，应有现实经验作参考。事实上，类似沈、
姚分歧，在清季朝廷屡次上演，从鸦片战争的"弛
禁""严禁""主战派""主和派"到对义和团的"镇

---

① 《姚文栋年谱》，第 181—182 页。
② 《姚文栋年谱》，第 137 页。

压""招安",各派人士唇枪舌剑,而清廷的决定也
难说代表哪方胜利。就历史研究而言,事件参与者的
个人化书写实则为研究历史提供了更为丰富的史料和
更为广阔的视角。

其二是思想价值,即此诗为理解"经世"思潮提
供了另一种参考。一般情况下,学界多以"经世"思
想多出现在王朝末期,明清尤甚。梁启超提出明末学
者尤其是王学学者,"他们对于明朝之亡,认为是学
者社会的大耻辱、大罪责,于是抛弃明心见性的空
谈,专讲经世致用的实务。他们不是为学问而做学
问,是为政治而做学问"。这经世致用的思潮,碰着
清末内外交困的机缘,便又复活,而且其力极猛。①
何为"经世",也就披上了救亡图存下的变革寓意,
颇有与学术尤其是思想分离之意。以此诗来看,沈家
本确实为清末人,这是他所处的时代背景,但其诗中
引用宋明人物实则兼具理学和治世的两种特征,并非
将学术、政治剥离。事实上,儒家向来有"经世"根
柢,程朱理学倡导"尊德性""道问学"相辅相成,

---

① 梁启超:《中国近三百年学术史》,上海古籍出版社 2014 年
版,第 14、28 页。

阳明学致良知也须知行合一。沈家本任天津知府时曾分析兴科举的初衷，言道："国家尚文教，取士沿前明。缅想初盛时，人人知治经。克阐圣贤旨，颇撷诗书精。发为经世业，廊庙多耆英。"① 科举制义本出于对经义的理解，经义必出自经学，而经学不单是纯粹的知识，而是倡导经世致用。士人通过对经学的学习和解读，通过科举获得入仕机会，最终将经学知识用于社会实践。只是后世部分学人空谈明心见性，渐次遁入虚空。辅之科场僵化，八股文中多是陈词滥调，难出济世之才。待到王朝衰微，个人性命和生存环境受到威胁时，空想不攻自破，本就存在于中国文化中的"经世致用"也就愈显，造成风潮横空出世的错觉。总之，两脚书橱盖是对儒家士大夫极大的误解，经世也并非乱世专属。

---

① 《九月保定郡试，率成长篇示龚达夫太守及襄校诸公》，载《玉骨冰心冷不摧》，第 183 页。

沈家本庚子国变中的诗歌创作

宋威山*

内容摘要：沈家本作为清廷重要的官员，在庚子国变中眼见慈禧太后和光绪皇帝仓皇西逃，写下沉痛的咏史组诗以表达乱世中的人生抉择；因北关教案一事被诬入狱，其间通过漫题组诗道尽家国衰败之痛；后转入漫长的监禁期，效仿欧、苏险韵尤其是禁体创作若干咏雪之诗，既排遣自己身不自由的苦闷，又表现对时局和民生的关心与忧患；解除监禁之后，又经历清朝法律的大变革并作为其中重要的推动者，最终成为中国法制现代化的先驱。

关键词：沈家本　庚子国变　诗歌

---

* 宋威山，扬州大学文学院讲师。

光绪二十六年（1900）七月二十（公历 8 月 14
日），八国联军攻占北京，慈禧太后挟持光绪皇帝匆
匆逃亡至西安。此时，刚入耳顺之年的沈家本心绪越
发难平。在此之前，光绪二十三年（1897）冬，德国
占领胶州湾；次年光绪皇帝下诏接受康、梁的建议，
开始"百日维新"变法。也恰好在这个时候，董福祥
的甘军调防路过保定时，放火将一处法国教堂焚毁。
时任保定知府的沈家本不得不出面调停争端，并接受
法国传教士方要求，拟在保定城中划出一地用于教堂
重建；但后因当权者的软弱妥协，导致对方提出更为
苛刻的要求，甚至妄图霸占府署东偏之地。最终沈家
本据理力争，妥善解决了这一争端。戊戌变法的失
败、法国传教士的恣肆，都让沈家本对时局和国家的
未来充满了深深的忧患感和无力感。未曾料想不久之
后，偌大的北京城已经成为八国联军的盘踞之所。

一、乱世咏史：大时代中的个人抉择

在最高统治者仓皇逃离紫禁城之后，沈家本感慨
万千，随即写下《咏史三首》。咏史诗可以算是沈诗

热衷的题材,《咏史小乐府三十首》《拟左太冲咏史诗八首》《咏史》都可以看得出他对历史题材征引和歌咏的偏爱。在这组诗中,他更是融汇了若干史实和典故,借古讽今和咏古抒怀的意图不言而喻。

诗歌开篇"秋来树树起西风,惨淡浮云蔽碧空",即指出庚子国难发生的时间及当时京城愁惨的状况。紧接着,沈家本在颔联言及两个历史人物和故事,"晋惠有心除庆郑",是指庆郑当年在秦国因饥荒求救于晋时,力劝晋惠公拨粮救济对方,以报当年"泛舟之役"之情。但是庆郑的建议不为晋惠公所用,最终导致次年爆发秦晋韩原之战,而庆郑则因讽谏一事遭杀害。"本初无面见田丰",指的是谋臣田丰为人刚直,多次谏言却不受袁绍采纳,后也遭到对方的杀戮。这两个典故无疑是现实政治的投射,庆郑和田丰的进谏和被戮,指的正是"戊戌六君子"在变法中的遭遇;而晋惠公和袁绍则无疑指的是以慈禧太后为首的保守派,他们的仓皇出逃也恰恰类似晋惠公和袁绍身死国灭的结局。因此到了颈联,"可怜碧血沉荒野,谁识丹忱达昊穹",沈家本开始惋惜这群志士仁人的悲惨下场,并颂扬其报国的一腔热诚。最后,"狐鼠升堂鸮毁室，玉河桥畔恨何穷"，更直指正是当时不听忠言赶尽杀绝的行为，造成了今日今时北京城遭八国联军侵占、皇家宫室被蹂躏。其中"玉河桥"又名"御河桥"，所在地正是著名的"东交民巷"，根据1858年签订的《天津条约》，各国派遣的公使即常驻于此，后来义和团杀入北京也直指东交民巷，因此"玉河桥畔恨何穷"说的正是沈家本对外国公使常驻于北京的愤恨。此外，沈家本在后来的《十月初十日到京杂诗》中还写道："藁街邸舍列东城，五色旗开照日明。南北玉河桥下路，短衣到处荷戈迎。"同样提及"玉河桥"，其中"藁街"即为外国公使居住地之意。综上可知，组诗的第一首主要表达对"戊戌六君子"因变法被戮的惋惜，同时也抒发对八国联军侵占北京的愤恨。

组诗的第二首从对家国时事的关注中转向自身，已经60岁的沈家本不禁感慨并思考起自己的人生行藏。首联"云泉相劝早抽身，尘海原多未了因"，直接点明自己想要归隐的念想，但同时又身处世事中尚无法抽离。颔联同样援用两个历史人物的典故："弘景挂冠何洒落"，是指陶弘景辞去朝廷食禄、归隐句容句曲山之事；"之奇尽室不逡巡"，则是说北宋蒋之奇，他在《寄米元章》一诗中写道："京城汩没兴如何，归棹翩翩返薜萝。尽室生涯寄京口，满床图籍锁岩阿。"诗中向好友米芾表达自己计划离开京城、携带全家返回京口归隐的志向。其实在此之前的《书事》一诗中，沈家本已经援用此典故，"之奇尽室行，伯玉近关出。君子见几作，必不俟终食"。借两位历史人物，沈家本进一步展露出对辞官归隐的歆羡神往。不过，和历史上那些洒脱的诗人不同，颈联中沈家本以矛盾的方式道出自己的心迹："心萦北阙花原好"，是说自己分明心系魏阙，但这绝非传统意义上对功名的留恋，而是身居官位对家国时局无法忍心不顾；"梦逐东山草自春"，下联则强调自己这种矛盾的心态，以谢安东山之典故寄寓自己梦回故乡的愿望。最后尾联中，沈家本再次流露出对归隐田园的向往之情，"偏是有田归不得，鸳湖烟雨羡垂纶"。总而言之，表面上看来这是沈家本对辞官归隐的向往和对身不由己的惆怅，但在庚子国变的背景之下，这首诗毫无疑问是沈家本对自己人生轨迹作出的一次重要的抉择，60岁的他选择在乱世中挺身而出，来承担拯救天下的匹夫之责。

　　来到组诗的最终章，沈家本开始谈及自己的家国之责。"枉教国手理残枰，日下妖氛未易平"，首联以国手行棋来比喻自己将要处理政务，但是他面对的是一副残枰，目下的国家和时局已经岌岌可危，八国联军的"妖氛"岂能轻易平息？这是一种来自试图力挽狂澜的士大夫的沉痛感慨。因此，颔联里沈家本带着一腔自我辩白的语气写道："亲贵岂真忘大义，舆人毕竟有公评。"作为身居高位的亲贵，自己怎么会在家国临危之际归隐田园以求明哲保身呢？相信自己的所作所为、是非对错在民众眼中应该会得到公正的评价。紧接着，沈家本借助两个人物典故展开议论政务问题："和戎初不关洪皓"，说的是南宋洪皓出使金国一事，后被扣留荒漠 15 年，最终凭忠坚意志全节而归；而该句"不关"二字表示出面与外国人交涉原非沈家本分内之事，显然内中充满颇多无奈。"游说何曾作宋牼"，指的是战国时期宋牼，他在战乱年代反对诸侯之间的兼并之战；而句中"何曾"二字分明表露出他处理外交事务时的棘手和沮丧。总之在颈联中，沈家本详细交代了自己"理残枰"的内容，虽未明言，但我们也大致猜测得出应该就是北关教案一事，正呼应"妖氛未易平"的艰难。最后，诗歌再次回应组诗的第一首："倘与旧交逢地下"应该是指"戊戌六君子"中的刘光第，沈家本与刘光第同年会试，分别名列第 203 名和 204 名；如今旧交已逝，而自己仍在为国家尽心竭力，如果殁世之后能够与刘光第泉下相逢，沈家本应该作何言语呢？结论是"一般心事未分明"。庚子国变前后，沈家本作为大时代的亲历者，遭逢到如此多的触动甚至是冲击，这一番心事又怎能几语道尽和说明呢？

历史上杜甫的诗歌被誉为"诗史"，正在于他能在正统史书的书写之外留存有对当时家国时局最具个体性的感悟与思考；相较于毕生身居下僚甚至籍籍无名的杜甫来说，沈家本无疑是清朝光绪一朝重要的官员，同时相较于经历安史之乱大变局的杜甫，沈家本遭遇到的庚子国变在身心触动中要来得更加猛烈。因此，沈家本在庚子国变中的咏史诗毫无疑问是大人物在大时代的沉痛认知和清醒书写，具有极为重要的文化心态史意义。

二、楚囚哀吟：漫题组诗的家国之痛

写完《咏史三首》后不久，沈家本奉旨补授山西按察使，正准备从保定前往赴任，未曾料想八国联军已进据保定；而法国传教士对当年的北关教案处理结果耿耿于怀，趁机向联军诬告沈家本附和义和团。于是八国联军不由分说将沈家本拘禁关押在保定北街教堂，一场乱世中的牢狱之灾就这样落在他的头上。

无妄之灾来得突然，沈家本极为惊愕与愤慨，当即口占一绝《九月初一日口占》："楚囚相对集新亭，行酒三觞涕泪零。满目山河今更异，不堪说与晋人听。"新亭对泣的场景如今似乎正在他与僚友身上再现，东晋南渡士人当初不过是看着新亭的风景仿佛与洛阳一般无二，但沈家本此时面对的山河美景已然变异，正作楚囚举杯对泣呢！这般境地又如何能说与东晋之人听？

转眼重阳节到来，秋风萧瑟，国家危难，自己也垂垂老矣，更是身陷囹圄，想到这里百无聊赖的沈家本写下《重九漫题四绝句》。第一首中写道："老去

悲秋怜杜老，衔杯强说客怀宽。非关风力能吹帽，更
倩何人为整冠。"是用杜甫《九日蓝田崔氏庄》的典
故，原诗作"老去悲秋强自宽，兴来今日尽君欢。羞
将短发还吹帽，笑倩旁人为正冠"。与杜甫年老感慨
自己仕途窘迫不同，沈家本的诗歌将个人遭际深深嵌
入国家的命运中。第二首为："算到篱东菊正芳，白
衣送酒为谁忙。爱吟陶令闲居句，尘爵虚罍耻未忘。"
整首诗看似主题显豁，但细细品味却颇有况味：全诗
化用陶渊明《九日闲居》的诗意，陶诗背景是某年重
阳节陶渊明无酒可饮，只能空赏宅边满园菊花，幸江
州刺史王宏派人送酒。沈诗中"算到"二字是沈家本
狱中想象重阳节的狱外风景，但这显然与自己无关，
"为谁忙"即将自己与热闹区隔开来。此外，陶原诗
写道："如何蓬庐士，空视时运倾！尘爵耻虚罍，寒
华徒自荣。"沈诗最后两句重作表述，陶渊明是在感
慨佳节匆匆而自己有志不骋。沈家本以"耻未忘"三
字作自嘲，意思接近《咏史三首·其二》。第三首开
始将视线转向更广阔的外界："千林落叶战声麘，铁
甲金戈气正嚣。酩酊难酬佳节好，并无风雨罢登高。"
外面麘战未止，敌人气焰嚣张，沈家本此刻却陷于狱

中，纵逢重阳佳节也无心情；"并无风雨"四字颇有意味，对天气而言当然无甚风雨，但是整个国家此刻却处于风雨飘摇之中，这个"并无"来得该有多么讽刺啊！因此，重阳登高作罢实际上既是诗人极不自由，更是心系局势而毫无兴致。第四首则联系到苏轼《醉蓬莱·重九上君猷》一词，"高歌坡老醉蓬莱，华发萧萧百念灰。休说雪堂能烂醉，今朝谁倒接篱来。"苏原作序言提及自己被贬谪居黄州已三年，"笑劳生一梦，羁旅三年，又还重九"，因此沈家本高歌该词显然是有所寄意的；沈诗第二句正对应苏词"华发萧萧，对荒园搔首"两句；末句则对应苏词"年年落帽，物华依旧"。原本苏轼三年重阳风物依旧，但是沈家本的这个重阳节却如此不同，诗中"休说雪堂能烂醉"其实是自指：年老时候眼见家国罹难，自己怎会还有心思开怀一醉、倒着接篱？倒不如说是"百念灰"罢！重阳节的四首漫题，首首沉痛至极。

同样以"漫题"为诗题的还有此后《漫题三首》，相较《重九漫题四绝句》即景即事生情，这组诗更接近借事咏史述怀。第一首诗歌用典颇深、费人思量，应该吟咏的是慈禧太后、光绪皇帝和"戊戌六

君子"等事：首联"不少旁人说短长，事逢束手费思
量"，应该是指光绪皇帝接受康梁等人变法的建议，
但是受迫于慈禧太后的掣肘与反对，总是飞短流长且
束手束脚；颔联"乘轩老鹤骑难稳，覆盎醯鸡舞正
狂"，前句用《左传》卫懿公令鹤乘轩的典故，应该
意在讽刺慈禧太后滥居官位，后句"覆盎醯鸡"应该
化用"瓮里醯鸡"这一典故，"醯鸡"是酒瓮中生的
酒虫，"舞正狂"形容的即是其翻飞的姿态，整句嘲
讽的就是那些见闻狭隘、思想浅薄之臣子。总之该联
极尽嘲讽之事，表达出对当权者的不满。颈联"方道
和亲凭魏绛，孰教幽愤泣嵇康"，前句魏绛是向晋悼
公提出和戎政策之人，沈家本应该是指代主张和戎的
李鸿章，后句涉及嵇康《幽愤诗》，是诗人因好友吕
安被诬入狱后的不平之言，似乎用以指代"戊戌六君
子"中的刘光第。尾联再次援用两个历史人物，"可
怜鲁国奇男子，难救江东盛孝章"，典故是盛宪先后
为孙策和孙权所忌惮，好友孔融遂写下《论盛孝章
书》向曹操求援，但未等到曹操的征召，盛宪已经为
孙权所杀害。因此，句中孔融和盛宪二人或许指代自
己和好友刘光第。第二首仍旧是感慨政治和时局，开

篇首联就感慨民不聊生，"嗟哉百姓尽征松，空说年登比户封"，百姓已然惶惶不可终日，还说什么物阜民丰、风俗醇美呢？颔联颇为费解，"难得庄生开口笑，偏教郑伯降心从"，当是用郑庄公典故，庄公之弟段恃宠而骄，谋臣建议尽早惩治，庄公却以"段恶未彰"为由不取；前句《东周列国志》作："庄公笑曰：'段乃姜氏之爱子，寡人之爱弟。寡人宁可失地，岂可伤兄弟之情，拂国母之意乎？'"沈诗"难得开口笑"指的应该是师心自用以至纵容恶行；后句是以郑庄公为求得母子消泯恩怨、和好如初，采纳颍考叔的建议，"阙地及泉，隧而相见"，即所谓"降心从"。仔细理解该联典故，应该是评论慈禧太后和光绪皇帝的故事，不过事理上较晦涩。颈联转向现实局面，"烟尘到处都成劫，尊俎何人可折冲"，秉权母子的一番作为最后令国土沦丧、兵燹不断。紧接着沈家本发出一问：还有何人可以抵御敌寇呢？尾联给出了一个充满失望的回答，"岂少犒师牛十二，弦高词令枉从容"，眼下国家赢弱以至大势已去，纵有和戎的钱财和智退秦军的弦高，又怎么能够力挽狂澜呢？组诗最后一首相对清晰，首联"趦趄未改汉官仪，簪组

权抛反觉宜"，前句当指慈禧太后和光绪皇帝假
"西狩"名义逃亡至西安，表面上仍保持威仪强装
镇定；后句是自己被捕系狱后脱却官袍，无法处理
政务倒也落得清闲。颔联前句"得鹿亡羊悲客梦"，
直指自己对英法联军侵占北京之事深感悲痛，后句
"嘲鸠吓鼠笑儿嬉"，用《庄子》蜩与学鸠笑鲲鹏、
鸱得腐鼠吓鹓雏的典故，都是用以表达对现实政治
无能为力的可悲与可笑。颈联"偏多酒禁街头帖，
绝少车声陌上驰"，转而写庚子国变中萧条冷漠的现
状。尾联"苇管灶煤书怪事，几番咄咄独嗟咨"，因
见到如此乱象和怪事，只能以诗歌创作来体现自己的
无奈。

　　在被捕之后，保定官员通过行贿方式试图竭力营
救沈家本等人，但最后却落得个人财两空。因此，沈
家本还仿效乐府《平陵东》一诗描述解救自己一事。
原作写道："平陵东，松柏桐，不知何人劫义公。劫
义公，在高堂下，交钱百万两走马。两走马，亦诚
难，顾见追吏心中恻。心中恻，血出漉，归告我家卖
黄犊。"意思是用百万赎金拯救遭劫持的义公。而沈
家本写道："平陵东，十丈蓬，谁教汝，劫义公。金

汝金，鼓汝鼓，缚义公，田交午。力士短衣头雉毛，
千骑万骑陈东郊。人言义公不可赎，我言义公如可
赎，东家输金钱，西家卖布谷。"诗中尤其提及"短
衣雉毛"的联军士兵集结驻扎在东郊，还有这次的营
救。不久之后，在清政府与八国联军的交涉之下，只
有沈家本被从保定教堂移送至保定府署，并从拘留改
为软禁或监视居住，为此沈家本作有《移居二首》。

三、险韵禁体：步韵欧苏的无聊自遣

在此后长达三个多月的监禁中，沈家本百无聊
赖，只能借助诗歌创作来排遣自己的苦闷，《闲居五
首》这组诗便是消磨时光的抒情之作。第一首诗，首
联"坦然心地自安舒，陋巷何妨寂寞居"，用"陋
巷"来表示自己被监禁的状态，大有自我宽慰的解嘲
之意；颔联"行药每搜元化笈，问奇偶驻子云车"，
前句指自己闲翻华佗医书，后句则以杨雄载酒问字的
典故表达借观书以解忧的无奈；颈联"鼯饥不禁跳空
案，犬散难教寄远书"，则是形容居所的不适和对家
人的思念；尾联"羡尔冥鸿都自在，归期先及早霜

初"，直接点明渴盼归期的诉求。第二首诗，首联
"簿书乍喜扫无遗，诗卷携来独自披"，指出自己监禁
中暂时摆脱繁忙的公务，整日独自批阅诗集；颔联
"坐稳毡无针上苦，饭香炊岂剑头危"，前句化用如坐
针毡之典，后句则为桓玄戏作的危语"矛头淅米剑头
炊"，都是借"稳"和"香"的体验和感受表现自己
随遇而安的状态；颈联"风严偏觉灯光敛，月定频看
树影移"，开始转入对周围环境的观察和描写，入冬
时节户外的寒意和朗月都被描写得极具诗意，这也是
沈家本这段时间少有的妙笔；尾联"赢得者般闲意
味，逍遥自在莫相疑"，直接点出自己的"闲"和
"逍遥自在"，而实际上整首诗看似作闲语，实则是一
种苦涩和无奈的清闲罢了。第三首诗，首联"堂堂岁
月似奔轮，落落风期自守真"，开篇强调自己万岁守
真的风度；紧接着颔联"郁郁山松终耐冷，离离涧草
必逢春"，用山松和涧草来比喻自己的气度，呼应当
下虽被监禁却不屈从的品格；颈联"常将矗矗深深
意，同踏胶胶扰扰尘"，则交代自己入世的款款深情；
尾联"众口悠悠乌足计，此中绰绰匪无因"，悠悠众
口无需介怀，足见沈家本对自己宽和舒缓的胸襟气度

极为自信。第四首，首联"老聃名论岂真忘，舌以柔存齿折刚"，言及对老子言论的信奉持守；颔联"心苟能空同止水，腹缘善忍若悬囊"，开始对自己内在精神世界进行开掘与提升；颈联"颠危总赖扶持力，烦恼须寻自在方"，进一步点明依靠"扶持力"和"自在方"来克服内心世界的颠危与烦恼；尾联"淮雨别风来不测，中流容与有慈航"，"淮雨别风"即"列风淫雨"，因"别"与"列"、"淮"与"淫"字形相似而误，沈家本以"容与"之心来对抗不测之风雨，再一次抒发自己患难之中的平和心境。第五首，首联"风尘憧扰苦相从，何术能消戚戚忪"，开篇却一转此前的气定神闲，写自己渴望寻求方法来消除纷乱不安的世事带给自己的忧愁；颔联"束缚倘逃颜跖网，优游好逐尚禽踪"，前句借颜回和盗跖之事来表达对摆脱是非不分的尘世的渴望，后句则进一步强调像效仿尚长与禽庆那样复归自然；然后颈联开始了对未来愿景的想象，"归来拟卜三间屋，觉后常听半夜钟"，描写自己任性归隐后的闲适生活；最终尾联"帆力马蹄都悟彻，岂将浮利芥心胸"，沈家本认为自己已经心无浮利，可以开启自己快意自然的人生新篇

章了。综上可见，在这组诗中，沈家本开始通过闲吟
的方式呈现自己在监禁中的生活状态，并表达对自由
归隐的向往，但这也恰恰反衬出诗人当下的不自由和
因极度清闲带来的巨大苦闷。

于是在随后的诗歌创作中，百无聊赖的沈家本开
始投入对欧苏险韵和禁体诗歌的阅读和效仿中。首先
是《十月十四日夜雪，感赋二律，用东坡雪后北台壁
韵》，他在诗题中明言这是效仿苏轼《雪后书北台壁
二首》所作。苏诗原作如下：

> 黄昏犹作雨纤纤，夜静无风势转严。
> 但觉衾裯如泼水，不知庭院已堆盐。
> 五更晓色来书幌，半夜寒声落画檐。
> 试扫北台看马耳，未随埋没有双尖。
>
> 城头初日始翻鸦，陌上晴泥已没车。
> 冻合玉楼寒起粟，光摇银海眼生花。
> 遗蝗入地应千尺，宿麦连云有几家。
> 老病自嗟诗力退，空吟冰柱忆刘叉。

原作第一首尾联"试扫北台看马耳，未随埋没有
双尖"、第二首尾联"老病自嗟诗力退，空吟冰柱忆

刘叉",所押之韵"尖"和"叉"均为险韵,但苏轼以"马耳双尖"和"刘叉《冰柱》"完美克服牵强拼凑的毛病,足以展现自己的创作才能。沈家本的两首则完全步韵:

> 寒声鼓柝杂洪纤,愁坐危城气倍严。
> 甲斫玉龙沉断水,旗描白虎肖形盐。
> 中宵舞势常穿户,破晓晴光乍到檐。
> 试踏营门寻故垒,墙头半露铁矛尖。
>
> 毕逋不见满林鸦,古道谁驱薄笨车。
> 画阁无人评柳絮,断桥何处访梅花。
> 衡茅云卧多为客,陇麦烟封半有家。
> 衰老争禁寒彻骨,苍茫独立手频叉。

　　如果我们稍加对照就可以发现很多有趣之处:苏诗第一首主要描写夜雪悄然而至的盛大,章法流畅自然,如颔联为流水宽对,颈联虽未正对但笔法疏朗;但是沈诗则极尽描摹之能事,颔联则为工稳的正对,"甲斫玉龙"和"旗描白虎"将雪势描绘得极为夸张,而到颈联进一步渲染风雪肆虐之状。苏轼第二首写雪停之后城乡的日常风景,尾联感慨自己老而无为；沈诗则亦步亦趋，几乎照搬苏诗的诗意翻作新篇，仅仅在颔联描写雪景时代之以略微孱弱的化用典故。总体来说，虽然沈家本的笔力和才华逊于苏轼，但是选择苏轼两首险韵进行效仿的行为，毫无疑问反映出沈家本监禁生活的无所事事。

不久另一场雪之后，沈家本兴致再起，作《十二日夜大雪，率成长篇，效欧阳永叔聚星堂禁体，即用其韵》，并在诗题后自注："禁用玉、月、梨、梅、练、絮、白、舞、鹅、鹤、银等字。"该诗乃仿效欧阳修《雪》所作，欧诗诗题自注："时在颍州作。玉、月、梨、梅、练、絮、白、舞、鹅、鹤、银等事，皆请勿用。"欧阳修这首诗作于皇祐二年（1050）聚星堂宴集之上，并为增加趣味性而选用禁体即白战体，故沈家本诗题作"欧阳永叔聚星堂禁体"。原作如下：

> 新阳力微初破萼，客阴用壮犹相薄。
> 朝寒棱棱风莫犯，莫雪緌緌止还作。
> 驱驰风云初惨淡，炫晃山川渐开廓。
> 光芒可爱初日照，润泽终为和气烁。
> 美人高堂晨起惊，幽士虚窗静闻落。

酒垆成径集瓶罍，猎骑寻踪得狐貉。

龙蛇扫处断复续，貔虎团成呀且攫。

共贪终岁饱麰麦，岂恤空林饥鸟雀。

沙墀朝贺迷象笏，桑野行歌没芒屩。

乃知一雪万人喜，顾我不饮胡为乐。

坐看天地绝氛埃，使我胸襟如洗瀹。

脱遗前言笑尘杂，搜索万象窥冥漠。

颍虽陋邦文士众，巨笔人人把矛槊。

自非我为发其端，冻口何由开一噱。

　　欧阳修不但选择以禁体写作，在用韵上也挑选入声药韵中的若干险韵来押。诗歌可以分为三个段落：自"新阳力微初破萼"至"润泽终为和气烁"为第一部分，主要刻画大雪纷飞直至次日雪停的风景；自"美人高堂晨起惊"至"桑野行歌没芒屩"为第二部分，写雪落天晴之后人间享受雪景的忙碌之象，从美人晨起和幽士静闻，写到酒友畅饮和雪野围猎，再到各家扫雪和堆砌雪人，此外又从民间农夫写到朝贺大臣，全景式地刻画了一场大雪带来的"万人喜"；自"乃知一雪万人喜"至"冻口何由开一噱"为第三部分，诗歌转向当下的宴集和自身，希望自己抛砖引玉。而沈家本的诗歌同样亦步亦趋：

> 黄昏欲雪未成萼，早眠但觉衾裯薄。
> 关门忽听风力粗，打瓦乍兼雨声作。
> 须臾负势腾虚空，历乱横飞下清廓。
> 城头寒鼓湿欲瘖，窗间故纸光正烁。
> 晓起推户气混茫，千树万树吹还落。
> 此时城中息嚣氛，古今同聚一邱貉。
> 虎迹满地难扫除，龙甲半天可惊愕。
> 廐倒不闻喧枥马，仓空讵见忍冻雀。
> 踽凉莫怜东郭履，隐沦共蹑居士屫。
> 千畦种麦情固慰，一杯把酒意谁乐。
> 安得化作天河水，宇内兵尘尽湔瀹。
> 东来海鸟匿光采，西去沙虫返荒漠。
> 且喜处处没畦町，共劝家家卖刀槊。
> 兆占三白歌丰年，比户可封乃欢噱。

诗歌直接沿用欧诗原韵，甚至连结构章法也大体相似："黄昏欲雪未成萼"至"窗间故纸光正烁"为第一部分，同样刻画夜雪的猛烈和寒冷；"晓起推户气混茫"至"隐沦共蹑居士屫"为第二部分，写次日天明雪停后的景象，但是沈家本一改欧诗中"一雪万人喜"场面，转而强调雪后"城中息嚣氛"的惨淡凄凉；"千畦种麦情固慰"至"比户可封乃欢噱"为第三部分，此部分相较欧诗宴集的客套之语有所不同，用一场盛大的雪来展望国家安稳喜乐的未来。由此可见，不同于前面效仿苏轼的诗歌，尽管这首诗也是沈家本为了消磨时光所作，却深刻寄寓了自己对时局的感慨和对家国的忧患。

次日大雪又降，沈家本再次作禁体诗《十三日暮复雪，仍效前体用东坡韵》，实际上是效仿欧阳修《雪》的后续之作。苏轼《聚星堂雪》诗序中写道："元祐六年十一月一日，祷雨张龙公，得小雪，与客会饮聚星堂。忽忆欧阳文忠作守时，雪中约客赋诗，禁体物语，于艰难中特出奇丽，尔来四十余年莫有继者。"可知苏轼在40年后的元祐六年（1091）来到聚星堂，效仿先师在宴会上重作禁体。沈家本意犹未尽，同样步苏轼诗韵而成此诗。其中"作诗拈韵肩常耸，题字呵毫肘应掣"两句，将自己作诗题字的场面呈现了出来；"老夫心闲无所营，闭户垂帘添衣缬"两句，则又转而抒发自己的"心闲"，实则是"无所营"带来的"闷";"高吟欧苏句清妙,正似霏霏玉成屑"两句,将自己近来翻阅吟咏欧苏诗歌的事情交代出来;"静中自可得佳趣,此境无须向人说"两句,同样表达自己内在世界的平静安和;"夜深忆及归去来,征途碎碾轮蹄铁"两句,诗歌末尾却调头一转,写自己渴望归隐的志向。总体看来,这首拟作并没有在内容和结构上刻意模仿,反倒是以轻松的笔调抒发近来的一些感悟和心绪。

在此之后,沈家本又曾作有一首禁体诗《十二月一日夜雪,用东坡〈江上值雪,效欧阳体韵〉》。苏轼原作题为《江上值雪,效欧阳体,限不以盐玉鹤鹭絮蝶飞舞之类为比,仍不使皓白洁素等字,次子由韵》,原诗如下:

> 缩颈夜眠如冻龟,雪来惟有客先知。
>
> 江边晓起浩无际,树杪风多寒更吹。
>
> 青山有似少年子,一夕变尽沧浪髭。
>
> 方知阳气在流水,沙上盈尺江无漘。
>
> 随风颠倒纷不择,下满坑谷高陵危。
>
> 江空野阔落不见,入户但觉轻丝丝。
>
> 沾掌细看若刻镂,岂有一一天工为。

霍然一挥遍九野，吁此权柄谁执持。

世间苦乐知有几，今我幸免沾肤肌。

山夫只见压樵担，岂知带酒飘歌儿。

天王临轩喜有麦，宰相献寿嘉及时。

冻吟书生笔欲折，夜织贫女寒无帏。

高人著履踏冷冽，飘拂巾帽真仙姿。

野僧斫路出门去，寒液满鼻清淋漓。

洒袍入袖湿靴底，亦有执板趋阶墀。

舟中行客何所爱，愿得猎骑当风披。

草中咻咻有寒兔，孤隼下击千夫驰。

敲冰煮鹿最可乐，我虽不饮强倒卮。

楚人自古好弋猎，谁能往者我欲随。

纷纭旋转从满面，马上操笔为赋之。

苏轼《聚星堂雪》虽说效仿先师欧阳修的《雪》，但仅仅是作禁体，而这首诗才是真正在内容和结构上的效仿之作，尽管句数更多。该诗也可分为三部分："缩颈夜眠如冻龟"至"吁此权柄谁执持"为第一部分，同样是描写夜雪的场景；"世间苦乐知有几"至"亦有执板趋阶墀"为第二部分，开始效仿欧阳修《雪》"一雪万人喜"从若干阶层来写"世间苦乐"；"舟中行客何所爱"至"马上操笔为赋之"为第三部分，转向自己这位"舟中行客"，希望能雪中骑猎。整体上看，这首诗完美复刻了欧阳修《雪》的精髓，虽然正如沈家本诗题下自注所言："原序'不以盐、玉、鹤、鹭、絮、蝶、飞、舞之类为比，仍不使皓、白、洁、素等字'，与聚星堂原序'禁用玉、月、梨、梅、练、絮、白、舞、鹅、鹤、银等字'微有不同。"但是这都丝毫不影响苏轼效仿的真正旨趣。反观沈家本的拟作：

> 寒藏宜学服息龟，黄昏霾集人未知。
>
> 破床布衾踏欲裂，列营画角噤难吹。
>
> 不问门外雪疏密，但觉冷气侵吟髭。
>
> 晓起披衣抱膝坐，已见窗纸含冰澌。
>
> 巡檐四望负手立，庭树没顶屋露危。
>
> 日光离离照断缬，风力屑屑飘轻丝。
>
> 此身仿佛出尘海，光明世界非人为。
>
> 前雪未销后雪并，惟天阴骘有主持。
>
> 兵戈扰扰众涂炭，医疮剜肉刀刻肌。
>
> 长安空说卧高士，下蔡何曾走健儿。
>
> 天子旰食衮不御，宰相黎色心忧时。

> 谋臣呵笔草军檄，边卒被甲居毡帏。
>
> 黄童白叟苦荡析，足僵皮脱无人姿。
>
> 彼苍鉴观信不爽，祸由末俗趋浇漓。
>
> 故教优渥且沾足，嘉祥入告陈丹墀。
>
> 来岁麦熟定可卜，千村万落青离披。
>
> 既富方谷民志变，螭魅屏迹夔魖驰。
>
> 默窥此意差足喜，邻翁劝进酒一卮。
>
> 词人例上瑞雪颂，我愿操管相追随。
>
> 孤吟忍冻所弗恤，微火炙砚终赋之。

诗歌同样也是分作三个部分："寒藏宜学服息龟"至"惟天阴骘有主持"为第一部分，写夜雪带来的寒意以及次日的景象；"兵戈扰扰众涂炭"至"嘉祥入告陈丹墀"为第二部分，转入对时局的书写，兵戈扰扰之际国家上下匆忙挽救，一场瑞雪预示着来年的好运；"来岁麦熟定可卜"至"微火炙砚终赋之"为第三部分，沈家本开始想象来岁物阜民丰、民志大变的美好远景。显然，这种内容和章法已在此前的拟作中有所展现，只不过此作喜而前作悲。

余论

光绪二十六年（1900）十二月下旬，经过三个月的监禁，沈家本终于重获自由，立即踏上了前往西安行在的路程。次年正月，在路过河南汤阴县时，沈家本写下一首长达四十韵的古体诗《过汤阴县怀岳忠武》。汤阴县正是岳飞的故乡，或许正是联想到八国联军此刻正盘踞在北京城内，诗题中的"怀"字才显得尤为苦涩和感伤。也许在这样一个特殊的时间和地点，命运让沈家本有了一个合情合理的感念对象和宣泄途径，于是我们看到了这首在他毕生诗作中也屈指可数的长篇。

其实早在咸丰十一年（1861），21岁的沈家本就曾写下《小商桥》一诗，小商桥即与岳飞有关。南宋绍兴十年（1140），岳飞与金兵大战于郾城，但却在三天之内接连收到十二道召回的金牌，于是悲愤之下的岳飞登临小商桥，吟出《满江红·怒发冲冠》一词。时间来到同治十一年（1872），32岁的沈家本在《湖上杂诗·其五》写道："吾推忠武心，岂屑罗阶侧。"表达对岳飞的无限敬意和仰慕。而《过汤阴县怀岳忠武》这首诗也几乎是他另一篇文章《岳忠武恢复论》的翻版，意在驳斥岳飞用兵无法恢复失地、南宋再造乃秦桧之功的论调；尤其指出："诸将苟一心，恢复反手易。"认为南宋君臣应该齐心协力，似乎也直指当下的时局。

光绪二十七年（1901）七月二十五，清政府与十一国公使签订了丧权辱国的《辛丑条约》。八月二十四，慈禧太后与光绪皇帝自西安启程重返北京。劫后余生，时移世易，沈家本作为大时代的亲历者深切感受到家国的剧变。光绪二十八年（1902）二月初二，光绪皇帝下谕："中国律例，自汉唐以来，代有增改。……惟是为治之道，尤贵因时制宜。今昔形式不同，非参酌适中，不能推行尽善。"于是，光绪三十年（1904），沈家本与同僚筹备的修订法律馆开馆；光绪三十二年（1906），中国第一所中央官办法律专门学校京师法律学堂开学，沈家本任京师法律学堂事务大臣……最终，沈家本成为中国法制现代化当之无愧的先驱。如果没有庚子国变中的遭遇和诗歌创作，或许也没有此后的一番光景罢！

沈家本诗歌中的故土文化意象

苏雅　董芝秀*

内容提要：沈家本描写湖州山水的诗作，充满浓厚的故土文化意象。这些诗作在山水诗情、乡情和故土安危的书写中，表现了沈家本丰富的情感世界。

关键词：沈家本　湖州山水　情感世界

沈家本在诗歌创作方面颇有成就，今存世有287题、600余首诗歌。在这些诗歌中，有20余题写及故乡湖州（见表2）。诗人或颂风光之美，或叹行路之难，或诉家国之忧，满纸之言充溢着少小离家的游子挚切的乡情。

＊ 苏雅，湖州学院人文学院2019级本科生。董芝秀，湖州学院人文学院2019级本科生。指导教师：刘正武。

表2 沈家本写及湖州的诗歌基本情况

序号	诗题	诗句	撰写时间	意蕴	情境	所涉内容
1	采莲曲	郎船移来北渚泊，依船移向南湖横。	不详	抒怀		南湖，今指碧浪湖
2	寓怀四首	季鹰未遂莼鲈志，三楚勾留别有缘。……莫道故乡风景好，湖山回首寒如。	同治元年（1862）	羁旅	滞留长沙	湖山湖州特产：莼菜、鲈鱼
3	题赵泉生剑马障子	苍苍苔苎烟尘昏，介兄忠勇弥乾坤。	不详	爱国	湖州戍乱	苔苎烟尘
4	客有自贱中归而就婚者却寄三十韵	记枉青山驾，来浮雪水船。	同治元年（1862）	爱国抒怀	滞留三湘	雪水

续表

序号	诗题	诗句	撰写时间	意蕴	情境	所涉内容
5	夹山漾秋泛	一树斜阳红断处，道场山翠入船来。	不详	游赏	泛舟道场山夹山漾	道场山
6	重九有怀两弟，时久不得家书	旧馆商飙拂翠筠，道场山色几秋新。	同治十三年（1874）	怀弟	重阳节思乡怀弟	道场山
7	有怀寄示两弟	我亦欲寻归梦去，碧湖花月慰相思。	光绪二年（1876）	感怀	36岁，礼部会试不中	碧浪湖
8	答子文	夕照金台残叶下，秋风碧浪破帆迟。	光绪二年（1876）	感怀	36岁，礼部会试不中	碧浪湖
9	题画嶂	此中若住元真子，便乞扁舟泛碧湖。	不详	题画		碧浪湖

续表

序号	诗题	诗句	撰写时间	意蕴	情境	所涉内容
10	四十初度率赋五章	碧湖风物准忘却,鲈脍初登蟹渐肥。	光绪五年(1879)	感怀	39岁,功业未就,父弟去世,踟蹰徘徊	碧浪湖 湖州特产:鲈鱼
11	李慕苓招饮于净业湖(十刹海),香远益清小榭(庆和堂)即席呈怀,兼呈徐乃秋、何松僧	最忆西风鲈正美,年年孤负碧湖秋。	光绪十一年(1885)	宴赏	在刑部任职期间,与同僚关系融洽,在京师山水间招饮赋诗,升沉寥落之感	碧浪湖 湖州特产:鲈鱼

续表

序号	诗题	诗句	撰写时间	意蕴	情境	所涉内容
12	松僧以二闸观荷诗出示,忆于卯九,客放舟闸下,不觉二十年矣,流光已去,归梦难成,慨赋长句即用原韵	客中略说乡关事,六月苕溪胜若邪。	光绪十一年(1885)	赠答	在刑部任职期间,与同僚关系融洽,在京师山水间招饮赋诗,升沉寥落之感	苕溪
13	病中乡思颇切,率成七言十绝句,寄示云抱	楼上看山翠扑面,双苕溪上是吾家。芒鞋重踏溪山路,第一先尝紫笋茶。	光绪二十五年(1899)	爱国抒怀	时年59,回任后大病一场	苕溪 湖州特产:紫笋茶

续表

序号	诗题	诗句	撰写时间	意蕴	情境	所涉内容
14	咏史	心萦北阙花原好，梦逐东山草自春。偏是有田归不得，莺湖烟雨羡垂纶。	光绪二十六年（1900）	感怀借古讽今	时年60，八国联军侵华借古讽今	东山、湖
15	秋芙蓉四首	正是碧湖风物好，清尊同醉鲁公池。	不详	感怀		碧浪湖
16	严氏家庙松歌	披图怳游苕水东，谁与画者今夫仝。	不详	思乡		苕溪
17	复题四绝句	汀洲无数接横塘，曲港依然送野航。	不详	感怀		汀州（白蘋洲）

续表

序号	诗题	诗句	撰写时间	意蕴	情境	所涉内容
18	俞廕轩出《卧游图》属题,抚触予怀,率成八绝句	翻教舍却湖山好,难得归舟系短篷。吴缣写出旧家山,把酒题诗一解颜。	不详	感怀		湖山
19	晓过柳浪庄	稻畦一路接荷塘,破晓来过柳浪庄。	不详	游赏		柳浪庄
20	重游天宁寺	不到精蓝十四年,酒香茶熟记从前。	不详	游赏		天宁寺

本文拟从这些诗作出发，对沈家本诗歌中的湖州文化意象做分析探究，以期窥测诗人的诗歌创作心态和诗歌艺术特色。

一、沈家本诗歌中的湖州山水意象

沈家本的诗歌中有大量对湖州山水的直接描写，其中以《夹山漾秋泛》最为典型：

> 秋高放棹白云隈，残戍西风猎猎催。
> 一树斜阳红断处，道场山翠入船来。①

道场山风光秀美，水石森爽，有"吴兴佳绝"②之称。夹山漾则是道场山一带的一处名胜，清初诗人吴绮曾有《夹山漾》一诗盛赞此间风光："一曲新词吟未稳，两山飞翠入船来。"③ 沈家本"道场山翠入船来"正是化用自此。秋高气爽，风清日丽，夹山漾

---

① 《玉骨冰心冷不摧》，第 105 页。
② 王珣：《（弘治）湖州府志》卷六，文成出版社 1970 年版，第 476 页。
③ 吴绮：《林蕙堂全集》卷二十二，《文渊阁四库全书》第 1314 册，台湾商务印书馆 1983 年版，第 648 页。

湖水澄碧而空明，人行于空旷山水之间，作伴猎猎西风，颇有"舟行碧波，人游画中"之意。

虽然感春伤秋是文人的一贯传统，但若是在江南的碧水青山间，似乎可以是另一番光景，夹山漾如是，碧浪湖更甚。沈家本《秋芙蓉四首（其二）》这样赞美到：

> 苏何愁苦槿何悲，恼杀西风飒飒吹。
> 独有沉寥临水际，还留潇洒出尘姿。
> 霜华已重偏争丽，春意方饶不惜迟。
> 正是碧湖风物好，清尊同醉鲁公池。①

开篇即借劝一旁的花来劝勉自己不要愁苦悲伤，且看水边那傲霜绽放的秋芙蓉。在这霜华虽重却秋日胜春朝的景色中，诗人思绪飘回家乡。也是这么一个秋日，在碧浪湖畔，湖州太守颜真卿颜鲁公曾与当地文人共赏山水。"碧浪湖在县南五里，纳诸山之水，清而碧，每风生浪涌，其色可观。"② 山水清丽，鳜鱼

---

① 《玉骨冰心冷不摧》，第 269 页。
② 王珣撰：《弘治湖州府志》卷六，文成出版社 1970 年版，第 179—491 页。

正肥，酒醅正盛，此般盛景引得千年后的诗人向往不已。

江南好景的确令人难忘，哪怕是白乐天，也曾念念不忘地叹过"能不忆江南"①。自汉乐府《采莲曲》诞生以来，历代皆不乏文人以其为题歌咏江南风光，沈家本亦不例外：

> 绿波清影倩谁扶，万柄亭亭泫露珠。
> 爱杀此花尘不染，阿侬争比此花无。
> 莲子湖头唱采莲，玲珑碧腕剧相怜。
> 花心输与侬心洁，蜂蝶纷纷乱人船。
> 郎船移来北渚泊，侬船移向南湖横。
> 劝郎船在花中住，侬自无情花有情。②

即使离乡多年，家乡山水在沈家本诗中仍有迹可循。光绪十一年（1885），刑部在任 20 余年的沈家本，在与同僚的一次招饮赋诗中写道："廿载似尘催逝景，万人如海惯浮家。客中略说乡关事，六月苕溪

---

① 白居易：《白居易集笺校》卷三十四，朱金城点校，上海古籍出版社 1988 年版，第 2353 页。
② 《玉骨冰心冷不摧》，第 21 页。

胜若邪。"① 宦海浮沉本非易事，面对京师山水，在场
众人皆不约而同地忆起各自的家乡。其中一位绍兴的
友人对其家乡的"若邪溪"赞叹不已，沈家本随即说
湖州的苕溪更甚。苕溪，又称苕水，《太平寰宇记》
载："以其两岸多生芦苇，故名苕溪。"② 戴表元曾将
两者共论："六月苕溪路，人言似若邪"，而沈家本却
直言"六月苕溪胜若邪"，可见湖州在其心中地位之
特殊。

　　沈家本众多的诗歌展现了湖州清丽秀美的风光，
这既是湖州山水绝佳的佐证，亦是沈家本对故乡湖州
的无限眷恋。

二、沈家本诗歌中的湖州乡情

　　沈家本 5 岁离家，故乡湖州乃是其魂牵梦萦之
处。借湖州山水以抒乡思是他的怀乡诗的一大特色，
这些山水如碧浪湖、道场山、苕溪、霅溪，极具湖州

---

　　① 《玉骨冰心冷不摧》，第 143 页。
　　② 乐史撰：《太平寰宇记》，王文楚等点校，中华书局 2007 年
版，第 1884 页。

特色，在沈家本笔下乃是家乡的代名词。它们作为独特的意象，寄托着沈家本对湖州故乡的殷切思念。

咸丰十年（1860），20 岁的沈家本回湖参加乡试，浓郁的思乡之情激使其创作了一篇描写家乡美食的长诗，追述幼时记忆，直叹："吾家傍苕霅，冲龀乡井离。碧鲈紫蟹外，风物常系思。"[1] 这首诗是其现存诗歌中最早的乡愁诗。然而回到故乡的喜悦并能没有持续太久，接下来的十余年里，他一直受困于会试，原本"走马看花才一霎，漫将命运论文章"[2] 的昂扬之态也逐渐被流年消磨，甚至显现出颓丧之态：

> 西来秋色最萧疏，人境倩然也结庐。
> 静约树声风紧处，寒留花影月明初。
> 青衫落拓贫非病，白眼揄揶壮不如。
> 欲向崆峒倚长剑，半生豪气未消除。
>
> 白云南望愿难赊，索米长安感岁华。
> 采笔何曾干气象，破书依旧寄生涯。

---

① 《玉骨冰心冷不摧》，第 8 页。

② 李贵连：《沈家本年谱长编》，山东人民出版社 2010 年版，第 9 页。

　　身非骐骥才甘让，心在鲈鱼梦转差。

　　塔古亭高归去好，碧湖烟水共浮家。①

　　虽然诗人在诉说自己"索米长安"的萧索落拓，但是也还没有完全丧失"半生豪气未消除"的洒脱。这种矛盾的心境被尽数寄予在对家乡的怀念中。

　　在不断落榜的煎熬与蹉跎中，他倍感凄凉，尤其是到 40 岁这年，回首半生，忍不住感叹韶华易逝，功名未成，壮业难就。离乡时日愈长，思乡之情愈胜，进而动了放弃科举、归隐湖山的念头：

　　梦里家山也当归，客中情事是耶非。

　　偶沽浊酒供清酌，为买新书典旧衣。

　　儿耐斋盐方素笑，妻甘荆布亦知几。

　　碧湖风物难忘却，鲈脍初登蟹渐肥。②

　　这一想法他曾告诉过好友子文：

　　饥来驱我复何之，乞米长安岁月驰。

---

　　① 李贵连：《沈家本评传》，南京大学出版社 2004 年版，第 41—42 页。

　　② 《玉骨冰心冷不摧》，第 137—138 页。

夕照金台残叶下，秋风碧浪破帆迟。

新诗却寄三千里，旧梦重寻十二时。

不到千山今六载，青青松柏好扶持。①

一次次的失败使得沈家本深陷绝望，甚至几欲放弃。终于，光绪九年（1883）四月十一，沈家本以第 203 的名次得中进士。然而数十年的科举八比之苦的结束并不意味着美好生活的开始，等待他的是官场的旋涡。正如他自己所写，"何自为郎滥备员，磨驴陈迹踏年年"②（《腊八日京察过堂，计自甲子到部，八过堂矣。口占二律，乃呈秋曹长》），他觉得自己就像一头拉着石磨的驴，年复一年地绕着磨盘，在原地踏步。才干和境遇的巨大反差以及案牍公文的烦琐枯燥，让他不由自主地感到委屈，同时官途的波折以及生活的困窘更是让他不由得感到身心交瘁。

这般情景下，早已生根的归隐之念越发茁壮生长，而故乡湖州自然而然地在他无数次的思乡中成为

---

① 《玉骨冰心冷不摧》，第 135 页。

② 《玉骨冰心冷不摧》，第 152 页。

隐遁的所在。湖州风光秀美，山水清远，隐逸文化更
是历来已久，生长在这一环境下沈家本多少也受这一
风气的影响。

> 临触动乡思，倦怀三径荒。
>
> 胡为苦形役，人海渐躯藏。
>
> 近惭流水逝，远愧云飞翔。
>
> 孤蝉苦已歇，归鸟方成行。
>
> 故园渺何处，江河广无梁。
>
> 登此清净境，洗我千结肠。①

可惜心为形役，路途遥遥，故乡或许仅仅只能在
梦中得以一见，如《客梦》：

> 迢迢羁旅身，郁郁还乡思。
>
> 莫道隔江湖，梦中时一至。②

又如《闻雁》：

---

① 《王虎文、冯悦轩招游北河泡观荷，雨甚，不果往。午饮于
天宁寺塔射山房（七月七日），方坤吾首唱索和，即步其韵》（其
三），载《玉骨冰心冷不摧》，第134页。

② 《玉骨冰心冷不摧》，第71页。

> 一声哀雁起秋凉，午夜衔芦为底忙。
>
> 我有愁心何处寄，梦中随尔过潇湘。①

除却抚感时事，自诉平生不得意，沈家本还会在与家中亲人的信件中流露出故土难离之情。试看《重九有怀两弟》：

> 旧馆商飙拂翠筠，道场山色九秋新。
>
> 遥知此日题糕字，念着京华旅食人。②

"每逢佳节倍思亲"③，登高望远，不由自主地开始感伤。秋风或许已经吹到了湖州的赵孟頫旧馆以及道场山，只是江南青山翠树四季常在，想来弟弟们登高时在秋风中所见的大概还是满目的翠色。

不仅如此，沈家本也会在感怀行路之难时将心中的归去之念告知家中的弟弟们：

> 清宵步月杜工部，寒食看花书左司。

---

① 《玉骨冰心冷不摧》，第 10 页。

② 《玉骨冰心冷不摧》，第 134 页。

③ 王维：《王右丞集笺注》卷十四，赵殿成点校，上海古籍出版社 1961 年版，第 260 页。

我亦欲寻归梦去，碧湖花月慰相思。①

此外，沈家本还有许多怀乡的诗作，如 1899 年的《病中乡思颇切，率成七言十绝句，寄示云抱》。切切乡情，在不经意间便借各种湖州山水意象流露出来。虽然沈家本在上下求索之中起了退隐还乡的念头，但是因为内心对政治理想的追求使得沈家本对仕途依旧怀有一定的期待，因此即使他对归隐有过无数的想法，但是最终还是没有付诸实际行动，故乡山水到最后也能在梦中一游，聊以慰藉。

三、沈家本诗歌中的故土安危

虽然仕途坎坷，行路多艰，以至于心生归隐之念，想要回到家乡在清远的山水终老此身，但是沈家本终究还是放不下心中兼济天下的壮志，即使困守刑部三十余年，即使人世的沧桑早已将理想消磨殆尽，但是面对遍体鳞伤、满是疮痍的祖国，他始终怀抱着"痛定应思痛，须寻国手医"的信念，积极地寻找救

---

① 《玉骨冰心冷不摧》，第 135 页。

国之机，哪怕做梦都想要回到家乡，也终究化作一声
"年年孤负碧湖秋"① 的长叹。

同表达思乡之情的诗作一样，湖州山水在他的爱
国诗作中占有十分重要的地位。如《客有自贼中归而
就婚者却寄三十韵》：

> 身世逢艰厄，沧桑屡变迁。
>
> 不堪挥麈客，亦遇枕戈年。
>
> 消息悲新鬼，风流隶散仙。
>
> 群牟辉棣萼，卢李托因缘。
>
> 记枉胥山驾，来浮霅水船。
>
> ……
>
> 读君词唈唈，感我思绵绵。
>
> 鼙鼓三江急，尘氛两浙延。
>
> 乡关归瓦砾，骨肉泣刀铤。
>
> 桑梓情徒切，萍蓬迹自怜。②

---

① 《李慕桌招饮于净业湖（即十刹海），香远益清，小榭（庆
和堂）即席书怀，兼呈徐乃秋、何怂僧》，载《玉骨冰心冷不摧》，
第 142—143 页。

② 《玉骨冰心冷不摧》，第 78—79 页。

　　太平军清军作战江浙，不久前读书京中的沈家本转眼"枕戈"。羁留京师在前，南归未果在后，沈家本滞留三湘，所念所想是家乡的"霅水"。霅水，又称霅川、霅溪，是贯穿湖州的一条河流。沈家本目之所及是战乱，耳之所闻是鼙鼓，战争的硝烟弥漫两浙，他对家乡的担忧也呼之欲出，"乡关归瓦砾，骨肉泣刀铤"，19 岁他着手回乡事宜，然而同治元年（1862）他 22 岁仍在途中漂泊，这漫漫湘黔路似是没有尽头。"桑梓情徒切"，沈家本整装南归三年都未曾到达家乡，家中亲眷杳无音信，确如"萍蓬"般转徙而无定。

　　纵然情绪低落之际会有"自怜"凄楚之语，但沈家本未曾萎靡不振，而是化悲愤为家国之情，试看《题赵泉生剑马幛子》：

> 君亦不用铁兜鍪，行间蠾蜎戈与矛。
>
> ……
>
> 据鞍顾盼乌足雄，拔刀斫地胡为者。
>
> ……
>
> 坏云飞来浙西东，十郡官民向风靡。
>
> 苍苍苔弈烟尘昏，介兄忠勇弥乾坤。

英雄杀贼本素志，此身誓与城亡存。

……

展君此图意纵横，张目为君进一觥。
范葵竞爽君记取，凌烟名字照千古。①

　　未着头盔提兵上阵，跨着马鞍激愤斩贼，是"赵泉生剑马幛子"所画，更是眼下战争笼罩"浙西东"，沈家本心中所想。"十郡官民向风靡"，覆巢之下无完卵，沈家本虽不能上阵杀敌，但其心与城同在，"此身誓与城亡存"。回想故乡，湖州素以山水清远闻名，苕弁烟尘竟也落得苍转昏，这"昏"的是故乡，也是国家。

　　复国守土、赤心报国一直是吴越精神的重要组成部分，春秋战国时期便有范蠡、西施舍小家而成就大家，唐肃宗上元元年（760），更是有数百名江东子弟北渡参军，平定安史之乱。一方水土养一方人，生长在这一环境、又自小受儒家济世救民思想浸染的沈家本，爱国之情自然而然的就是他情感世界的组成部分。

　　正如他自己所说，"可怜破碎旧山河，对此茫茫百感多"（《梦中作》），国家前途茫茫，心中焦虑不

---

① 《玉骨冰心冷不摧》，第74—75页。

安，此时笔下的湖州山水也早已不是内心的归处，而是祖国的代名词。虽说百无一用是书生，但是书生亦有凌云之志。他喜爱家乡，喜爱故乡的山水，但是做梦都想要回去的家乡又何尝不是祖国的一部分？因此，即使早已厌倦官场，但是在强烈的爱国情怀下，也是没能将心中的念头付诸现实，所谓的"为他苦笋脱朝衫"（《病中乡思颇切，率成七言十绝句，寄示云抱》）①，不过只是宽慰自己的一厢情愿。在爱国诗篇中，湖州的山水既是他苦闷心灵的归所，亦是他继续前行的动力。

沈家本湖州山水并非刻意地模山范水，对山水景物的外部特征进行展现，而是将山水深入心灵深处，展现丰富的情感世界。在沈家本的湖州山水诗作中，湖州山水既是他心灵宁静的归处，也是他在逆境磋磨下依旧能前行的动力。此外，这一类诗作还反映出生活在封建王朝崩溃前夕的知识分子们对国家前路以及个人未来茫然失措又不停探索的心境，为我们了解中国近代史提供了一个别样的侧面。

---

① 《玉骨冰心冷不摧》，第197—198页。

沈家本诗歌中花的"情感美学"

叶紫*

内容摘要：沈家本诗歌中的花意象，把情和理融为一气，在距离感中蕴藏了丰富的情感与意趣。沈家本对花的独特情感，不仅源自花的本身，还来源于他的生活经历、行为习惯和大环境所形成的审美意趣。

关键词：沈家本　诗歌

沈家本诗歌创作中以花作为意象的诗篇繁多，其中或为组诗，以《朱藤花三十首》《小园诗二十四首》为例；或为单篇，以其青年、中年、老年为序，作《采莲曲》《病重见桃花》《丁香花四绝句》等章。而诗文字句，亦绝非以空无撰写客观之景，斟酌字句

---

　　* 叶紫，湖州学院人文学院 2021 级本科生。本文指导教师：刘正武。

之间，亦能从中感受到来自美学上的启蒙。而以主体的"情感"作为搭建诗学和美学的桥梁，在沈家本诗歌研究中也是一个全新的切入点和发展方向。在此，我将以朱光潜先生的美学论点来探究沈诗当中的花类诗歌，以美学的视角重新来构建起人与自然的艺术化情趣。

朱光潜先生在论述美学观点的过程中，特别强调主体与客体这两个概念。如果说人作为主体，花作为强调的客体概念，两者看似并不能产生某些必然的、不可或缺的联系。但也正因为这种主客体的差异性，也使得沈家本在诗歌艺术的创作上会更加容易地审视到来自自然存在的客观性，并且通过主观意识的情感和审美，将自我从情感中由主位尝受者变为客位的观赏者。这种角色的转变，在于空间视角上的主客之变，很大程度上也达成了艺术和实际人生的距离感，这就是我们通常说的"距离产生美"。以《朱藤花三十首》为例，这首诗作于沈家本赴黔之前，太平军在浙江余杭一带与清军混战，沈家本也在这时候失去了他的众多亲友，由此大家能很清晰地揣测到诗歌的主题，本意是为怀念亲人、抨击时事，沈家本个人的情感一定是悲愤而哀伤的，可在这首诗中却极少出现以自我为中心的论述和阐发，反倒是更多了一些关于"观赏性"的解读，像"若教开五色，石室访神农""鲜明真可爱，磊落亦多奇""近松疑琥珀，如火讶玫瑰""忍冬偏耐冷，异色灿金银"等，都生动地描写了沈家本对于朱藤花作为花本身的一种喜爱。由此，沈家本将艺术，即审美上的认知，与现实人生的距离拉开，撇开了关于利害、关于目的的诉求，由此达成了一个以情和理融为一体的完整境界。

如果说沈家本诗中的距离感保持得恰到好处，那么其意象，也必然是在距离感中所蕴藏的情感与意趣，而所谓人生的艺术化就是人生的情趣化，[①] 就是对沈家本所创诗歌的一种升华和凝练。艺术不仅仅是作为情趣的载体，更是作为情感饱和抒发的形式，这种形式的呈现，就是重新以意象回归到情趣之中。以沈诗中的《小园诗二十四首》为例，其是以金井胡同"吴兴沈寓"的小园为点，发散到园中的二十种花木，以花木作为自己寄托情感的对象，这不仅是因为花的

———————

① 朱光潜：《谈美》，广西师范大学出版社 2020 年版，第 89 页。以下称《谈美》

特性不同，还在于沈家本自身对于花的喜爱，而这种喜爱也是贯穿其生命的始终，扮演着重要的角色。情感是综合的要素，许多本来不相关的意象，如果在情感上能协调，便可形成完整的有机体。① 像《小园诗二十四首·桃》中："嫣然一树倚东垣，露蕊烟梢护画旛，海内风尘还未息，不知何处是仙源。"②《小园诗二十四首·秋海棠》中："莫道娇然有酸态，不随西府共争时。"③ 又或者像《小园诗二十四首·槐》中的："更无噩梦到槐安，翠舞空庭影亦寒。"④ 两者之间，情理相衬，全诗所描写的意象中，看似以花木作为诗歌总意象，却也并不觉知这些物景之中所蕴含有人事的突兀，不仅仅是因为物景所铺陈和烘托的情与人事所涵盖的情感达成了共鸣，由此才愈加显现在总印象基础上的"叠加效应"。沈家本的《小园诗二十首》与前面所提到的《朱藤花三十首》创作背景是截然不同的，两者虽都以组诗的形式呈现，但后者

---

① 《谈美》，第 62 页。
② 《玉骨冰心冷不摧》，第 298 页。
③ 《玉骨冰心冷不摧》，第 300 页。
④ 《玉骨冰心冷不摧》，第 302 页。

呈现的背景已经是沈家本离开政坛，到了安享天年的时候，从两首诗的对比来看，后者多了一份对于情感的表达，并且将情感由个人过渡到了花上，以花的视角，来诠释世界的不同角度和生命所流露的真情实感，更是以花的不同品质作为自己复杂情感的媒介。对于情感来说，其最易通感，也是最为感性。"移情"作为情感美学中重要的一种表达，很大程度上是将自己的情感移到外物身上去，仿佛所寄之物也有着相同的情感，这又上升到了宇宙的人情化的高度。在美学角度上，所谓物的形象是人情趣的返照，而物的意蕴深浅与人这个主体也有着密不可分的关系。"深人所见于物者亦深，浅者所见于物者亦浅。"而沈家本对于花木的意象，所持的便是一种了解美、洞悉美、深入美的心境，他能够领略到花木中的诗情和诗意，并从中流露出满足感，像其在《小园诗二十四首·竹》中所言："与世无争许自由，蠼居安稳度春秋。小楼藏得书千卷，闲里光阴相对酬。"① 这与其前所写"檀栾疏影墙头出，风雨潇潇户自关"② 相互照应，

---

① 《玉骨冰心冷不摧》，第 302 页。
② 《玉骨冰心冷不摧》，第 302 页。

亦是对于竹美感的体验和情感的抒发。在朱光潜先生《谈美》一书中就提到了："所谓的美感体验，其实不过是在聚精会神之中，我的情趣和物的情趣往复回流而已。"① 更何况物作为情的载体，情趣此中，自是生生不息，贯穿人生命的始终。沈诗中有对生命的感叹，如："遗落不闻人拾取，近来发短不胜簪。"② 有对乡心的一种传达："杜老乡愁在何许，定随清梦到江南。"③ 沈家本将这种人生态度寄托于诗歌的言语中，将生活的细枝末节，闲情逸致，不让"一尘一芥"妨碍整个生命的和谐，并且在"无所为而为的玩索"中受到来自自然的浸润，由此开拓到清除杂念，以疗身心上的困顿。

而生命的和谐，是源自"物我合一"的豁达与释怀，于严肃中形成人生的至美之境。毕竟，"伟大的人生和伟大的艺术都要同时并有严肃和豁达之胜"④。而对于此，朱光潜先生认为，只有陶渊明与杜甫是恰

---

① 《谈美》，第 15 页。
② 《玉骨冰心冷不摧》，第 300 页。
③ 《玉骨冰心冷不摧》，第 301 页。
④ 《谈美》，第 87 页。

到好处的。沈家本以花为题材的诗歌创作和他的人生
一样,分为好几个阶段。晚年的时候,思想变得更为
成熟,也学会了以更为平和的心态,来看待自己的过
往历程,虽然他的思想中仍旧带着对国家隐隐的担忧
和对自身命运的哀叹,但从其人生的经历和遭遇来
看,他的心境实际上是趋于平坦和释怀的。而在诗歌
内容上,沈家本也曾多次化用杜甫之诗,从中是否可
以窥得杜甫诗歌中的那种"和谐"之境,对沈家本后
期的情感思想的变化和诗歌创作也有一定的影响呢?
当然,这种思想和境界的形成,也是基于我们最初提
到的"距离感"的空间,物我之间的距离更为纯粹地
来说便是完全地投入,并由此成为自我进入物我的境
界,这与"庄周梦蝶"的境界也颇为相似。所谓出于
己者,跳出来观察;出于人者,钻进去体验。而以此
达成的和谐,亦是在进行艺术创作时,对人生和自然
缺陷的弥补。例如,其在《道旁野花紫艳,雪后弥
茂,俗呼野菊花》中道:"寒重花逾艳,临风瘦自禁。
不须讥小草,独具傲霜心。"① 就是对自我未来的一种

---

① 《玉骨冰心冷不摧》,第 259 页。

展望。可以说，沈家本所写是其心的表达，也是对自我的一种探索和思考，这其中情感的历程也是一种人生之哲思的美学境界。

而美学之所以能承载起情感的厚重和景色的意蕴，很大程度上是源于诗歌的韵律性和节奏感。言外之意，在于诗歌之所以能对人产生影响或者说诗歌的产生与人之间达成了节奏上的内部统一，便会进入一个舒适自然的境界。"情感的节奏见之于脉搏、呼吸的节奏，脉搏、呼吸的节奏又影响到语言的节奏。"[①]即主体因周围客体环境、生活习惯等方面所产生的内在身体感知运动，借助于周围意象，所将传达的意象，达成与内在节奏相适应的，符合内在情感活动的审美契合与共鸣，美学上将其定义为"诗歌的筋肉活动"。这又重新追溯回了移情中的由内向外的情感方式。而格律对于诗歌的节奏性亦为重要，尽管多以模仿为主的格律，因此，所形成的格律大多都较为严整，整齐之中，带着约定俗成的意味，这也就对后世的诗文创作创新提出了高的要求，如何从既定格律的

---

① 《谈美》，第67页。

框内寻求出新的切口。沈家本的诗歌中，多作律诗，在律诗的表达上，他追求严整，这也是因为他对音韵和格律颇有研究，这也使得其诗歌在律诗上的发展是继承性的，而继承性本身，就是对前人所遗留下来的习惯所作出的一种肯定。并且沈家本所作的律诗是具有学习意义的，从实用性上来说，这也承担了一定的社会责任。但沈家本也并不是一味地因循守旧，他亦好古体诗和乐府诗作，他能更加"随心所欲"地打破他在律诗方面无法突破的瓶颈。一是在于其够自由，能达成主客体之间的内在感知上的和谐，二在于脱离了诗词格律，所言所感的表达会更为真切。由于这种境界其实是很难到达的，所以在沈家本诗歌中所呈现的仍旧多是格律严整的文章，如《朱藤花三十首》《车中见野花口占》《对菊感旧》是以五言为主，而像《采莲曲》《残花》《小园诗二十四首》是以七言为主，亦呈现出了多样化的心路历程和在表达美时心与外物所产生的同频共振。

诗学原是早于美学而存在。而沈家本花诗中就有美学特征和品味，这也为研究沈家本诗歌中的一些意象和情感，提供了一条新的思路。在笔者看来，沈家本对花的独特情感，不仅来源于花的本身，还来源于他的生活经历、行为习惯和大环境所形成的审美意趣，这种诗学和美学的碰撞，亦是另一种美的形式的呈现，也是研究沈家本诗歌除花诗以外的诗歌意趣的一条极为有意义的道路。

沈家本山水诗歌研究

谢诗绮*

内容摘要：沈家本山水诗歌记录自身行旅之艰、异乡为异客的郁闷之心，或饱含其对故乡的依恋、感伤；或见证了满腔爱国之情如气势磅礴的江河。研究沈家本的山水诗歌，对研究其生平经历、心态之变有着重要的意义。

关键词：沈家本　山水诗歌

沈家本虽在法学、经学上颇具才华，却一直仕途不顺，又生逢国门洞开、暴乱四起的晚清，人生经历颇为坎坷。他喜欢借诗抒情，将救国之志和生活之感融入一篇篇诗作中。今日流传下来的沈家本诗歌有

---

*　谢诗绮，湖州学院人文学院 2021 级本科生。本文指导教师：刘正武。

600 余首，其中山水诗歌不在少数。本文将对他不同时期所作的山水诗歌进行整理，简要探究沈家本不同时期所面临的时局之变或思想差异。

一、异乡山水不容游子愁心

咸丰十一年（1861），青年沈家本接到父亲的家信，带领家人从京城赶往千里之外的贵州。在贵州没住多久，家父沈丙莹不幸丢了官。官场险恶，时局动乱，沈丙莹知道贵州不是久居之处。但是京城同样一团混乱，朝廷内部纷争不断；湖州老家被围，到处可见哀嚎与炮火。思来想去，沈丙莹决定让家眷们先去长沙避避风头。

在兵荒马乱的年代，沈家本不仅要逃避官兵、寇匪的劫掠，还要照看年迈的母亲和年幼的弟妹，以护他们周全。

"长沙卑湿地，千古怨湘流。"（《二十五日达长沙》）① 曾几何时，少年壮志的贾谊被囿于这低洼寒

① 《沈家本传》（修订本），第49页。

冷之地，怨愤之情无处倾诉。今日的沈家本也同当年
的贾谊一般，天地茫茫，不知何处是归乡。想要忠君
报国的丰腴梦想就像一团影影绰绰的雾气，在寒瘦的
现实面前不堪一击。少年的壮志可以抵得过艰苦的生
活，却很难抵过毫无希望的前路。沈家本无法预测未
来，也无法安定当下，只能以一个异客的身份，寄居
他乡。为抒发心中苦闷，他写下《寓怀四首》：

> 湘水东流去杳然，采兰江上几洄沿。
> 苳华忍作无家咏，蓬梗真同不系船。
> 窗下常临求米帖，杖头谁贷买书钱。
> 季鹰未遂莼鲈志，三楚句留别有缘。
>
> 结庐陶令心偏远，隐市梅生迹许同。
> 草与阶平希过客，花无帚扫住奚童。
> 学荒却恨蟫编少，性拙何嫌獭祭工。
> 麝柱一炉书一卷，不知门外马嘶风。①

汹涌而下的江水不比潺湲的溪水，它们在天地间
肆意奔流着，势如奔马。船在这急流中溯行，只能勉

---

① 《沈家本传》（修订本），第49页。

强前进。坐在船上的诗人，不论是在波澜壮阔的大自然面前，还是在摸不清、看不透的时局面前，只能将自己的安危委诸天命。正如诗人在《客梦》中写道："迢迢羁旅身，郁郁还乡思。莫道隔江湖，梦中时一至。"①

在以后的日子里，沈家本坚定地选择了一条漫长且艰难的科考之路。然而韶光易逝，朱颜老去，屡试不中的沈家本在漫漫岁月中受到了难以名状的打击。他的《漫赋》二首，显露了他无可奈何的心境：

> 西来秋色最萧疏，人境翛然也结庐。
> 静约树声风紧处，寒留花影月明初。
> 青衫落拓贫非病，白眼揄揶壮不如。
> 欲向崆峒倚长剑，半生豪气未消除。
>
> 白云南望愿难赊，索米长安感岁华。
> 彩笔何曾干气象，破书依旧寄生涯。
> 身非骐骥才甘让，心在鲈鱼梦转差。
> 塔古亭高归去好，碧湖烟水共浮家。②

---

① 《玉骨冰心冷不摧》，第71页。
② 《玉骨冰心冷不摧》，第115—116页。

　　家乡的鲈鱼、古塔是留存在沈家本心中的一方慰藉，这种对家乡秀丽之景的眷恋，小心翼翼地护着他度过了人生最为煎熬的日子。老年的沈家本静静地卧于病榻之上，回顾自己几十年的为官生涯，不禁思绪万千。他不忍想起钩心斗角的官场，思乡之情却油然而生，作《病中乡思颇切，率成七言十绝句，寄示云拘》云：

　　夕阳影上驿西桥，如许风光拍手招。
　　春水鳞鳞山嶻嶻，还从惨绿数芳韶。

　　楼上看山寒扑面，双苕溪上是吾家。
　　芒鞋重踏溪山路，第一先尝紫笋茶。

　　关心妙喜山中竹，莫笑清贫太守馋。
　　可是无田归亦得，为他苦笋脱朝衫。①（节选）

　　诗已成，心已远，沈家本仿佛就站在春水粼粼的双苕溪上，看清溪深池，观山巅竹院。虽然沈家本的内心是渴望归隐的，但自身的政治抱负却不容许他这

---

　　① 《玉骨冰心冷不摧》，第196—197页。

么做。终其一生，沈家本也只能在自己的诗歌中，畅游那许久未见的故乡山水。

二、寄情壮志于山水

大厦将倾的清朝廷待沈家本过为严苛，让一个才华满身的法学大家待在刑部方寸大小的土地上，三十多年未曾被重用。虽然沈家本沮丧过、犹豫过，无数次想辞官归乡，了却余生。但他身上有一种传统士大夫的无畏精神，支撑着他在乱世中无畏地向前。列强的入侵、清朝政府的无能让亟待转型的中国社会显露出越来越多的矛盾。失意之感混杂在家国仇恨中，化作了沈家本笔下泼墨挥洒、白纸黑字的山水诗歌。

同治元年（1862），22 岁的沈家本如浮萍般漂泊在外，了无归所。然而，中国的好儿郎一直都怀揣着凌云之志：即便不能金戈铁马、挥刀定乾坤，也愿提笔尽忠心，将少年的热忱与爱国之情揉进豪情万丈的诗句里。《题赵泉生剑马幛子》有云：

> 君亦不用铁兜鍪，行间龌龊戈与矛。
>
> ……

据鞍顾盼乌足雄，拔刀斫地胡为者。

......

坏云飞来浙西东，十郡官民向风靡。

苍苍苔弁烟尘昏，介兄忠勇弥乾坤。

英雄杀贼本素志，此身誓与城亡存。

......

展君此图意纵横，张目为君进一觥。

范葵竞爽君记取，凌烟名字照千古。①

光绪十八年（1892），已过知天命之年的沈家本收获了一个意外的惊喜：由于上司的举荐，他被外派到天津任官。由于外派地离京城较近，且再也不用受到刑部的牵制，沈家本惊喜地写下了日记：

十九日晨起，套车正欲进署，杨苏拉来送信言，奉旨简放天津府知府。妇稚皆不信。十下钟，李玉坡同年着人送旨谕来。午刻往访玉坡，知津守邹岱东因病出缺，遂有是命。玉坡已饬供事代备谢恩摺，午刻送来。恭阅一过，即令于今夜呈递。②

---

① 《玉骨冰心冷不摧》，第74—75页。
② 《沈家本传》（修订本），第83页。

到天津后，他目睹了这座城市久为水灾所困、老百姓颠沛流离的惨状。沈家本在途中写下《松林店早行》："四更漏转策霜啼，雪净沙平月色低。满目荒菜生计苦，连村到晓不闻鸡。"[1] 阴霾低垂、霜落枝头的冬景本该昭示着春节盛况的到来，然而在这里，沈家本感受到的只有清晨不闻鸡啼、鸡蛋无处可买的凄凉。

在今后为官的日子里，沈家本的诗中蕴藏了更多爱国忧民之感。甲午战争期间，领军抗敌的守将多是贪生怕死之辈；军队上下之间互不统属，推卸责任；朝廷本就给的不多的军费被层层克扣，在战争真正来临时根本不够用……种种丑恶之事让沈家本心力交瘁却无可奈何。身为一介文人，他能做的只有落笔成文，痛斥这无力扭转的局面。

> 大同江上水泓泓，飞渡何须缚木罂。
> 独有史儒能效节，公言杨镐不知兵。
> 碧蹄馆外军容墨，风月楼边杀气横。
> 养士金钱过百万，于思弃甲听舆评。[2]

---

① 《沈家本传》（修订本），第86页。
② 《沈家本传》（修订本），第97页。

辞旧岁，迎新历。但在 20 世纪初，几乎没有中国人有这等闲情逸致。京城沦陷，慈禧西逃，大局无人主持，社会极为动荡。沈家本在此期间被洋人囚禁，一度有掉脑袋的风险。沈家本临烽火狼烟，咏史怀古，以前朝史抒今朝事，试看《咏史三首》（庚子年七月）：

> 秋来树树起西风，惨淡浮云蔽碧空。
> 晋惠有心除庆郑，本初无面见田丰。
> 可怜碧血沉荒野，谁识丹忱达昊穹。
> ……
> 心萦北阙花原好，梦逐东山草自春。
> 偏是有田归不得，鸳湖烟雨羡垂纶。
> ……
> 和戎初不关洪皓，游说何曾作宋牼。
> 倘与旧交逢地下，一般心事未分明。①

一首首看似吟咏山水风景的诗歌，无不诉说着沈家本那满腔的爱国之情，那盘旋而上、永不下落的信

---

① 《沈家本传》（修订本），第 131 页。

念和执着。百年后的今天，我们仍能从那泛黄的纸张中清晰地辨认出独属于他的壮志豪情。

三、对坐斜阳赏湖光

天下的名山大川各有各的美。宋有苏子被酒而行，行踪遍布各地。在他眼里，不论是生他养他的眉州，还是烟笼西湖的杭州，甚至是人迹罕至的海南，他都能从中找到游山玩水的乐趣。华夏之大，四海为家。可在沈家本眼中，他乡的山水再壮美，也无法同家乡的山水比拟。古朴的湖州古城，是沈家本的故乡。坐落在江南清丽地的湖州，有着水乡特有的温婉与柔情。沈家本的《采莲曲》有言：

> 绿波清影倩谁扶，万柄亭亭泫露珠。
> 爱杀此花尘不染，阿侬争比此花无。
>
> 莲子湖头唱采莲，玲珑碧腕剧相怜。
> 花心输与侬心洁，蜂蝶纷纷乱人船。
>
> 郎船移来北渚泊，侬船移向南湖横。

劝郎船在花中住，侬自无情花有情。①

驾一叶扁舟，唱一段小曲，赏一片绿波，采一柄清莲。这是水乡人民特有的习俗，也是沈家本欢快心情的传达。好像只有置身在波光粼粼的湖面上，他才能暂时卸下一切，享受这于他而言不可多得的惬意。

同样题材的诗歌还有《题画扇》：

曲港垂纶不系船，平林羃靂碧于烟。
笛声吹出渔家傲，水转山围又一天。
渺渺烟波淡欲，卖鱼声里听提壶。
此中若住元真子，便乞扁舟泛碧湖。②

沈家本描绘清澈的湖，也描绘湖面上的景象。烟波浩渺，笛声阵阵，他通过视觉与听觉的双重描写，既描摹出一幅深邃悠远的山水画，也将自己的那份惬意传给读诗者。

风卷残阳，红花已落。略显萧瑟的秋日挡不住沈家本赏景题诗的步伐。猎猎的晚风吹得衣带飞扬，沈

---

① 《玉骨冰心冷不摧》，第21页。
② 《玉骨冰心冷不摧》，第136页。

家本举目四望，只见天上粼粼的白云和山间满目的翠绿。因有感于怀，沈家本挥笔写下《夹山漾秋泛》：

> 秋高放棹白云隈，残戍西风猎猎催。
> 一树斜阳红断处，道场山翠入船来。①

道场山风光秀美环境清幽，历代来此幽居的隐士、吟诗作画的文人墨客都为道场增添了不一样的色彩。夹山漾位于道场山内，集天地之灵气，显山水之精华。一句"道场山翠入船来"寄托了沈家本对此秋景的美好情思，使得此诗的基调一下子明亮开阔起来。

崇山苍明秀丽，湖水碧波荡漾。看似普通的湖州山水，却成了他一生唯一的慰藉之所。

---

① 《玉骨冰心冷不摧》，第 105 页。

后　记

　　沈家本先生诗歌研讨会论文集付梓之际，有几句不吐不快的话，借此赘言。

　　就沈学而言，法学之外，沈家本先生的诗歌，是最能反映沈家本先生思想感情的，是研究沈家本不可或缺的史料文献。许多法学作品中虽多有引用，但专门研究沈诗的文章却是极少，这不能不说是一种遗憾。这一方面是因为沈家本的法学光辉掩盖了沈诗星光，另一方面更是因为在晚清诗歌的汪洋大海中，沈诗实在是点水而已，不足以引起赏诗学者们的关注。

　　而引发诗学研究学者们对沈诗研究的关注，从诗的角度深入沈家本先生思想感情，研究一位法学家的诗歌的技巧与艺术价值，乃我多年的期望。

　　有幸的是，2020 年湖州妙西的沈家本历史文化园落成，继而成立沈家本研究院，吴坚敏女士在吴兴区区委宣传部的支持下，组织学者校编了题名《玉骨冰心冷不催》的沈家本诗集且由浙江文艺出版社出版发行。

2022年沈家本历史文化园又力推促成了"乡心正不远"——沈家本诗歌研讨会，于是就有了这本研讨会论文集。

研讨会的成功，要首赞中国政法大学人文学院的钱端升青年学者刘洋博士的努力。刘洋博士是专门从事诗学、清代诗学、文献学、诗歌声律学研究与教学的学者，是她组织策划了整个研讨会，湖州以外的与会学者都是经她邀请，会议过程也是她与沐晨文化公司郝韧总经理联系安置，之后又是她担起了这本书的主编之责，而我就欣慰地成为座上客。

论文集集成的基础自然是研讨会发表的论文，与会学者耕耘的辛勤自不必说。而研讨会能够成功举办，沈家本历史文化园在人力、物力、财力都提供了东道主所能做到的一切。在此对沐晨文化公司郝韧总经理、朱国华、张勇等表达深深的感激之情。当然，论文集能够顺利出版，吴兴区司法局的鼎力支持和妙西镇的慷慨相助是绝对的关键，知识产权出版社的终结之功更是无需赘言的。

在这里我也必须感谢为我们邀请了湖州市的学者并提供无私赞助的湖州学院沈月娣副校长；感谢吴兴司法局孙斌义局长、林金鹏副局长和沈聪干事；感谢妙西镇镇人大主席吴仁斌；还要感谢知识产权出版社王润贵副总编、齐梓伊主任和刘雪编辑。

沈诗的研究就此开端，希望与会学者切莫浅尝辄止，须知本论文集的撰稿人，就是沈诗研究的拓荒者，余寄望于诸位把沈诗研究之事业光大。

耄耋老朽沈厚铎寄语于兹，以为编后之语。

沈厚铎

2022 年 12 月于明光村